EVA KRÜGER

Schopenhauers Fluch

VERTRAUEN UND VERRAT Hauptkommissar Oliver Bellinger von der Kripo Frankfurt am Main ist befreundet mit Daniel Rixen, dem leitenden Präparations- und Sektionsassistenten vom Institut für Forensische Medizin. Rixen ist ein charismatischer Mann mit zwielichtiger Vergangenheit. Unerwartet wird Bellinger zu einer Mordermittlung herangezogen: Ein Ehemann soll seine frisch vermählte Frau aus Geldgier umgebracht haben. Sein Name: Daniel Rixen. Bellinger übernimmt den Fall, in der Absicht, den wahren Mörder zu fassen und auf diese Weise die Unschuld seines Freundes zu beweisen. Als Rixen eine anonyme Postkarte erhält, deren Text dem Philosophen Arthur Schopenhauer zugeschrieben wird, steht Bellinger vor einem Rätsel. Weitere Morde an Frauen aus Rixens Vergangenheit geschehen. Ist Rixen – entgegen Bellingers Überzeugung – doch der Täter? Hat Rixen einen geheimnisvollen Komplizen? Die Spuren verlaufen zunächst im Sande und die Männerfreundschaft wird auf eine harte Probe gestellt.

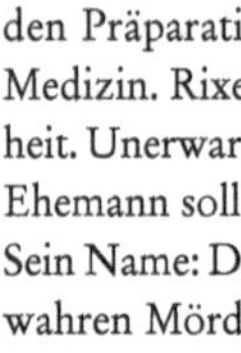

Eva Krüger, Jahrgang 1962, studierte Kunstgeschichte, Philosophie und Medizin an der Goethe-Universität in Frankfurt am Main. Heute lebt und arbeitet die promovierte Ärztin in Bad Homburg. Sie ist verheiratet und hat eine Tochter. Mit Schopenhauers Fluch gibt sie ihr Debüt im Gmeiner-Verlag.

EVA KRÜGER

Schopenhauers Fluch

Kriminalroman

GMEINER SPANNUNG

Personen und Handlung sind frei erfunden.
Ähnlichkeiten mit lebenden oder toten Personen
sind rein zufällig und nicht beabsichtigt.

Besuchen Sie uns im Internet:
www.gmeiner-verlag.de

Im Ehnried 5, 88605 Meßkirch
Telefon 07575/2095-0
info@gmeiner-verlag.de

1. Auflage 2017

Lektorat: Claudia Senghaas, Kirchardt
Herstellung: Mirjam Hecht
Umschlaggestaltung: U.O.R.G. Lutz Eberle, Stuttgart
unter Verwendung eines Fotos von: © Frank Behnsen; https://commons.wikimedia.org/wiki/File:FFM_Wallanlagen_Schopenhauer-Denkmal.jpg
Druck: CPI books GmbH, Leck
Printed in Germany
ISBN 978-3-8392-2135-8

Für Kiara Laetitia,
meinen Sonnenschein

»Die Wahrheit ist keine Hure, die sich denen an den Hals wirft,
welche ihrer nicht begehren: vielmehr ist sie eine so spröde Schöne,
daß selbst wer ihr alles opfert noch nicht ihrer Gunst gewiß seyn darf.«

Arthur Schopenhauer
(1788 in Danzig – 1860 in Frankfurt am Main)
Aus der Vorrede zur zweiten Auflage von
»Die Welt als Wille und Vorstellung«
Geschrieben in Frankfurt am Main im Februar 1844

1. KAPITEL

Ein Rückzieher kam für sie nicht infrage. Darüber waren sie sich gestern bei ihrem Gespräch auf dem Friedhof einig geworden. Sowohl der Zeitpunkt als auch der Zielort konnten nicht besser gewählt werden. Sogar die Wettervorhersage schien wie auf Bestellung in ihren Operationsplan hineinzupassen.

Ihrem allerersten perfekten Mord durfte nun kein Hindernis im Weg stehen.

So geschah es, dass sich Atman und Brahman auf der Rückbank eines saphirblauen Mercedes Baujahr 1979 in Bad Homburg fanden. Der Oldtimer parkte in einer kaum beleuchteten, von mächtigen Rosskastanien gesäumten Straße.

Mit höchster Konzentration überprüften sie ihre Ausgangslage und checkten die Uhrzeit: 22:55. Wie zwei Raubtiere aktivierten sie ihre unsichtbaren Empfangssensoren und erlaubten sich einen verstohlenen Blick aus dem Seitenfenster: Um sie herum herrschten Ruhe und Frieden, die Einwohner des Hardtwalds, einer gehobenen Gegend der Kurstadt, blieben brav in ihren Häusern.

Über dem Weißen Turm im Südwesten zuckte ein Blitz. Ein himmlisches Zeichen, deuteten sie in ihrer Begeisterung, doch dann ließen sich nicht mehr ablenken. Ihre ungeteilte Aufmerksamkeit galt einzig und allein ihrem Zielobjekt: einer blütenweißen Villa mit breiter, von Säulen umrahmter Eingangstreppe im Philosophenweg.

Ihre Anspannung wuchs, ihr Atem beschleunigte sich, sie verspürten den unverwechselbaren Schauder der Erregung. Jetzt hieß es für sie, auf ihre Zielperson zu warten, ohne die Nerven zu verlieren.

Atman sah auf die Armbanduhr: 22:57. Er strotzte geradezu vor Tatendrang.

Inzwischen verschleierte eine gewaltige Wolkenformation den Mond, ein Frühsommergewitter bahnte sich an.

Brahman kontrollierte die Uhrzeit: 22:59. Sein Herzschlag raste vor Aufregung.

Hinter dem Residenzschloss erklang ein Donnergrollen. Ein gutes Omen, freuten sie sich diebisch und spähten erneut durch das Autofenster. Sie fühlten sich lebendig wie nie zuvor. Dabei war ihr Unternehmen ein Klassiker: Beobachtung, Analyse, Zugriff.

Endlich öffnete sich das überdachte Portal der luxuriösen Villa.

Drei vornehm aussehende Damen traten heraus und stiegen die Treppe hinab. Im Vorgarten blieben sie stehen neben einem lila blühenden Fliederbaum und schienen sich über etwas Amüsantes zu unterhalten. Eine von ihnen – ihre Zielperson – gestikulierte erregt und lachte.

Von dem Anblick hypnotisiert, versanken sie in eine völlig andere Welt, in ihre Welt.

Wie ein Mantra rezitierten sie im Gleichklang:

Wir sind Illusionisten und Atheisten.

Wir sind Pessimisten und Sadisten.

Uns treibt die Gier, die Gier, die Gier.

Unser Wille soll geschehen.

Knapp eine Minute später fuhr ein Taxi vor die Villa und hielt an am schmiedeeisernen Zaun mit den goldfarbenen Schwertlilien an den Spitzen. Die Frauen verabschiedeten sich voneinander mit einem exaltierten Bussibussi am Gartentor. Nachdem zwei von ihnen in das Taxi gestiegen waren, eilte die dritte zu ihrem geparkten Wagen.

Atman und Brahman gingen in Position.

Mit den Schatten verschmolzen zogen sie ihre Empfangssensoren geräuschlos wieder ein, dann krochen sie auf den Fußboden. Für fremde Augen nicht wahrnehmbar, lauerten sie wie eine chamäleonartige Kreatur – jeden Moment bereit, sich an ihre Beute heranzuschleichen und zuzuschlagen –, denn sie wussten, dass einem Vorspiel die Ekstase folgt.

*

Hannelore Baronin von Kisseleff überquerte den Philosophenweg mit energischen Schritten und stoppte vor ihrem Oldtimer, der im Schatten zwischen zwei nostalgisch anmutenden orange leuchtenden Straßenlaternen stand. Wie jeden Donnerstag hatte sie einen netten Abend mit ihren Bridgefreundinnen verbracht und zu ihrer Überraschung sogar zweimal hintereinander gewonnen. Zufrieden und bestens gelaunt griff sie nach ihrer Dior-Handtasche und fischte den Autoschlüssel heraus. Nun schloss sie die Tür ihres noblen Mercedes auf, setzte sich auf den Fahrersitz und warf salopp ihre Handtasche auf den Beifahrersitz. Der Duft von Chanel Nummer 5 erfüllte den Innenraum. Es war kurz nach 23:00 Uhr.

Während sie ihren Schlüssel in die Zündung steckte, um den Motor anzulassen, hatte sie plötzlich das Gefühl, als ob sich die Schatten um sie herum bewegen würden. Irgendwie seltsam, dachte sie … Und da fiel schon jemand über sie her, begleitet vom Sirren einer Nylonschlinge, die sich ihr in Sekundenschnelle fest um den Hals legte und ihr den Atem raubte.

»Bleib ruhig!«, vernahm sie eine künstlich verzerrte Stimme.

Sie deutete ein Nicken an, die Augen weit aufgerissen vor Angst.

Ihr Gesicht lief blau an. Um Himmels willen, schoss es ihr durch den Kopf, lässt mich da jemand mit Absicht spüren, wie es denn wäre, nicht mehr atmen zu können? Soll es der Vorgeschmack des Todes sein?

Urplötzlich ließ man sie wieder Luft holen, doch nur, um im nächsten Moment die Nylonschlinge um ihren Hals noch fester zuzuziehen. Um Himmels willen, fragte sie sich, will mir hier jemand seine Überlegenheit auf diese Art demonstrieren? Ihre Augen traten aus den Höhlen, die feinen Äderchen platzten, ihr Magen krampfte. Doch dann lockerte sich die Schlinge unerwartet, ausreichend für ein trockenes, rasselndes Keuchen.

Sie hustete, schnappte nach Luft, ihre Gesichtsfarbe wurde binnen Sekunden wieder rosig.

»Das reicht«, zischte die verzerrte Stimme vom Rücksitz des Wagens. »Fahr los!«

Ihr Herz flatterte. Das kann nur ein böser Traum sein, dachte sie, einer dieser Träume, in denen man sich selbst als Schauspieler in einem Stummfilm sieht.

Sie legte den Gang ein und ließ den Wagen anrollen. In dem Moment fing es an, in Strömen zu regnen.

Die unheimliche Stimme hinter ihren Ohren wies ihr den Weg.

Nun verließen sie das Wohnviertel, um den Mercedes nach wenigen Minuten inmitten von monumentalen Stieleichen, Rotbuchen, Ahornen und Lärchen im Wald anzuhalten.

Ihre Angst betäubte sie.

Das perfide Spiel aus Zuziehen und Loslassen der Schlinge wurde noch etliche Male wiederholt, zwischendurch verfiel sie immer wieder in eine Art Dämmerzustand. Bildersequenzen aus ihrem Leben liefen vor ihrem inneren Auge ab im Sekundentakt. Und dann kam das letzte Bild, in dem sie sich selbst wie in einem Zauberspiegel sah – die glücklichste Braut der Welt, die ihrem Bräutigam, Daniel Rixen, das Jawort gibt. Oh Gott! Wäre Rixen – mit seinem Körper wie aus Stahl und der Faust wie aus Eisen – im Moment bei ihr gewesen, hätte er sie beschützt. Mit einem einzigen Schlag würde er ihren Angreifer vernichten. Doch sie war allein und den dunklen Mächten ausgeliefert. Himmel! Niemand konnte sie in diesem Wald retten!

Spätestens jetzt war ihr klar, dass sie sterben würde. Sie träumte keinen bösen Traum. Sie war gefangen in der Realität, einer Realität, die den schlimmsten Albtraum übertraf.

Tränen liefen ihr über die Wangen, sie spürte ihren salzigen Geschmack auf den Lippen. Ihre Panik stieg in ungeahnte Höhen. Wer wollte sie so sehr leiden lassen? Warum sollte ihr Leben hier und jetzt beendet werden? Sie hatte doch nie jemandem etwas Böses getan! Einem Impuls folgend, versuchte sie sich umzudrehen, um ihren Angreifer von Angesicht zu Angesicht zu sehen. Ein Fehler. Die Schlinge wurde von hinten wieder fester zugezogen, sie schnitt in ihr Halsfleisch wie eine Rasierklinge. Ihr Körper versteifte sich.

»Warum?«, krächzte sie.

»Weil alles Leben Leiden ist.«

Der unnachgiebige Druck der Nylonschlinge nahm ihr den Rest des Bewusstseins. Ihr Krächzen verstummte, und sie sackte auf dem Fahrersitz in sich zusammen. Als sie für den Bruchteil einer Sekunde zu sich kam, galt ihr letzter Gedanke Rixen, ihrem geliebten frisch angetrauten Mann.

Stille.

Ihr elegant frisierter Kopf fiel schlaff zur Seite.

*

Atman und Brahman lehnten sich – gleichermaßen erschöpft wie erleichtert – auf der Rückbank zurück. Ihr *Wille* war geschehen – in der realen *Welt* und nicht nur in ihrer *Vorstellung*. Sie setzten soeben ihre Träume in Taten um. Dabei hatten sie sich Zeit gelassen, und sie genossen jeden einzelnen Augenblick.

Ein Donnerschlag ertönte und ließ den Waldboden erbeben.

Sie schlossen die Augen. Nun hatten sie sich endgültig der finsteren, der übersinnlichen Seite des Lebens verschrieben.

Mitternacht.

Das Unwetter im Hardtwald nahm sintflutartige Ausmaße an. Der Sturm peitschte ohne Erbarmen gegen die Windschutzscheibe des Mercedes.

Sie schlugen die Augen auf.

Jetzt holte Atman tief Luft und riss der Baronin den Ehering aus Platin vom Finger. Brahman blinzelte kurz und warf die Nylonschlinge und den Stimmenverzerrer in eine Plastiktüte. Mit akribischer Sorgfalt überprüften sie den Tatort auf Spuren ihrer Doppelexistenz in dieser Welt.

Der Mond war ihr einziger Zeuge.

Atman, in seinem grünen Ganzkörperoverall, mit doppelten Latexhandschuhen und doppelten Gummischuhüberziehern ausgestattet, entriegelte die Hintertür, um aus dem Mercedes der Baronin auszusteigen. Brahman folgte ihm wie die Nachgeburt.

Sie kontrollierten die Uhrzeit: 00:05 Uhr.

Wie zwei Phantome der Nacht tauchten sie in den Wald ein. Und da begann schon das Bildnis ihrer nächsten Zielperson vor ihren Augen zu leuchten – umrahmt von goldenen Blitzen und silbernen Mondstrahlen.

2. KAPITEL

Oliver Bellinger saß am Steuer seines Cabrios, eines Chrysler Crossfire, und steckte im Stau. Mit den Fingern trommelte er gegen das Lenkrad und tobte vor sich hin. Doch es war weniger der stockende Verkehr in der Adickesallee im Frankfurter Stadtteil Nordend an diesem Montagmorgen, der seinen cholerischen Anfall provoziert hatte, als vielmehr die Sorge um seinen besten Freund: Daniel Rixen – den alle nur Rixen nannten.

Bellinger war wütend und fassungslos zugleich und ging mit der Präzision eines Mordermittlers die Einzelheiten im Kopf durch: Rixens Ehefrau – Hannelore Baronin von Kisseleff – wurde am vergangenen Donnerstag in Bad Homburg umgebracht. Wer hatte das getan? Handelte es sich um einen Einzeltäter, oder gab es Hinweise auf einen Komplizen? Und vor allem: Aus welchem Grund musste Rixens Frau sterben? Die Antworten auf diese Fragen sollte die »SoKo Baronin« liefern, doch – soweit Bellinger informiert war – tappten die Bad Homburger Kollegen ermittlungstechnisch immer noch im Dunkeln.

Endlich ließ der dichte Straßenverkehr nach, und Bellinger kam schnell voran.

Die Ampel sprang auf Rot.

»Verflucht, muss das jetzt sein«, stieß er hervor und stoppte abrupt den Wagen.

Nach einer gefühlten Ewigkeit fuhr er wieder los und wurde nicht mehr aufgehalten. Mit dem Fluchen und Schimpfen hörte er noch lange nicht auf.

Um 7:45 Uhr parkte Bellinger seinen metallicgrauen Chrysler vor dem sechsgeschossigen Verwaltungsgebäude des Polizeipräsidiums Frankfurt am Main. Er gähnte mehrmals hintereinander, dann steckte er mechanisch sein iPhone in die Jackentasche. Als er die Fahrertür öffnete, fiel sein Blick auf den Seitenspiegel. Was er darin sah, gefiel ihm nicht: Schatten unter seinen grünen Augen, haselnussbraunes Haar, das nach einer Bürste verlangte, matter Gesichtsausdruck – alles Hinterlassenschaften eines One-Night-Stands, der nicht hätte passieren dürfen. Verflucht! Schließlich griff er nach einer Dose mit Pfefferminzpastillen, zuckerfrei, warf sich eine in den Mund und stieg aus seinem Wagen, den er sich dank einer unerwarteten Erbschaft leisten konnte.

Auf dem Weg quer über den Mitarbeiterparkplatz fuhr er sich mit den Fingern durch die viel zu langen Haare, um sie ein bisschen in Form zu bringen. Wenigstens hatte er sich am heutigen Morgen ordentlich rasiert und nicht mit Aftershave gegeizt.

Um 07:50 Uhr betrat Bellinger sein Büro im obersten Geschoss. Der Raum war hell und minimalistisch gestaltet – ganz nach seinem Geschmack. Zuallererst öffnete er das Fenster und ließ die frische Sommerluft hineinströmen, dann hängte er seine Anzugsjacke über die Lehne des Bürosessels. Er war kein Liebhaber langweiliger Herrenanzüge und gebügelter Hemden, doch der Polizeipräsident bestand neuerdings darauf, dass seine Beamten in Zivil einen anständigen und seriösen Eindruck in der Öffentlichkeit vermitteln sollten. Privat bevorzugte Bellinger legere Kleidung, gab sich gern stilbewusst, wenngleich nicht versnobt, und er entwickelte mit der Zeit eine Schwäche für schicke Schuhe.

Im Augenblick war Bellinger damit beschäftigt, sich seinen morgendlichen Biokaffee zu kochen, da klingelte das Diensttelefon. Mit griesgrämiger Miene schritt er zum Schreibtisch, schaute auf das Display und meldete sich sogleich: »Bellinger.«

»In spätestens fünf Minuten beim Chef«, erklärte die Vorzimmerdame des Kriminaldirektors mit ihrer fein modulierten Stimme und legte auf.

Nach genau vier Minuten klopfte Bellinger, die Anzugsjacke hatte er wieder angezogen, an die Tür des Büros seines Vorgesetzten. »Herein!«, hörte er.

Bellinger trat ein, schloss die Tür hinter sich, dann sah er sich in der Höhle des Löwen um.

Ulrich Weigand, der Leiter der Kriminaldirektion, saß in seinem Chefsessel an einem Schreibtisch, der den Raum beherrschte, und demonstrierte einen finsteren Gesichtsausdruck.

Bellinger blieb stehen und streckte den Rücken durch. »Guten Morgen. Sie wollten mich sprechen?«

»Zuerst aber will ich Sie sprechen«, erklang die Whiskystimme des Oberstaatsanwalts Rainer Kretschmer aus der Ecke. Klein und unförmig, mit seinem großen Kopf und einem faltigen Hals, erinnerte er Bellinger stets an eine Englische Bulldogge. »Guten Morgen.«

Überrascht drehte Bellinger den Kopf zur Seite. »Oh … Guten Morgen.«

Kretschmer erhob sich von dem Kunstledersofa in der Sitzecke und machte ein paar Schritte auf Bellinger zu. Er kam sofort zur Sache. »Ungelöster Mordfall: Eine Dame aus besten Kreisen, 64 Jahre alt, vermögend, getötet am 19. Juni in Bad Homburg.« Dann blies er sich auf und verkündete: »Hauptkommissar Bellinger, Sie wurden soeben zwecks Unterstützung der Mordkommission in den Taunus abkommandiert.«

Kretschmer meinte wohl nicht Rixens Frau? Oder doch?

»Oh … das verstehe ich nicht ganz«, begann Bellinger. Unter seiner Schädeldecke schrillten sämtliche Alarmglocken. »Dieser Mord ereignete sich in Bad Homburg im Hochtaunuskreis, wie Sie sagen. Das ist nicht unser Zuständigkeitsgebiet.«

Jetzt klärte Weigand ihn auf: »Die Kollegen aus dem Kurort zeigen sich etwas … etwas überfordert, was diesen Mord betrifft.«

Bellinger spürte, wie sein Herzschlag raste.

»Aber nehmen Sie doch Platz«, sagte Weigand und zeigte mit der Hand auf den Stuhl, der gegenüber von seinem Schreibtisch stand, und fuhr fort: »Im Gegensatz zu Frankfurt passieren dort nur selten Morde. Man rief mich an mit der Bitte um Unterstützung bei der Mordermittlung. Da erklärte ich mich bereit, meinen fähigsten Mann – also Sie, Hauptkommissar Bellinger – kurzfristig auszuleihen. Es lässt sich ja nicht leugnen, dass Sie in den letzten Jahren die beste Erfolgsquote bei der Aufklärung von Kapitaldelikten erzielt haben. Über Ihre Methoden möchte ich allerdings im Moment nicht weiter diskutieren.«

Bellinger errötete leicht bei dem Kompliment, sagte aber nichts. Ihm war durchaus bewusst, dass er das Privileg hatte, einen Beruf ausüben zu dürfen, der gleichzeitig – schon von der Kindheit an – seinem Traumberuf entsprach.

Kretschmer trat jetzt an Weigands Schreibtisch heran, bückte sich vor und deutete mit seinem dicken Zeigefinger auf eine geöffnete Akte. »Das Mordopfer heißt Hannelore Baronin von Kisseleff.«

Verflucht! … Das habe ich befürchtet: Rixens Frau.

Kretschmer schluckte, dann setzte er fort: »Hier sind die Berichte von der Kripo Bad Homburg, die Bilder vom Tatort, die Befragungsprotokolle, die Ergebnisse der kriminaltechnischen Untersuchung und der Obduktionsbericht.«

Weigand ergänzte: »Ihre aktuell laufenden Ermittlungen wird ab sofort jemand anders übernehmen. Darum kümmere ich mich persönlich.«

Kretschmer verschränkte nun die Arme hinter dem Rücken und begann, im Büro auf und ab zu marschieren. »Hm …«, jetzt blieb er stehen und wandte sich Bellinger zu, »wie Sie wissen, hat Frankfurt seit Anfang des Jahres einen neuen Oberbürgermeister. Seine Frau ist mit meiner befreundet. Aber darum geht es nicht.« Seine Wangen liefen puterrot an. »Constanze, die Frau des Oberbürgermeisters, heißt mit ihrem Mädchennamen Baroness von Kisseleff. Sie ist die Tochter des vor wenigen Jahren verstorbenen Hubertus Baron von Kisseleff.«

Bellinger stellte sich die alte Bulldogge zu Hause als einen Pantoffelhelden vor und unterdrückte mit Mühe ein Grinsen.

Kretschmer räusperte sich und fuhr fort: »Jetzt wird die Sache brisant.« Ein paar Muskeln in seinem Kiefer spannten sich an. »Constanze liefert uns einen neuen Ansatzpunkt in der Mordermittlung: Sie nennt uns den Namen des mutmaßlichen Täters.«

Bellinger wurde hellhörig. »Wer soll das sein?«

»Daniel Rixen, der frischgebackene Ehemann, nun plötzlich Witwer geworden … Sie kennen ja die Statistik: In mehr als der Hälfte der Morde an verheirateten Frauen steckt der Mann dahinter.«

Die Nachricht durchzuckte Bellinger wie ein elektrischer Schlag. Doch er beherrschte sich, nickte widerwillig und ließ Kretschmer weiter reden.

Rixen?… Rixen soll ein Mörder sein? Ich soll gegen meinen besten Freund ermitteln?

Kretschmer kam jetzt richtig in Fahrt. »Hauptkommissar Bellinger, wie gut kennen Sie Daniel Rixen?«

Bellinger erschauderte. Bis auf seinen Partner Thorsten Rombach wusste niemand im Präsidium, dass er privat mit Rixen befreundet war. Und daran sollte sich auch nichts ändern. »So gut eben wie jeder Mordermittler in Frankfurt, der regelmäßig an einer Leichenschau im Institut für Forensische Medizin teilnimmt.«

»Was halten Sie persönlich von Daniel Rixen?«, bohrte Kretschmer nach.

»Auf seinem Fachgebiet macht er einen professionellen und kompetenten Eindruck.«

»Hm … Danke.«

Bellinger ging in Offensive: »Ist Daniel Rixen etwa nicht durchleuchtet worden?«

»Doch, doch, selbstverständlich. Aber den Kollegen in dem friedlichen Taunus fehlt es eindeutig an Erfahrung in Mordfällen«, entgegnete Weigand und lockerte seinen eng sitzenden Krawattenknoten.

Nun fixierte Kretschmer Bellingers Gesicht und sprach weiter: »Hauptkommissar Bellinger, Ihnen ist anscheinend nicht klar, mit was für einem Kaliber wir hier zu tun haben: Daniel Rixen, 59 Jahre alt, leitender medizinischer Sektions- und Präparationsfachassistent am Institut für Forensische Medizin, ehemaliger Profiboxer und mehrfacher Champion in der Schwergewichtsklasse, hat ein langes Vorstrafenregister: Geldwäsche, Selbstjustiz, illegale Wettkämpfe, Widerstand gegen Vollstreckungsbeamte, Körperverletzung. Er war mehrere Jahre inhaftiert.« Kretschmer legte eine kurze Pause ein, dann setzte er fort: »Unter den gegebenen Umständen ist es anzunehmen, dass Rixen die gut situierte und gutgläubige Baronin um den Finger gewickelt und geheiratet hat, nur um sie später aus dem Weg zu räumen und sich finanziell zu bereichern. Aller Wahrscheinlichkeit nach hat er die Sache mit einem Komplizen geplant und kaltblütig durchgezogen. Sie sollen Rixen als unseren Haupttatverdächtigen unter die Lupe nehmen.«

Blödsinn! Bösartige Unterstellung! Rixen ist mit Sicherheit kein Unschuldslamm, doch er hat seine früheren Taten bereut, die Strafe abgesessen und aus Fehlern gelernt.

»Oh … Sie behaupten somit, pure Geldgier sei das Mordmotiv?«, fragte Bellinger. Er bemühte sich, äußerlich emotionslos und distanziert aufzutreten.

»*Gier*, in all ihren Varianten, ist ein starkes Motiv – ein Klassiker«, ergriff jetzt Weigand das Wort. »Doch das müssten Sie mit Ihrer Erfahrung am besten wissen.«

Bellinger ließ sich nicht irritieren. »Und wie kommen Sie auf die Existenz eines Komplizen?«

»Liegt wohl auf der Hand«, beantwortete Weigand seine Frage. »Vergessen Sie nicht Rixens offensichtliche Verbindungen zu kriminellen Organisationen.«

Rixen wird ein Kapitalverbrechen angehängt. Er braucht Hilfe – meine Hilfe. Dringend!

»Worauf konkret basieren die Behauptungen der Frau des Oberbürgermeisters?«, hakte Bellinger nach.

Schweißperlen hatten sich auf Kretschmers faltiger Stirn gebildet und brachten sie zum Glänzen. Sein Tonfall veränderte sich. »Nennen wir es … logische Schlussfolgerung. Wie auch immer – die Angelegenheit ist von delikater Natur.«

Oha! Sie haben bestenfalls Indizien, ansonsten nichts von Relevanz für die Anklage. Gut! Wenn ich Weigand und Kretschmer den wirklichen Täter liefern würde, gilt Rixen als entlastet … Es ist seine einzige Chance, sich von dem Mordverdacht reinzuwaschen … Der Fall dürfte leicht und schnell zu lösen sein!

»Ihre Aufgabe besteht darin«, Weigand überreichte ihm mit feierlicher Geste die Akte aus Bad Homburg, »Beweise gegen Daniel Rixen zusammenzustellen und seinen Komplizen zu entlarven.«

*

Auf seinem Weg zurück ins Büro holte Bellinger das iPhone aus der Jackentasche hervor und rief Rixen an. »Oliver hier. Wo bist du denn gerade?«

»Im Bestattungsinstitut, ich suche den passenden Sarg aus. Hannelores Leichnam soll am Nachmittag von der Rechtsmedizin Gießen freigegeben werden … Es tut gut, deine Stimme zu hören.«

Verflucht, wie sage ich ihm, dass man ihn für einen mutmaßlichen Mörder hält?

Bellinger blickte sich um in dem verglasten Trakt der Kriminaldirektion: kein Kollege weit und breit. Unter dem Arm hielt er die Akte »Baronin« fest. »Noch einmal mein tiefstes Beileid … Ich weiß nicht, wie ich es dir sagen soll … Im Mordfall deiner Frau hat es eine … eine neue Entwicklung gegeben.«

»Hat man endlich einen Tatverdächtigen?«

Bellinger ging den Trakt entlang und achtete darauf, dass sich keine unerwünschten Ohren in Hörweite befanden. »Ja, den hat man.«

»Oh! Wer ist das? Schieß los!«

Bellinger blieb breitbeinig stehen und holte tief Luft. Er flüsterte: »Du stehst im Verdacht, deine frisch angetraute Frau aus Geldgier ermordet zu haben.«

Stille in der Leitung.

»Es tut mir leid, Rixen … Ich bin selbst baff … Bist du noch dran?«

»Ja, ich bin dran … Wer behauptet denn so etwas?«

»Constanze, die Tochter des verstorbenen Barons.«

»Zum Teufel! … Woher weißt du das denn?«

Bellinger sprach Klartext: »Ich bin im Dienst und wurde soeben mit dem Mordfall ›Baronin‹ konfrontiert. Weigand hat mich beauftragt, die zuständige Mordkommission zu unterstützen.«

Rixen schwieg am anderen Ende der Leitung.

»Kannst du bitte morgen ins Polizeipräsidium nach Frankfurt kommen? Nur fürs Protokoll. Ich schicke dir noch heute per Kurier eine offizielle Vorladung in der Sache.«

Ein spannungsgeladener Augenblick entstand.

»Zum Teufel! Du willst mich vernehmen und mir ein Geständnis entlocken?«

Bellinger schlug das Herz bis zum Hals. »Du verstehst mich falsch! Ich bin dein Freund und nicht dein Feind. Natürlich bin ich davon überzeugt, dass du unschuldig bist. Ich stehe auf deiner Seite. Und ich werde den Mörder deiner Frau fassen, das verspreche ich dir, aber ich darf mir keinen Formfehler in der laufenden Ermittlung erlauben.«

»Okay, okay. Du hältst dich an Vorschriften. Ich habe schon kapiert.«

»Rixen … Ich hole dich aus der Sache raus.«

»Danke, ich verlasse mich auf dein Wort.«

Die Verbindung brach ab.

Mit klopfendem Herzen und gemischten Gefühlen ging jetzt Bellinger den klimatisierten Trakt weiter entlang. An einem Wasserspender hielt er an. Er schluckte schwer, verspürte heftigen Durst und zugleich den Anflug von Kopfschmerzen.

Hätte ich gestern Abend bloß nicht die ganze Flasche Riesling ausgetrunken!

Er leerte den Pappbecher Wasser in einem Zug.

Als Nächstes rief er seinen Partner Rombach an und erhöhte das Schritttempo. »Hi, Thorsten, Oliver hier. Pass auf: Wir sollen die Kollegen aus dem Hochtaunuskreis in einer Mordermittlung unterstützen.«

»Hi, Oliver. Soll heißen?«

Bellinger bog links ab und erklärte: »Weigand und Kretschmer haben uns den Mordfall Hannelore Baronin von Kisseleff aus Bad Homburg aufs Auge gedrückt. Rixen soll der mutmaßliche Mörder sein. Ihm wird Geldgier als Motiv unterstellt. Der Mordverdacht basiert aber lediglich auf Indizien. Für einen begründeten Haftbefehl reicht es momentan juristisch nicht aus. Unsere Aufgabe lautet: Beweise gegen Rixen finden, um ihm den Mord nachzuweisen, sowie einen denkbar möglichen Komplizen aufdecken.«

Gleichzeitig formulierte Bellinger seine ganz persönliche Absicht in Gedanken: Ich werde Weigand, Kretschmer & Co. beweisen, dass mein Freund Rixen unschuldig ist … Ha!

Rombachs Neugier war geweckt. »Zum Donnerwetter!«

»Um elf Uhr treffen wir uns zur Fallbesprechung in meinem Büro.«

*

Bellinger stellte sich ans offene Fenster seines Büros, nachdem er die Fallakte »Baronin« in allen Einzelheiten durchgelesen hatte. Mit einer dampfenden Tasse Biokaffee in der Hand sah er hinaus, atmete die frische Luft ein und versuchte, seine Gedanken zu ordnen. An Rixens Unschuld zweifelte er keinen Augenblick.

Der Ausblick aus der obersten Etage, wo die Kriminalinspektion 10 untergebracht war, war alles andere als reizvoll: eine Betonwüste, Parkplätze, kränklich wirkende Platanen. Das Wetter zeigte sich hingegen wie aus dem Bilderbuch: strahlender Sonnenschein und azurblauer Himmel.

Hinter seinem Rücken hörte Bellinger, wie die Bürotür mit Schwung aufgemacht wurde. Automatisch drehte er sich um, hob den Kopf und musterte Thorsten Rombach, seinen 14 Jahre jüngeren Partner: gebügeltes weißes Hemd, akkurater Haarschnitt, graue Anzughose ohne Knitterfalten – der Bürokrat par excellence.

Rombach näherte sich dem Schreibtisch. Er rückte seine Brille auf der Nase zurecht, beugte sich vor und taxierte mit neugierigem Blick den Aktendeckel mit der Aufschrift »Baronin«.

»Ich habe veranlasst, dass du eine Kopie der Akte bekommst«, sagte Bellinger statt einer Begrüßung.

Rombach bedankte sich mit einem Nicken.

Sie ließen sich in den gegenüberstehenden Bürosesseln nieder.

Sofort formulierte Rombach seine erste Frage: »Entspricht der Tatort dem Fundort?«

Bellinger sah Rombachs vor Aufregung leuchtende Augen und musste grinsen. Er stellte seine Kaffeetasse auf der Schreibtischplatte ab und antwortete: »Ja. Es war ein alter Mercedes-Benz 450 SL, noch gut in Schuss, der einst dem verstorbenen Mann der Baronin gehörte. Sie war Witwe, bevor sie Rixen geheiratet hat.«

Jetzt öffnete Rombach die Akte, blätterte durch und schien sich zu wundern. »Ähm … War der Wagen nicht mit einer Alarmsicherung ausgestattet?«

Bellinger schüttelte den Kopf. »Den Oldtimer benutzte die Baronin nur noch für Einkäufe und Besuche bei Freunden innerhalb von Bad Homburg. Weitere Strecken fuhr sie mit einem Range Rover – dieser hat eine Alarmsicherung.«

Rombach betrachtete die Tatortfotos. »Wer hat den Mercedes mit der Leiche der Baronin entdeckt und die Polizei verständigt?«

»Ein älterer Herr, der mit seinem Dackel im Hardtwald Gassi ging. Es war um sechs Uhr morgens, am Freitag, dem 20. Juni.«

»Todeszeitpunkt?«

»Ein Zeitfenster von einer Stunde, zwischen 23:00 und 24:00 Uhr am Donnerstag, dem 19. Juni.«

Rombach sah von den Fotos auf. »Was ergab die KTU?«

Jetzt machte Bellinger ein nachdenkliches Gesicht. »Hm … Im Inneren des Wagens ließen sich nur Finger- und Schuhsohlenabdrücke von der Baronin und Rixen, der das Auto mitbenutzte, sichern. Eine der hinteren Seitenscheiben war eingeschlagen. So gelang es vermutlich dem Täter, in den Mercedes einzusteigen, während die Baronin mit ihren Freundinnen Bridge spielte. Er hat ihr auf der Rückbank aufgelauert und sie dann offensichtlich gezwungen, in den Wald zu fahren, wo er ungehindert seine Tat vollbringen konnte.« Bellinger legte eine Pause ein und lehnte sich in seinem Bürosessel zurück. »Kurze Zeit nach der verübten Tat hat es einen gewaltigen Gewittersturm mit Hagel gegeben, der das Waldstück verwüstete und die Spurenidentifizierung um das Auto herum beinahe unmöglich machte. Die wenigen verwertbaren Fingerabdrücke von der Autokarosserie und die Abdrücke von Schuhsohlen und Autoreifenprofilen im Waldboden lieferten nach dem Abgleich leider keinen Treffer in der Datenbank. Auch die eingesetzten Spürhunde verirrten sich im Wald.«

Etliche Sekunden lang sagte keiner ein Wort.

»Hat der Täter vom Tatort etwas mitgenommen?«, fragte Rombach schließlich.

»Ja, es sieht so aus. Der Ehering der toten Baronin steckte nicht mehr an ihrem Finger.«

»Zeugen der Tat?«

»Kein Einziger.«

»Na fabelhaft! … Was besagt der Obduktionsbericht?«

»Das Opfer wurde mehrfach von hinten stranguliert – mit einer einfachen Nylonschlinge, die überall im Handel zu erwerben ist. Weitere Verletzungsmuster gab es nicht, somit auch keine Hinweise auf einen Raubmord, einen Ritualmord oder eine sexuell motivierte Tat.« Bellinger erhob sich von seinem Bürosessel und begann, die Arme hinter dem Rücken verschränkt, im Raum auf und ab zu gehen. Er legte die Stirn in Falten und dachte laut nach: »Das Problem in der Ermittlung scheint mir das Fehlen von verwertbaren Spuren zu sein. Erstaunlich! Der Mörder hinterlässt keine DNA, keine Haarpartikel, keine Hautfetzen, die auf seine Identität hätten hindeuten können. Der Mord war geplant und perfekt inszeniert.«

Rombachs Fazit lautete: »Die Baronin hat vermutlich eine ganze Stunde lang leiden müssen.«

»Korrekt«, bestätigte Bellinger. »Und der Witwer wird es in seiner Trauer auch noch lange tun.«

Ein Grinsen umspielte Rombachs Lippen. »Oder auch nicht. Nach alldem, was ich bisher so gehört habe, soll er mit einem Schlag ein vermögender Mann geworden sein.«

»Das mag stimmen«, gab Bellinger zu, stöhnte auf und lehnte sich jetzt mit dem Rücken gegen die Wand. »Rixen ist kein unbeschriebenes Blatt. Dennoch macht ihn das noch lange nicht zu einem Mörder.«

Ein paar schweigsame Augenblicke verstrichen.

Rombach klappte den Aktendeckel wieder zu, bevor er schließlich sagte: »Ich habe den Eindruck, dass du Rixen um jeden Preis reinwaschen willst, koste es, was es wolle.«

Bellinger atmete tief durch, setzte sich wieder in seinen Bürosessel und schlug die Beine übereinander. »Ich bin sein Freund. Ich vertraue ihm voll und ganz.«

Rombach runzelte die Stirn. »Oliver, ich hoffe, dass du im Namen der Freundschaft keinen Kapitalfehler begehst. Und nicht für den Falschen deine Hand ins Feuer legst.«

*

Der Immobilienmakler, der Bellinger die Singlewohnung in der Schopenhauerstraße in Bornheim vermietet hatte – es war vor einem Jahr, und Bellinger feierte an diesem Tag seinen 39. Geburtstag – bezeichnete sie als eine Gartenwohnung mit Seltenheitswert in einer Stadt wie Frankfurt.

Jetzt, am frühen Abend, betrat Bellinger das aufwendig sanierte Treppenhaus aus der Gründerzeit und schloss seine Wohnungstür mit ihren bunten Kassettenscheiben im Erdgeschoss auf. Doch anstatt wie üblich direkt den Kühlschrank in seiner Küche anzusteuern, um sich nach dem Feierabend ein Glas Bioweißwein zu gönnen, wählte er die Richtung des Badezimmers.

Er genoss die kalt-warme Dusche, trocknete sich langsam ab und zog seine Freizeitsachen an: ein dunkelgrünes Polohemd und frisch gewaschene Bluejeans. Dann griff er nach einer Flasche Mineralwasser, natriumarm und kaliumreich, und trank sie fast auf einen Zug aus. Schon vor Jahren war Bellinger auf Bioprodukte umgestiegen, ernährte sich bevorzugt vegetarisch, achtete auf sein Gewicht und die Gesundheit, und er trieb regelmäßig Kraftsport.

Anschließend ging er auf die großzügige Terrasse hinaus, die an der Rückseite des viergeschossigen Mietshauses lag. Dort warf er sich gedankenverloren auf die gepolsterte Rattan-Schaukelliege – unbestritten sein Lieblingsmöbelstück – die unter einer elektrischen Gelenkarmmarkise stand. Im Übrigen hatte er sein Wohnreich eingerichtet, als ob das Wesentliche in der Kunst des Weglassens liegen würde.

Ein paar Minuten später stemmte er sich von seiner Schaukel wieder hoch und bestaunte, wie fast jeden Abend, die blühenden Rosen im Garten des Innenhofs. Die Arbeit in der kleinen grünen Oase mitten in der Stadt teilte er sich mit der Hausmeisterin; er tat es freiwillig und mit Leidenschaft.

Nachdem er die Rosen gegossen hatte, fühlte er sich entspannter. Er überlegte sogar, ins Sport-Studio zu gehen, um seinen Sixpack zu kultivieren, doch irgendwie verspürte er darauf keine richtige Lust.

Bellinger platzierte sich erneut in seiner Schaukel, streckte die Arme und Beine aus und rief sich den langen Arbeitstag ins Gedächtnis: Die Nachmittagsstunden hatte er mit Rombach im Präsidium verbracht, um auf der Grundlage der Protokolle den Mordhergang zu analysieren und die Hintergründe der Tat zu durchleuchten. Weigand hatte sein Wort gehalten und ließ seine laufenden Fälle an die Kollegen delegieren, damit er sich ausschließlich der Aufklärung des Mordfalls »Baronin« widmen konnte. Mit Rombach hatte er sich darauf geeinigt, dass er am nächsten Morgen nach Bad Homburg fahren würde, um mit den zuständigen Ermittlern zu reden und sich den Ort des Geschehens anzuschauen. Währenddessen sollte Rombach Rixens Befragung in Frankfurt übernehmen. Sollte er etwa selbst seinen Freund vernehmen? Nein, niemals! Das würde er nie übers Herz bringen, nicht einmal fürs Protokoll. Außerdem wäre es pure Zeitverschwendung. Er hatte nun etwas Wichtigeres zu tun: dem wahren Mörder der Baronin hinterherzujagen! Bellinger dachte über den unerwarteten, emotionsgeladenen Fall noch eine Zeit lang nach. Irgendwann verspürte er ein Hungergefühl.

Bellinger stand auf und verließ seine geliebte Terrasse. In der Diele zog er die schicken italienischen Schuhe an, dann steckte er das Portemonnaie und das iPhone in die Hosentaschen ein. Eine Armbanduhr trug er aus Prinzip nicht – sie erinnerte ihn allzu sehr an Vergänglichkeit. Mit kritischem Blick musterte er sein Abbild im Spiegel. Verflucht, dir merkt wohl jeder sofort an, wie düster es in deiner Seele ausschaut, dachte er. Wo war der Strahlemann in Siegespose von früher geblieben? Nach einem Moment der Verwirrung schluckte er schwer und sah vom Spiegel weg. Wie unter Zwang richtete er die Wirbelsäule aufrecht und besprühte sich mit einer Menge Eau de Toilette eines japanischen Duftherstellers.

Wenige Minuten später setzte er sich an den Tisch in einem kleinen, gut klimatisierten thailändischen Lokal in der Berger Straße. Eine Bedienung erschien und lächelte ihn an. Er bestellte grünen Tee und ein leichtes vegetarisches Gericht.

Nach dem kulinarischen Genuss blieb er noch eine Weile am Tisch sitzen und beobachtete durch die Fensterfront die Straße. Inzwischen war es dunkel geworden, doch nicht ruhiger. Wie im Süden strömten die Menschen nach draußen und ließen sich von der sinnlichen Stimmung einer Sommernacht verführen. Die Frauen geizten nicht mit ihren Reizen, die Männer bedachten sie mit gierigen Blicken. Die Cafés und Eisdielen waren voll, und die Straßenmusikanten zahlreich unterwegs.

Bellinger fragte sich plötzlich, ob er vielleicht Laura Auerbach, seine neue Bekanntschaft, anrufen sollte. Sie war mit ihrem kurzen schwarzen Haar, ihren dunklen Augen und dem Flachbusen in optischer Hinsicht genau das Gegenteil seines bevorzugten Frauentyp. Dennoch – aus einem ihm völlig unerklärlichen Grund – fand er ausgerechnet diese Frau ungeheuer faszinierend.

Bellinger beschloss, vorerst nichts zu überstürzen.

Es war Zeit, zurück nach Hause zu gehen.

Er bezahlte, verabschiedete sich von der netten Bedienung und verließ das Lokal. Draußen – inmitten all der fröhlichen und lachenden Passanten – blinzelte er und blieb abrupt stehen. Augenblicklich stellte er sich sein Schlafzimmer vor: einsam, düster und trostlos wie eine Todeszelle. Er stöhnte auf, dann nahm er Kurs Richtung Merianplatz.

In der »Adorno Lounge« fand er einen Sitzplatz am Tresen. Der Barmann schob ihm ohne zu fragen ein Glas Riesling vor die Nase. Im Hintergrund lief Ravels »Boléro«. Bellinger drehte den Kopf und nahm seine Umgebung ins Visier. Die Gäste um ihn herum lachten, scherzten, flirteten. Die gegenüberliegende verspiegelte Wandfläche reflektierte das Kerzenlicht. In der Ecke stand ein altes Klavier. Unweit von ihm saßen zwei attraktive Frauen an einem Tisch und unterhielten sich, aber sie interessierten ihn nicht. Nicht wirklich. Oder doch? Er leerte sein Glas.

»Nachschub?«, fragte der Barmann.

»Warum nicht.«

Wenige Minuten später nahm er mit dem Weinglas in der Hand Platz an einem frei gewordenen Tisch. Sein Blick wanderte zu den Frauen. Eine von ihnen, eine blauäugige Blondine – tief ausgeschnittene Bluse, Push-up-BH, kurzer Rock, sexy High Heels – schenkte ihm ein verführerisches Lächeln.

Tolle Brüste!

Er war wie elektrisiert und lächelte zurück.

Sinnlicher Mund!

Sie sah ihm jetzt direkt in die Augen.

Klasse Beine!

Nach dem blitzartigen Blickkontakt schaute er wieder weg.

Sie ist auf der Suche. Ihre Signale sind eindeutig. Sie will Sex.

Er spürte, wie das Blut in seinen Ohren rauschte. Sein Herz schlug schneller.

Sie braucht Sex. Sex bis zur Besinnungslosigkeit. Sex bis zum Morgengrauen.

Er versuchte, sich auf seinen Wein zu konzentrieren.

Verflucht! Ich sollte mich besser unter Kontrolle halten.

Die reizende Blondine, unbestritten sein Frauentyp, schenkte ihm ein weiteres verlockendes Lächeln. Jetzt nickte er ihr zu und hob das Glas.

In seinem Kopf drehte sich plötzlich alles.

Das Gesicht der fremden Frau erinnerte ihn an seine Ex.

Ein Jahr war seit seiner Scheidung vergangen, doch er hatte das Gefühl, seine inneren Wunden würden nie und nimmer heilen. Das Bild seiner Ex stürzte auf ihn ein: blond, blauäugig, vollbusig. Sie war perfekt im Job und im Bett, in der Alltagsorganisation und der Kleiderwahl. Die Welt lag ihr zu Füßen. Einst war er davon überzeugt, dass er eine perfekte Ehe führen würde. Er liebte seine Frau, ging nie fremd. Er war sich sicher, er würde ihre Wünsche und Bedürfnisse in jeder Hinsicht erfüllen.

Sie arbeitete als Purserette. Eines Tages kam sie nach einem Langstreckenflug einfach nicht mehr nach Hause. Ihre Sachen ließ sie aus der gemeinsamen Wohnung im Oeder Weg abholen, während er einen Polizeieinsatz leiten musste. Er verstand die Welt nicht mehr und hatte schon den Flugkapitän als Konkurrenten im Verdacht. Doch nicht dieser war der Grund, warum sie ihn verlassen hatte, auch sonst kein anderer Mann – es war eine Frau. Seitdem fragte er sich immer und immer wieder, was er als Mann falsch gemacht hatte?

Bellinger fixierte sein Glas und dachte über seinen aktuellen Geisteszustand nach. Er zog Bilanz: Sein Ego war verletzt, der Schmerz lag tief, Heilung war nicht abzusehen. Doch es fand noch ein weiterer, ein heimtückischer Prozess in seiner Psyche statt. Seit der Scheidung entwickelte er eine Art Sexsucht: zerstörerisch und unaufhaltsam. Ihr war er ausgeliefert, sie fraß ihn von innen auf. Und es gab nur einen einzigen Menschen, mit dem er offen und ehrlich darüber reden konnte: Rixen. Rixen war sein Fels in der Brandung – vertrauenswürdig, verschwiegen und loyal.

Bellinger erinnerte sich an ihre Gespräche unter vier Augen. Sie unterhielten sich über Bellingers Leben, das sich ganz offensichtlich im Umbruch befand, und Rixen – der Pragmatiker – bemühte sich um eine Lösung des Problems. Er äußerte die Vermutung, Bellinger würde in jeder attraktiven Blondine seine Ex sehen, und er würde um jeden Preis versuchen, ihr zu beweisen, was für ein toller Kerl er sei – ein Kerl, den keine Frau für eine *Frau* verlässt. In Rixens Augen war seine Sucht eine vorübergehende Phase, eine Art Ausweg aus der momentanen Krise, und – sollte er sich eines Tages unsterblich in eine Frau verlieben – sie würde von allein aufhören. So war Rixen der einzige Mensch, mit dem er sein schmutziges Geheimnis – die Sexsucht und die nächtlichen Eskapaden – teilte. Natürlich hatte er noch weitere Freunde: Jeff Wilson, seinen früheren Partner, sowie Patrick Stern, einen Rechtsmediziner und trockenen Alkoholiker, doch er konnte sich beim besten Willen nicht vorstellen, mit ihnen über derartige Intimitäten zu diskutieren.

Mit einem Seufzer leerte er sein zweites Glas. Würde es ihm heute Abend gelingen, seiner Sucht zu widerstehen? Er nahm wahr, wie die Musiktöne höher und die Stimmung in der Lounge ausgelassener wurden. Erotik knisterte förmlich in der Luft. Ist ein Mann, der seinen Sexualtrieb nicht unter Kontrolle hat, stellte er sich im tiefsten Unterbewusstsein die Frage, geeignet für eine Führungsposition? Doch anstatt sich eine wahrheitsgemäße Antwort zu geben, sah er lieber zu der fremden Frau hinüber.

Sie schien seinen Blick zu spüren. Jetzt fing sie an, sich in einer lasziven Pose die Wangenknochen zu pudern. Sobald sie damit fertig war, zog sie ihre Lippen mit einem knallroten Lippenstift nach.

Bellinger ließ sie nicht aus den Augen. Seine Atemzüge beschleunigten sich. Er stand vom Stuhl auf, reckte den Kopf und ging auf ihren Tisch zu.

3. KAPITEL

Thorsten Rombachs winziges Büro im Polizeipräsidium glich den Charakterzügen eines Bürokraten: nüchtern und praktisch, penibel aufgeräumt und in Grau gehalten. Rombach, nach dem ausgezeichneten Abschluss zum Kriminalkommissar und am Anfang seiner Karriere in der KI 10, Kapitaldelikte, setzte sich vorbildlich rückengerecht an den Schreibtisch. Er fuhr seinen PC hoch. Es war Dienstagmorgen, 08:45 Uhr.

Rombach war gerade dabei, eine neue E-Mail zu lesen, als sich sein Diensttelefon meldete. Auf dem Display erschien die Nummer des Empfangs. Er hob den Hörer ans Ohr: »Rombach.«

»Meyer. Guten Morgen. Hier steht ein Mann namens Daniel Rixen mit einer Vorladung.«

»Danke. Schicken Sie ihn bitte hoch in Vernehmungszimmer Nummer 2.«

»Alles klar.«

Mit raschen Schritten verließ Rombach sein Büro mit der Kopie der Fallakte »Baronin«, die er mittlerweile auswendig kannte, unter dem Arm und bog im Gang nach rechts ab. Kurze Zeit später stand er vor dem Vernehmungszimmer und trat ein. Der fensterlose Raum besaß den Charme einer Exekutionskammer.

Rombach setzte sich an den Tisch, legte die Akte ab und wartete – ein bisschen aufgeregt – auf Rixens Erscheinen. Währenddessen gingen ihm zwei Fragen nicht aus dem Kopf: Wie konnte es sein, dass Bellinger – ein Spitzenermittler und sein Vorbild – einem Mann wie Rixen, der immerhin 19 Jahre älter als er und vorbestraft war, blind vertraute? Was verband die zwei Männer in Wirklichkeit? Hatten sie ein gemeinsames Geheimnis? Alles, was er wusste, war, dass Bellinger und Rixen leidenschaftliche Jazzliebhaber waren und sich regelmäßig mit zwei weiteren Freunden an Wochenenden in einem Jazzclub trafen.

Rombach war auch nicht entgangen, dass sich Bellinger verändert hatte, er wirkte permanent unausgeschlafen, extrem reizbar und schlecht gelaunt. Wie es schien, hatte er seine Scheidung noch immer nicht verarbeitet. Doch vielleicht war es nicht allein die Scheidung, die sich hinter Bellingers Gemütswandel verbarg?

Plötzlich klopfte es an der Tür.

Rombach unterbrach seine Gedanken. Er schaltete die digitale Audio-Video-Anlage ein, dann rückte er die Krawatte zurecht, reckte das Kinn vor und rief: »Herein!«

Die Tür wurde von außen aufgemacht. Rixens Statur füllte den Türrahmen fast vollständig aus. Die körperliche Präsenz dieses Mannes war filmreif.

Es war das erste Mal, dass Rombach Rixen als Privatperson sah. Bisher begegneten sie sich ausschließlich in den Räumen der Rechtsmedizin. Dort verbarg Rixen sein gewaltiges Äußeres hinter einer grünen Gesichtsmaske, einer Haube und einem Kittel vor der Welt.

»Guten Morgen, Herr Rixen. Nehmen Sie bitte Platz«, sagte Rombach zur Begrüßung.

»Danke, Kommissar Rombach. Guten Morgen.« Rixen trat ein.

Er drehte sich auf dem Absatz um und machte die Tür von innen wieder zu. Seine Bewegungen waren trotz der imposanten Muskelmasse präzise und geschmeidig wie bei einem Raubtier. Rombach kam er mindestens zehn Jahre jünger vor, als es in seiner Biografie stand, und körperlich top in Form.

Rixen setzte sich kerzengerade hin und stützte seine Ellbogen auf den Tisch, dann blickte er ostentativ in die oben in einer Ecke des Raums angebrachte Aufnahmekamera. Er trug einen legeren sommerlichen Leinenanzug in Schwarz und war frisch rasiert.

Rombach begann: »Im Mordfall Ihrer Frau haben sich unerwartet neue Aspekte ergeben. Ich würde mich gern über den 19. Juni, den Donnerstag letzte Woche, mit Ihnen unterhalten.«

Rixen fuhr sich mit der riesigen Hand über seine glatt rasierte Schädeldecke. »Dann schießen Sie los, ich habe nichts zu verbergen.«

»Könnten Sie versuchen, den Tagesablauf zu rekonstruieren?«

Rixen nickte. »Ich habe mit Hannelore bis etwa zehn Uhr in ihrer Villa in Bad Homburg gefrühstückt, zog mich fertig an und …«

Rombach unterbrach ihn mitten im Satz: »War es das letzte Mal, dass Sie Ihre Frau lebend gesehen haben?«

»Ja.«

»Danke. Fahren Sie bitte fort.«

»Ich bin nach Frankfurt-Niederrad gefahren, wo ich in der Box-Arena meine Jungs trainiere, und habe anschließend meine Spätschicht um 15:00 Uhr im Institut angetreten.«

Rombach sah von der Akte auf. Rixens Aussage stimmte mit der aus dem Protokoll überein. »Sie sind nach dem Feierabend um 21:00 Uhr aber nicht nach Hause zu Ihrer Frau gefahren – ist das korrekt?«

»Ja. Wie jeden Donnerstag hatte ich den Nachtdienst übernommen.«

»Übernehmen Sie donnerstags immer Nachtdienste im Institut?«

»Ja.«

»Warum?«

»Weil Hannelore sich donnerstags mit ihren Freundinnen zum Bridge trifft, na ja, getroffen hat.«

»Wer wusste davon?«

»Im Grunde genommen jeder, der Hannelore oder mich kannte.«

»Wie verlief der Dienst in jener Nacht?«

Rixens Gesichtszüge zeigten keine Regung. »Ohne besondere Vorkommnisse. Ich hatte keinen Einsatz, keine Notfall-Obduktion.«

Rombach betrachtete ein Blatt Papier mit der Aufzeichnung der Überwachungskameras im Institut. »Wie ich der Skizze entnehmen kann, befinden sich die Kameras vorne am Empfang, in den Obduktionsräumen, im Labor sowie am Lieferanteneingang. Im Obergeschoss, wo die Rechtsmediziner ihre Räume haben, sowie im Untergeschoss, wo sich der hintere Ausgang, die Personalumkleide, die Hausmeisterwohnung und Ihr Büro befinden, hat man keine Überwachungskameras installiert. Stimmt das?«

»Ja.«

»Es wäre also möglich, nachts – mit dem Notfallhandy in der Tasche, falls die Leitstelle Sie zum Einsatz rufen sollte – das Institut durch den hinteren Ausgang für etwa eine bis zwei Stunden unbemerkt zu verlassen?«

»Hm … ja.«

Rombach überflog ein weiteres Blatt Papier in der Akte. »Sie fahren ein schnelles Auto – einen Porsche 911 Carrera. Ist es richtig?«

»Ja«, erwiderte Rixen trocken. »Und wie Sie sicherlich dem Protokoll Ihrer Kollegen entnommen haben, war der Wagen ein Geschenk meiner Frau zu meinem 59. Geburtstag.«

Rombach nahm den Faden auf: »Wie lange brauchen Sie von Frankfurt-Sachsenhausen nach Bad Homburg, wenn Sie mit Ihrem Sportwagen nachts unterwegs sind? Ich würde die Fahrzeit auf etwa 30 Minuten schätzen.«

Rixen nickte knapp.

Rombach sah zu ihm hinüber. »Dann besteht also die Möglichkeit, dass Sie am späten Abend unbemerkt nach Bad Homburg gefahren sind, um Ihre Frau, etwa aus Geldgier als Motiv, zu töten. Vielleicht hatten Sie sogar einen Komplizen vor Ort, um die Sache rasch über die Bühne zu bringen. Und kurz nach Mitternacht sind Sie zurück nach Frankfurt gefahren, um den Dienst im Institut bis sechs Uhr morgens fortzusetzen.«

Rixen sagte kein Wort, rührte sich nicht einmal.

Sein Gesicht mit den buschigen Augenbrauen, der pockennarbigen Haut und der offensichtlich mehrfach gebrochenen Nase gleicht einer Teufelsmaske, assoziierte Rombach. Im Geiste zählte er auf: keine äußerlich sichtbaren Zeichen von Trauer, keine Tränen, keine Schatten unter den Augen.

Rixen schwieg wie erstarrt.

Rombach betrachtete ihn für einen Moment. Einen Mann, der vor Kurzem Witwer geworden war, stellte er sich anders vor. Er fuhr fort: »Tatsache ist, dass Ihre Finger- und Schuhsohlenabdrücke am Tatort gefunden wurden.«

»Sie meinen den alten Mercedes meiner Frau? Wie sollte es denn anders sein? Ich benutzte den Wagen, seit wir uns kannten.«

»Hugo Lambert, der Hausmeister, den Sie als Zeugen Ihrer Anwesenheit im Institut in der bewussten Nacht genannt haben, konnte Sie nicht eindeutig entlasten. Er sagte lediglich aus, er habe in seiner kleinen Dienstwohnung im Untergeschoss seelenruhig geschlafen. Ihnen ist klar, dass Sie somit kein hieb- und stichfestes Alibi für die Tatzeit haben?«

Rixen durchbohrte Rombach mit seinen rabenschwarzen Augen.

Das sind Killeraugen, schoss es Rombach durch den Kopf. Er atmete tief durch, riss sich zusammen und fragte schließlich: »Herr Rixen, haben Sie eine Idee, wer der Mörder Ihrer Frau sein könnte? Aus welchem Grund sollte jemand – Ihrer Meinung nach – Ihre Frau töten?«

»Ich habe keine Ahnung.«

Rombach rekapitulierte: »Herr Rixen, Sie hatten, theoretisch gesehen, die Möglichkeit, die Mittel und die Gelegenheit dazu, Ihre Frau zu ermorden.«

Rixens schwarze Ohrstecker-Brillanten funkelten bedrohlich im einfallenden Kunstlicht. »Doch praktisch gesehen, Kommissar Rombach, haben Sie keinen einzigen Beweis gegen mich in der Hand«, entgegnete Rixen mit seiner Bassbaritonstimme. Die gewaltigen Muskeln in seinem Stiernacken spannten sich an. »Und Ihre Mutmaßungen – völlig aus der Luft gegriffen – haben vor Gericht keinen Bestand.«

*

Inzwischen war es kurz nach 15:00 Uhr geworden. Das Fenster in Bellingers lichtdurchflutetem Büro stand offen, frische Sommerluft strömte hinein. Bellinger und Rombach, jeweils mit einer dampfenden Tasse Biokaffee und einem Biokeks ausgestattet, saßen sich gegenüber in den Bürosesseln, nur von dem Schreibtisch getrennt, doch sie verspürten im Moment keine Lust, miteinander zu reden.

Jeder von ihnen hing seinen eigenen Gedanken nach und sah durch den anderen hindurch.

Rombach war sich nach der Befragung von Rixen so gut wie sicher, dass dieser seine vermögende Frau auf dem Gewissen hatte. Geldgier als Mordmotiv war einleuchtend, die Indizienlage klar. Das Problem war, dass er Rixen nach wie vor nichts nachweisen konnte, was eine Anklage rechtfertigen würde. Für Rombach bestand auch kein Zweifel daran, dass Bellinger von Rixens Aura geblendet war und sich unter dem Vorwand der Freundschaft manipulieren ließ. Somit war Bellinger ein Teil des Problems.

Bellinger, von Rixens Unschuld überzeugt, zerbrach sich hingegen seinerseits den Kopf, wie er nun endlich den wahren Mörder von Rixens Frau fassen sollte.

Er rief sich den heutigen Vormittag in Bad Homburg ins Gedächtnis. Sein Gespräch mit den ermittelnden Kollegen und die Tatortbesichtigung im Hardtwald hatten nichts Neues ergeben. Wider Erwarten stellte er fest, dass die Ermittler in der Kurstadt kompetent und ordnungsgemäß gearbeitet hatten. Sie durchleuchteten das Umfeld der Baronin, befragten ihren Ehemann – Rixen –, die Nachbarn, Freunde sowie Bekannten und überprüften deren Alibis zur Tatzeit. Sie nahmen sich finanzielle Transaktionen, Telefonverbindungen, SMS, WhatsApp und E-Mails der Baronin vor, durchsuchten ihr Anwesen in der Ellerhöhe, beschlagnahmten ihren PC und das Smartphone. Rixens Schuhwerk wurde kriminaltechnisch auf entsprechende Erdspuren und Schuhsohlenprofile vom Tatort untersucht. Es blieb nur noch abzuwarten, ob die für Mittwoch geplante Trauerfeier etwas Ungewöhnliches liefern würde. Ansonsten plagten Bellinger höllische Kopfschmerzen, die darauf zurückzuführen waren, dass das Bett im Schlafzimmer der Fremden aus der »Adorno Lounge« so verflucht unbequem gewesen war.

Rombach war der Erste, der das Schweigen brach. »Wollen wir jetzt Rixens Biografie durchgehen? Die Prüfung seines Lebenslaufs steht als nächster Punkt auf dem Programm.«

Reine Zeitverschwendung, dachte Bellinger, doch gleichzeitig war ihm klar, dass er sich während der Ermittlungen strikt an Formalitäten halten sollte. »Jaja.«

Er lehnte sich etwas tiefer in seinen Bürosessel und streckte die Beine zum Schreibtisch vor sich hin.

Rombach nahm ein paar lose Papierblätter mit Rixens Vita in die Hand. »Ich habe mir alte Zeitungsartikel über Rixens kometenhaften Aufstieg als Profiboxer angeschaut. Er hatte den Ruf eines Perfektionisten und genialen Taktikers im Ring und wurde als Naturtalent gefeiert. Die Kritiker bezeichneten ihn als einen Ausnahmesportler, einen Mann mit Stil, Charme und Charisma und prophezeiten ihm eine internationale Karriere.« Rombach blickte Bellinger an. »Hm ... du bist mit ihm befreundet – hast du ihn je gefragt, wie es zu seinem Absturz gekommen ist?«

Bellinger war gereizt. »Nein. Es sind 30 Jahre seit damals vergangen.«

»Hat dich das nie interessiert?«

»Doch, doch, aber ich respektiere es, wenn ein Mann ein Geheimnis für sich behalten will«, antwortete Bellinger. Dann verfiel er für einen Moment in Schweigen. Er dachte an sein eigenes schmutziges Geheimnis und verspürte einen Anflug von schlechtem Gewissen. Sein Dilemma war, dass er durch die kurz entflammte Leidenschaft keine Befriedigung fand. Sein Interesse an der jeweiligen Blondine erlosch üblicherweise beim ersten Morgenlicht.

Rombach fuhr fort: »Rixen war früher nie verheiratet, die Baronin war seine erste Frau. Und Rixen hat keine Kinder. Stimmt das?«

»Soweit ich weiß, ja.«

»Rixen wurden Verbindungen zur serbischen Mafia nachgesagt. Ist dir das bekannt?«

»Ja, ist aber lange her.«

»Als Rixen vor fast 25 Jahren aus der JVA IV Frankfurt-Preungesheim herausgekommen war, wurde er in ein Sonderrehabilitationsprogramm der Hessischen Landesregierung aufgenommen. Er erlernte den Beruf des medizinischen Sektions- und Präparationsfachassistenten und arbeitet seither ohne Unterbrechung im Institut für Forensische Medizin unter Leitung von Professor Stern. Ist das korrekt?«

Bellinger nickte. »Lass mich ergänzen: Rixen wurde selbst zum Ausbilder – er sorgt für qualifizierten Nachwuchs in Leichenpräparation und Obduktionsvorbereitung. Seine ehemaligen Schüler arbeiten heute in leitenden Positionen in renommierten Kliniken und Bestattungsunternehmen in ganz Deutschland.«

Rombach wirkte nachdenklich. »Tja … jetzt kommt ein interessanter Aspekt ans Licht: Rixens Nachwuchs rekrutiert sich aus jungen Kriminellen aus unterschiedlichsten Randgruppen unserer Gesellschaft, die …«

»Verflucht, was soll das?«, schnitt Bellinger ihm das Wort ab. »Es ist nichts Verwerfliches, wenn man orientierungslosen Männern eine Perspektive bietet.«

»Schon gut, schon gut«, beruhigte ihn Rombach und setzte fort: »Durch sein soziales Engagement hat Rixen zwei mächtige Freunde gewonnen: Richter Heinzmann und Professor Stern. Diese Konstellation macht ihn beinahe unantastbar.«

Bellinger stand auf und brummte: »Da du eh alles über Rixens Leben zu wissen scheinst, lass uns jetzt die Biografie seiner ermordeten Frau durchgehen.«

Rombach murmelte etwas wie: »Man könnte ja meinen, dass du deinen Freund in der Sache deckst«, dann fing er an, sämtliche Papierblätter neu zu ordnen. »Ich habe das Wichtigste über das Opfer zusammengestellt. Soll ich es dir vorlesen?«

Bellinger setzte sich wieder hin. Auch wenn er Rombach für eine Nervensäge hielt, so war er froh, ihn – vor allem, wenn es um Recherche ging – als Partner zu haben. »Ich höre.«

Rombach korrigierte aus Gewohnheit die Position seiner Brille auf der Nase und las aus seinen Notizen im Telegrafenstil vor: »Geboren in Darmstadt. Fünf Jahre älter als Rixen. Ausbildung zur Kosmetikerin und Visagistin. Tätig in einem Schönheitssalon in der Goethestraße in Frankfurt. Nebenbei für eine Fotoagentur gemodelt. Mit 21 Jahren zur Miss Hessen gekürt worden. Einen sehr vermögenden Industriellen geheiratet. Wegen einer jüngeren Rivalin irgendwann sitzen gelassen. Hohe Abfindung. Kurz nach der Scheidung Ehemann Nummer 2 – Hubertus Baron von Kisseleff aus Bad Homburg, ein Antiquitäten- und Diamantenhändler. Nach seinem Ableben reiche Witwe. Kinderlos geblieben. Auch sonst keine lebende Verwandtschaft. Rixen, Ehemann Nummer 3, vermutlich allein erbberechtigt. Doch Letzteres muss ich noch überprüfen nach der Testamentseröffnung.«

»Gute Arbeit«, lobte Bellinger und biss in seinen Keks hinein.

»Danke, danke.«

Ein paar Augenblicke des Schweigens verstrichen.

»Hast du die Baronin gekannt?«, fragte endlich Rombach mit Blick in Bellingers Richtung.

»Ich habe sie nur ein einziges Mal gesehen. Sie kam mir etwas exzentrisch vor, aber sympathisch.«

»Das stimmt mit den bisherigen Aussagen aus ihrem Freundes- und Bekanntenkreis überein.« Rombach trank seinen Kaffee aus, dann fügte er mit einem schiefen Grinsen hinzu: »Sie war beliebt und überall gern gesehen, keine Feinde bekannt. Niemand außer deinen Freund Rixen scheint ein Mordmotiv gehabt zu haben.«

*

Bellinger nahm den Gartenschlauch in die Hand und begann, die Rosen im Innenhof zu gießen. Gleichzeitig fragte er sich zum wiederholten Mal an diesem Abend, ob es denn klug von ihm war, in dem Fall »Baronin«, wenngleich nur in unterstützender Funktion, zu ermitteln. War er wirklich in der Lage, mit der nötigen Distanz und Emotionslosigkeit an die Sache heranzugehen?

Er kümmerte sich noch eine Weile um den Garten. Schließlich schritt er verschwitzt und mit erdverschmutzten Händen über die Terrasse in seine Wohnung hinein.

15 Minuten später stand er, frisch geduscht und leger angezogen, vor dem antiken Kristallspiegel, einem Erbstück aus seinem Elternhaus, in der Diele. Er begutachtete sein Spiegelbild aus verschiedenen Sichtwinkeln. Was stimmte mit seiner Männlichkeit nicht? Was lief da falsch? Warum ließ sich seine Frau im Bett von einer anderen Frau glücklich machen anstatt von ihm?

Verflucht, was sollte er nun tun? Langsam mutierte er zu einem Sex-Junkie. Doch seine nächtlichen Bewältigungsstrategien in fremden Betten ergaben keinen Sinn. Nein, heute Abend würde er nicht in die »Adorno Lounge« gehen, nein, ausgeschlossen!

Bellinger drehte sich vom Spiegel wieder weg und tappte zurück ins Wohnzimmer.

Gedankenverloren schob er eine CD von Miles Davis in den CD-Player und schenkte sich ein Glas Riesling ein. Dann holte er aus der Küche eine Packung Biowalnüsse, die er bei seinem bevorzugten Biowaren-Händler in der Moussonstraße regelmäßig kaufte, warf sich auf die Couch und fing an, die Schalen geräuschvoll zu knacken. Irgendwann war seine überschüssige testosterongesteuerte Energie abgebaut. Und sobald sich seine Nerven beruhigt hatten, griff er nach dem iPhone, das auf dem Couchtisch lag, überflog die Kontakte und wählte Lauras Rufnummer.

4. KAPITEL

Am drauffolgenden Mittwochmorgen war das Wetter in Frankfurt angenehm warm und sonnig, die Verkehrslage zeigte sich dagegen von ihrer ungemütlichen Seite. Während der scheinbar aussichtslosen Parkplatzsuche im Kettenhofweg, einer Einbahnstraße im Frankfurter Stadtteil Westend-Süd, bekannt für seine gut betuchten Einwohner und die schwindelerregend hohen Immobilienpreise, fluchte Bellinger ungeniert vor sich hin. Doch es war nicht nur der Straßenverkehr, der ihn in Rage brachte. Er konnte es kaum abwarten, mit Constanze, der Tochter des verstorbenen Barons, zu sprechen – der Frau, die seinem Freund Rixen einen Mord anhängen wollte. Was führte sie im Schilde?

Endlich steuerte Bellinger eine Parklücke an. Auf dem Beifahrersitz saß Rombach und schwieg. Um 08:55 Uhr stiegen sie aus dem Dienstwagen, einem dunkelblauen Audi A6.

Bellinger gab sich alle Mühe, sein aufbrausendes Temperament im Zaum zu halten, und drückte den Messingknopf am Eingang einer repräsentativen Stadtvilla im klassizistischen Stil. Aus den Erzählungen seiner Eltern wusste er, dass das Westend von den Bombardements im Zweiten Weltkrieg verschont geblieben war. Daraus resultierte auch der bis heute erhaltene gründerzeitliche Charme dieses Stadtteils mit seiner überaus gepflegten großbürgerlichen Wohnkultur.

Sie mussten eine Weile warten, bis ihnen die Hausherrin die Tür aufmachte.

Bellinger musterte sie von Kopf bis Fuß: Mitte 40, groß, schlank, blondiertes Haar, hochgesteckt, elegantes Sommerkleid.

So sieht also das Miststück aus, das Rixen ans Messer liefern will.

»Guten Morgen. Ich bin Hauptkommissar Oliver Bellinger, Kripo Frankfurt. Vielen Dank, dass Sie mit dem heutigen Gespräch einverstanden waren«, sagte Bellinger zur Begrüßung mit dem Dienstausweis in der Hand. »Ich bin derjenige, der gestern mit Ihnen telefoniert und den Termin vereinbart hat. Darf ich Ihnen meinen Kollegen Kommissar Thorsten Rombach vorstellen?«

Sie nickte ohne die geringste Gesichtsregung. »Bitte, kommen Sie herein.«

Ist mir die Frau aber unsympathisch!

Bellinger und Rombach betraten den Flur. Sie zog die Tür hinter sich zu, dann ging sie ihnen voran.

Ein Hauch eines herben penetranten Parfüms strich Bellinger an der Nase vorbei. Er folgte der Hausherrin und registrierte die Umgebung mit geschärftem Blick. Die Inneneinrichtung wirkte teuer, Kronleuchter, Antiquitäten und Blumenarrangements waren dekorativ in Szene gesetzt.

Von Understatement keine Spur.

Sie führte sie ins Arbeitszimmer. Zu dritt nahmen sie Platz in einer Sitzecke.

Bellinger schluckte und ergriff das Wort: »Wie Sie wissen, wollen wir Ihnen ein paar Fragen zum Mordfall Hannelore Baronin von Kisseleff stellen.«

Sie nickte wieder. Ihr Gesichtsausdruck glich dem einer Sphinx.

Bellinger räusperte sich und stellte die erste Frage: »Wann haben Sie die ermordete Baronin zuletzt gesehen?«

»Bei der Beisetzung meines Vaters vor zweieinhalb Jahren.«

»Wie war Ihr Verhältnis zu der Ermordeten?«

»Es ist kein Geheimnis, dass wir einander nicht leiden konnten. Sie hat vor 25 Jahren die Ehe meiner Eltern zerstört.«

»Erzählen Sie bitte weiter«, drängte Bellinger.

»Oh!« Auf einmal schleuderten Blitze aus ihren Augen. »Nachdem mein Vater meine Mutter verlassen hat, fing sie an zu trinken und Medikamentenmissbrauch zu betreiben. In ihrer Verzweiflung und aus verletztem Stolz entwickelte sie eine schwere therapieresistente Depression. Später nahm sie sich das Leben. Weil ich meinen Vater für ihren Selbstmord in aller Öffentlichkeit verantwortlich gemacht habe, ließ er mich – unter Hannelores Einfluss! – enterben. Das Einzige, was er mir überlassen hat, ist das Haus hier.«

Bellinger zeigte einen neutralen Gesichtsausdruck und fuhr fort: »Hatte Ihr Vater, der Baron, noch weitere Verwandte?«

»Nein. Sie sind alle schon tot.«

»Was war die Ermordete für eine Frau?«

Jetzt kam sie erst richtig in Fahrt. »Eine Ehebrecherin! Eine liebestolle alte Kuh! Intrigant, egozentrisch, verlogen. Ein Biest, eine Furie. Ihre Interessen galten ausschließlich Schönheitschirurgie, Hochglanzmagazinen und Golf.«

Bellinger hielt einen Moment lang inne und rief sich Rixens Hochzeitsfeier ins Gedächtnis. Dort hatte er die Baronin kennengelernt. Er hatte sie weder als versnobt noch oberflächlich empfunden. Ob sie durch einen operativen Eingriff jünger und glatter gemacht worden war – warum auch nicht? –, war ihm jedenfalls nicht aufgefallen. Was ihm aber in Erinnerung haften geblieben war: Die Baronin wirkte an Rixens Seite glücklich und strahlte wie eine frisch verliebte Braut. Unbestritten hatte sie einen außergewöhnlichen Geschmack, sonst würde sie einen Mann wie Rixen nie zum Ehemann nehmen.

Mehrere Sekunden verstrichen.

Bellinger sah Constanze aufmerksam an. »Sie haben erst kürzlich behauptet, Daniel Rixen habe die Baronin aus Geldgier als Motiv umgebracht. Kennen Sie den Mann persönlich?«

»Nein, das nicht … Aber ich habe genug von seiner dubiosen Vergangenheit und seinen Kontakten zur kriminellen Szene gehört. Ich nehme stark an, dass er sich mithilfe eines Komplizen aus dem Milieu zu einem reichen Witwer gemacht hat.«

Bellinger enthielt sich eines Kommentars.

Unverblümt setzte sie fort: »Daniel Rixen hat Hannelore, diese sexgeile Schlampe, mit seinem trügerischen Charme geblendet und bewusst manipuliert. Diese Blitzhochzeit war ein Witz, nicht standesgemäß. Die Alte musste den Verstand verloren haben!« Sie schäumte jetzt vor Wut. »Daniel Rixen ist der Einzige, der von Vaters geändertem Testament hätte profitieren können. Die Alte, obwohl nur angeheiratet, war die Alleinerbin. Und sie war es, die – ganz offensichtlich – in ihrem hormongesteuerten verwirrten Zustand das gesamte Vermögen meiner Familie im Falle ihres Ablebens testamentarisch an Rixen überschrieben hat – angeblich für seine *Wohltätigkeitsprojekte*.«

Bellinger bohrte nach: »Woher wollen Sie das wissen? Die offizielle Testamentseröffnung findet doch erst nach der Beerdigung der Baronin statt.«

»Oh! Die alte Kuh besaß die Frechheit, mich kurz nach ihrer Hochzeit mit Rixen anzurufen und es mir böswillig mitzuteilen.«

Bellinger runzelte die Stirn und fragte: »Angenommen, Daniel Rixen wäre des Mordes an seiner Frau aus Geldgier für schuldig gesprochen worden, und der Richter würde ihn zu lebenslänglicher Haft verurteilen, dann steht es Ihnen frei, das Testament der, wie Sie behaupten, *geistig unzurechnungsfähigen* Baronin anzufechten, habe ich recht?«

»Jaja, da haben Sie ganz recht.«

Oha! Jetzt wird mir klar, warum sie auf die Idee kam, Rixen den Mord in die Schuhe zu schieben. Wenn er verurteilt wird, gehört ihr das gesamte Erbe. Schlau!

Bellinger versuchte, sie unter Druck zu setzen. »Haben Sie stichhaltige Beweise gegen Daniel Rixen, etwas, was ihn direkt mit dem Mord in Verbindung bringt?«

Sie schien tatsächlich verunsichert zu sein. »Na ja, wissen Sie, Beweise habe ich zwar nicht, aber …«

Bellinger unterbrach sie abrupt. »Vielen Dank, mehr brauche ich nicht. Wo waren Sie am Abend des 19. Juni?«

»Was soll denn das?«, polterte sie. »Wollen Sie etwa mein Alibi für die Tatzeit überprüfen?«

»Ich tue nur meine Arbeit.«

»Na ja … Wie Sie wünschen. Mein Mann und ich waren an diesem Abend zu einem Galaempfang in der chinesischen Botschaft eingeladen.«

»Danke, das werden wir überprüfen.«

Wahrscheinlich stimmt das sogar, doch wenigstens habe ich das arrogante Miststück ordentlich geärgert … Ha!

»Um was für eine Geldsumme handelt es sich denn?«, wollte Rombach wie aus heiterem Himmel wissen.

Sie erhob sich und strich ihr Kleid glatt. »Wir sprechen hier von einem Vermögen in Höhe von fünf Millionen Euro, meine Herren. Soweit ich weiß, haben Menschen aus Habgier schon für viel weniger Geld gemordet.«

Rombach blinzelte, Bellinger schluckte schwer. Sie verabschiedeten sich mit knappen Sätzen.

Auf der Fahrt zurück ins Präsidium sagte lange Zeit keiner von beiden ein Wort.

Als sie den Mitarbeiterparkplatz erreicht hatten, fragte schließlich Rombach: »Oliver, hast du gewusst, wie steinreich Rixens Frau in Wirklichkeit war?«

»Na ja, Details hat mir Rixen nie erzählt.«

*

Bellinger hasste Beerdigungen. Seit seine Eltern, ein Finanzbeamter und eine Musikpädagogin, vor ein paar Jahren bei einem Verkehrsunfall im Urlaub in Australien ums Leben gekommen waren, machte er einen großen Bogen um Orte der Trauer. So war er froh, dass Rombach sich am Nachmittag bereit erklärt hatte, allein nach Bad Homburg zu fahren, um der Trauerfeier für Hannelore Baronin von Kisseleff als stiller Beobachter beizuwohnen. Es war wichtig für sie zu erfahren, wer zur Beisetzung kam und ob sich jemand merkwürdig verhielt. Rixen zeigte Verständnis für Bellingers Abwesenheit.

In der Zwischenzeit überprüfte Bellinger das Alibi der Tochter des verstorbenen Barons. Wie er schon geahnt hatte, stellte es sich als wasserdicht dar.

Jetzt befand sich Bellinger im Büro, genoss seinen Biokaffee und wartete auf Rombachs Rückkehr und die Berichterstattung vom Friedhof. Doch seine Gedanken hatten für den Moment nicht allzu viel mit seinem Job zu tun. Mit leuchtenden Augen überlegte er, in welches Restaurant er Laura, mit der er sich für den Abend verabredet hatte, einladen sollte. Laura … Allein der Klang ihres Namens versetzte ihm einen Stich ins Herz … Konnte diese zurückhaltende, sanfte Frau mit ihrer subtilen erotischen Ausstrahlung wirklich seine Rettung, wie Rixen es gemeint hatte, sein?

5. KAPITEL

Die Fahrt von Frankfurt nach Bad Homburg dauerte üblicherweise nicht länger als 30 Minuten, doch Bellinger, mit Rombach auf dem Beifahrersitz, steckte unterwegs mehrmals im Stau fest. Als er endlich sein Ziel erreicht hatte und den Dienstwagen in eine Parklücke im Philosophenweg bugsierte, war es 15:45 Uhr.

Der Donnerstagnachmittag präsentierte sich im Hardtwald von seiner schönsten Seite, weder heiß noch schwül. Spatzen zwitscherten sich die Seele aus den Kehlen, es roch nach Gartenblumen und frisch gemähtem Gras.

Bellinger stieg aus dem Wagen, den er unter einer mächtigen Rosskastanie geparkt hatte, straffte die Schultern und blickte sich um.

Auch Rombach war inzwischen ausgestiegen und beäugte die Umgebung, in der die Reichen und Schönen wie in einer Enklave lebten.

Sie gingen auf eine strahlend weiß verputzte Villa zu. Durch das halb geöffnete Eingangstor gelangten sie an einem Fliederbaum vorbei in den Vorgarten, dann stiegen sie die Treppe hinauf zu einem überdachten Portal. Bellinger drückte auf die Klingel.

Eine vornehm aussehende Dame Anfang 60 mit aufwendig frisiertem Silberhaar und neugierigem Blick öffnete ihnen die Tür.

»Frau Emma Goldberg?«, fragte Bellinger.

»Die bin ich«, antwortete sie. »Und Sie müssen der Herr von der Polizei sein, der wegen Hannelores Mordermittlung angerufen hat, nicht wahr?«

»Ja. Ich bin Hauptkommissar Oliver Bellinger von der Kripo Frankfurt«, stellte er sich vor. »Das ist Kommissar Thorsten Rombach, mein Kollege. Es tut mir leid, dass wir mit Verspätung kommen.«

»Kein Problem. Seit ich verwitwet bin, lebe ich alleine und habe viel Zeit.«

Bellinger nahm Anlauf. »Ich weiß, dass Sie als Bridge-Freundin der ermordeten Baronin in der Sache von den Kollegen bereits befragt wurden, dennoch – es ist von enormer Wichtigkeit, die letzten Stunden im Leben eines Mordopfers genau zu rekonstruieren.«

Emma Goldberg nickte verständnisvoll und ließ sich die Dienstausweise zeigen, bevor sie mit einem höflichen Lächeln sagte: »Bitte, kommen Sie doch rein.«

Sie betraten den Hausflur.

Emma Goldberg schloss die Haustür hinter sich, drehte sich um und ging vor.

Sie folgten ihr im Gänsemarsch. Aus der Küche drang ein köstlicher Duft nach Vanille, Zimt und Äpfeln.

Im Wohnzimmer wies sie in Richtung eines Sofas mit Paisley-Muster. »Bitte, machen Sie es sich bequem.«

Bellinger und Rombach nahmen Platz.

»Möchten Sie vielleicht einen Tee? Und ein Stück Apfelkuchen dazu?«

»Ja, sehr gern«, bedankten sie sich fast gleichzeitig.

Sie ging hinaus und ließ sie alleine. Währenddessen schaute Bellinger sich im Raum um: Landhausstil, hell und luftig. Es dominierte die sanfte Farbkombination Weiß, Beige und Pfirsich.

Wenige Minuten später kehrte Frau Goldberg mit einem Silbertablett zurück, auf dem eine Teekanne, drei Porzellantassen und ein Kuchenteller standen. »Darf ich Ihnen Tee eingießen?«

»Das übernehme ich«, erbot sich Rombach.

Sie nickte, setzte sich in den Sessel ihnen gegenüber und sah sie erwartungsvoll an.

Bellinger war nicht nach einer netten Salon-Konversation zumute. Und er versprach sich auch keine neuen Erkenntnisse von dem Besuch. Aber er wusste, er sollte in der Ermittlung nach Dienstvorschrift vorgehen, also stellte er seine erste Standardfrage: »Sie haben jeden Donnerstagabend Bridge gespielt, ist das richtig?«

»Ja. Wir trafen uns um 20 Uhr. Abwechselnd bei mir hier im Hardtwald, bei Hannelore in der Ellerhöhe am Zollstock, bei Agnes in der Löwengasse am Schloss und bei Doris in der Tannenwaldallee.«

»Immer in gleicher Reihenfolge?«

»Aber ja. Und das schon seit fünf Jahren, es sei denn, eine von uns war auf Reisen oder lag im Krankenhaus.«

»Haben Sie in den letzten Wochen das Gefühl gehabt, jemand würde Sie und Ihre Freundinnen an besagten Donnerstagen beobachten?«

»Nein, keineswegs.«

»Wer könnte Ihrer Meinung nach Interesse am Tod Ihrer Freundin haben?«

Die Antwort kam spontan. »Ich habe nicht die geringste Ahnung.«

Jetzt schaltete Rombach sich ein. »Formulieren wir die Frage etwas anders: Wer könnte von ihrem Tod profitieren – etwa in finanzieller Hinsicht?«

Nun schien sie einen Augenblick lang darüber nachzudenken. »Naja ... Hannelores erster Ehemann, ein Industrieller, deutlich älter als sie, ist längst gestorben. Er war zwar ein notorischer Schürzenjäger, überließ ihr aber bei der Scheidung eine mehr als großzügige Abfindung. Der Baron, Hannelores zweiter Mann, starb vor zweieinhalb

Jahren an Lungenkrebs. Hannelores Ehen blieben kinderlos. Constanze, die Tochter des Barons aus seiner ersten Ehe, wurde, soweit ich weiß, von ihrem Vater enterbt. Somit bleibt Hannelores Ehemann Nummer 3 – Daniel Rixen – übrig.«

»Aha!« Rombachs Augen blitzten. »Was halten Sie persönlich von Daniel Rixen?«

»Oh! Er ist ein Charmeur, ein Beschützer-Typ, eine faszinierende Erscheinung. Rixen gehört zu den Männern, die einer Frau das Gefühl vermitteln, etwas Besonderes zu sein. Hannelore war wie verzaubert, sie fühlte sich wieder jung und begehrenswert.«

Rombachs Neugier wuchs. »Wissen Sie, wie und wo sich die beiden kennengelernt haben?«

»Ja selbstverständlich. Hannelore liebte Kinder, konnte aber nie eigene bekommen. Schon seit Jahren engagierte sie sich ehrenamtlich und unterstützte Kinder und Jugendliche in Not. Während einer Spendengala in der Alten Oper in Frankfurt wurde sie mit Rixens Projekten zur Resozialisierung und Förderung jugendlicher Straftäter in Hessen konfrontiert. Er sprach als Ehrengast vor dem Publikum über die Umstände, die aus einem unterprivilegierten Kind einen Kriminellen machen und von dem Recht des Menschen auf eine zweite Chance im Leben. Hannelore war begeistert von seinem Engagement. Es muss die sprichwörtliche Liebe auf den ersten Blick gewesen sein.« Emma Goldberg wirkte zu Tränen gerührt. »So haben sich die beiden am 13. Juni im vergangenen Jahr kennengelernt.«

Und so hatten sie am 13. Juni in diesem Jahr geheiratet, ergänzte Bellinger in Gedanken. Er nippte an dem Tee. Ein bestimmtes Bild tauchte aus seinem Gedächtnis auf: Rixen im maßgeschneiderten marineblauen Anzug und die Baronin in einem elfenbeinfarbenen Seidenkostüm, zierlich und zerbrechlich wie eine chinesische Porzellanpuppe, wie sie sich vor dem Standesamt posierend von Richter Heinzmann fotografieren ließen.

Es verstrichen ein paar Sekunden, bis Bellinger wieder in der Gegenwart angekommen war.

Rombach fuhr mit seinen Fragen fort: »Sie wurden als Freundin der Braut nicht zu ihrer Hochzeit eingeladen. Ist das nicht seltsam?«

»Oh nein, nein! Das hatte Hannelore mit Agnes, Doris und mir so abgesprochen. Sie wünschte die Tatsache, dass sie in ihrem Alter zum dritten Mal heiratet, dazu noch einen jüngeren Mann, nicht an die große Glocke zu hängen.« Plötzlich stöhnte sie auf, in ihren Augen erschienen Tränen. »Hannelore wollte uns drei im Nachhinein in ein feines französisches Restaurant in der Ferdinandstraße einladen.«

Jetzt übernahm Bellinger wieder das Wort, während Rombach ein zweites Stück Apfelkuchen von der Platte auf seinen Teller hob: »Wirkte Ihre Freundin am besagten Donnerstag irgendwie anders als sonst? Nervös, ängstlich oder verstört? Depressiv?«

»Nein, nein, ganz im Gegenteil.«

Bellinger wartete, bis Rombach den Kuchen gegessen hatte, dann sagte er: »Danke, dass Sie sich Zeit für uns genommen haben.«

*

Nach ihrem Gespräch mit Emma Goldberg schritten Bellinger und Rombach auf den Dienstwagen zu. Bellingers Laune sank auf den Tiefpunkt. Wie er schon im Vorfeld befürchtet hatte, trug die Aussage Hannelores Bridge-Freundin kein Bisschen dazu bei, nun endlich auf die Spur des wahren Mörders zu kommen. Im Begriff, nach dem Autoschlüssel in seine Hosentasche zu greifen, hörte er Rombachs Stimme: »Oliver, was hältst du davon, ein Stück spazieren zu gehen?«

Bellinger hielt mitten in der Bewegung inne. Sein Blick fiel auf Rombach. Er verspürte im Augenblick nicht die geringste Lust, mit ihm irgendwohin zu gehen. Doch die Alternative bei dem grandiosen Wetter würde heißen, im Büro am Schreibtisch zu sitzen und ein Protokoll zu verfassen. »Keine schlechte Idee, Thorsten«, entgegnete er, öffnete den obersten Knopf seines Hemdes und setzte die Sonnenbrille auf.

Rombach nickte zufrieden.

Schweigend marschierten sie den Philosophenweg bergab auf den Jubiläumspark zu. Dort angekommen, schauten sie den spielenden Kindern und tobenden Hunden zu. Nach einer Weile bogen sie nach links ab, gingen geradeaus, überquerten den Schwedenpfad, und schon befanden sie sich vor dem Siamesischen Tempel im historischen Kurpark.

Sie nahmen auf einer Bank Platz und genossen die milden Sonnenstrahlen.

Rombach wandte sich Bellinger zu und brach das Schweigen, sobald er sich vergewissert hatte, dass niemand in ihrer Nähe war. »Erzähl mir bitte über das Resozialisierungs- und Förderprogramm für jugendliche Straftäter, für das Rixen tätig ist. Ich blicke da nicht ganz durch.«

»Gut«, sagte Bellinger. Gleichzeitig fragte er sich, was Rombach mit dieser Information anfangen wollte. »Das Programm existiert seit fünf Jahren. Alle Mitarbeiter sind ehrenamtlich tätig.«

»Wie wird es finanziert?«

»Hauptsächlich durch Spenden. Rixen ist es gelungen, zwei stinkreiche Geschäftsmänner als Sponsoren anzuwerben, die schon in der Vergangenheit seinen Boxclub, der übrigens nicht mehr existiert, unterstützt hatten.«

»Was ist Rixens Aufgabe?«

»Er ist für das Antiaggressionsprogramm zuständig und trainiert die Jungs im Boxring. Außerdem verwaltet er die Gelder und, wie du schon weißt, bildet er Nachwuchs im Institut aus. Die übrigen Jungs, im Alter von 18 bis 21 Jahren, werden an öffentliche Einrichtungen wie etwa Friedhofs-, Grünanlagen- und Gartenpflege vermittelt, wo ihnen eine Berufsausbildung ermöglicht wird.«

»Was sind das für Jungs?«

Bellinger beobachtete ein Eichhörnchen, wie es zwischen den Zweigen einer Hainbuche seine Pirouetten drehte, dann antwortete er: »Einbrecher, Schlägertypen, Drogendealer, Autoschlepper, Betrüger. Keine Mörder, keine Vergewaltiger, keine Mafiamitglieder. Sie verehren Rixen, für sie ist er eine Art Superheld und Vaterersatzfigur zugleich, auch wenn er sie richtig hart im Ring trainiert.«

Rombach sagte nichts.

Sie erhoben sich. Der mit Kies aus gebleichtem Sandstein bestreute Weg führte sie an den Tennisplätzen vorbei. Wenige Minuten später sahen sie auf der linken Seite das Kaiser-Wilhelms-Bad. Dort blieben sie für einen Moment stehen, dann gingen sie auf die Spielbank zu. In der Brunnenallee verlangsamten sie das Tempo und suchten nach einer freien Sitzgelegenheit. Schließlich fanden sie eine, setzten sich hin, streckten die Beine aus und schauten ein paar betagten Golfspielern auf dem Golfplatz gegenüber zu.

Bellinger war immer noch schleierhaft, warum sich Rombach für Rixens Förderprogramm interessierte.

»Ist Rixen der Vorstandsvorsitzende?«, setzte Rombach das Gespräch fort.

»Nein. Das ist Bernd Heinzmann, Richter am Oberlandesgericht Frankfurt, ein hoch angesehener Mann und der Sache treu ergeben.«

»Und da bleibt noch Professor Patrick Stern, der Leiter des Instituts für Forensische Medizin übrig, mit dem auch du befreundet bist, stimmt es?«

»Ganz genau. Er ist Heinzmanns Vertreter.«

»Ist es wahr, was gemunkelt wird, dass Stern einst Alkoholiker war?«

Bellinger ließ sich Zeit mit seiner Antwort. »Ja … Als Sterns Frau starb, suchte er Trost im Alkohol. Es ist allein Rixens Verdienst, dass er trocken geworden ist. Die zwei verbindet eine ganz spezielle Freundschaft.«

Sie standen auf und wandten sich in Richtung der goldglänzenden Russischen Kapelle.

Unterwegs blieb Bellinger mehrmals stehen, beeindruckt von den monumentalen Stieleichen und Schwarzerlen, Silberweiden und Robinien. Die Bäume trugen das tiefe saftige Grün des Frühsommers, und die gepflegten Rasenflächen rochen nach frisch gemähtem Gras.

»Habe ich es richtig verstanden?«, fragte Rombach in gedämpfter Lautstärke. »Der Vorstand setzt sich aus fünf Mitgliedern zusammen: Richter Heinzmann, Professor Stern, den zwei Sponsoren und Rixen persönlich. Und Rixen ist für die Verwaltung der Gelder zuständig.«

Bellinger nickte gereizt. »Willst du mir damit etwas durch die Blume mitteilen?«

Rombach schaute ein paar Enten zu, die über das Gras watschelten, dann wandte er sich Bellinger wieder zu. »Mein Instinkt sagt mir: Dein Freund Rixen ist im Begriff, sich mit den Stiftungsgeldern und seiner Erbschaft ins Ausland abzusetzen.«

Erst jetzt dämmerte es Bellinger, warum ihn Rombach bezüglich des Förderprogramms ausgefragt hatte. »Blödsinn! Du klingst schon wie diese arrogante Constanze!«

»Oliver«, Rombach kam richtig in Fahrt, »wie verblendet bist du denn? Du musst doch selbst zugeben, dass diese Verbindung – ein Obduktionsassistent und eine Dame aus feinster Gesellschaft – äußerst merkwürdig war!«

»Und wenn? Sie waren eben ein unkonventionelles Paar. Außerdem: Wenn du Rixen besser kennen würdest, wüsstest du, was für ein bemerkenswerter Mann er ist.«

Rombach sah alles andere als überzeugt aus und widersprach: »Oliver! Das ist nur dein subjektiver Eindruck! Auf mich wirkte Rixen schon immer suspekt. Und unheimlich. Den trauernden Witwer spielt er dir nur vor!«

»Kannst du mir vielleicht verraten, wie du deine Mutmaßungen im juristischen Sinne untermauern willst?«

Rombach antwortete nicht. Stattdessen beobachtete er mit verkniffenen Augen zwei verliebte, bunt gefiederte Enten im Teich.

Sie überquerten eine Holzbrücke.

Bellinger stoppte vor dem Hölderlindenkmal und nahm Rixen erneut in Schutz: »Thorsten! Du verdächtigst Rixen eines Verbrechens, weil er vorbestraft ist und weder in Verhalten noch Aussehen der Norm entspricht. Du bist voreingenommen! Ganz offensichtlich hast du keine Ahnung von wahren Werten wie Vertrauen und Loyalität, die in einer echten Männerfreundschaft eben üblich sind.«

Rombach gab sich nicht geschlagen: »Ich versuche, objektiv zu bleiben. Sonst nichts.«

Sie setzten sich auf eine gusseiserne Bank auf dem Schmuckplatz. Ohne ein weiteres Wort miteinander zu wechseln, betrachteten sie die in Pastellfarben gehaltenen Fassaden der prunkvollen Häuser an der Kaiser-Friedrich-Promenade.

»Wollen wir langsam zurück zum Auto laufen?«, schlug Bellinger irgendwann vor.

Rombach deutete ein Nicken an.

Bellinger war bewusst, dass es keinen Sinn hatte, diese nervtötende Pro- und Contra-Rixen-Diskussion fortzusetzen. Das Wichtigste in dem Fall war, dass Rombach im Präsidium seine Klappe hielt und nicht herumposaunte, dass ihn mit Rixen eine langjährige Freundschaft verband.

Auf dem Rückweg huschte plötzlich ein Lächeln über Bellingers Gesicht – er dachte an Laura. Wie ein Teenager freute er sich auf den heutigen Abend mit ihr – seinem »potenziellen Heilmittel«, wie Rixen sie genannt hatte. Er würde seine Sexsucht besiegen! Er würde seinem triebhaften Verlangen widerstehen! Mit Rixens Hilfe, dennoch aus eigener Kraft. Er würde sich ab sofort auf die inneren Werte einer Frau konzentrieren – das war seine einzige Chance.

6. KAPITEL

In der Diele seiner Gartenwohnung begutachtete Bellinger sein Spiegelbild mit grimmiger Miene. Er hob den Kopf empor und streckte den Rücken durch. Mit den Äußerlichkeiten einigermaßen zufrieden, besprühte er sich mehr als großzügig mit Duftwasser, warf sich ein leichtes Sommersakko über und verließ das Haus in der Schopenhauerstraße. Draußen erwartete ihn ein angenehm frischer Freitagabend, es hatte gerade aufgehört zu regnen. In der Ferne hörte er die Glocken der Lutherkirche läuten.

Es dauerte wenige Minuten, bis er in der Berger Straße die Rolltreppe zur U-Bahn-Haltestelle Höhenstraße hinabfuhr.

Mit dem Monatsticket im Portemonnaie stieg er in einen Zug der Linie U4. Die Bahn setzte sich in Bewegung.

An der Konstablerwache angekommen, wechselte er in die S-Bahn. Bereits an der nächsten Station – Hauptwache – stieg er wieder aus. In dem unterirdischen Bahnhof nahm er die Treppe Richtung Alte Oper hinauf – und schon stand er am Goetheplatz. Vor seinen Augen spiegelten sich Lichter der Straßenlaternen, Schaufenster und Neonreklamen in Regenbogenfarben in den noch regennassen Bordsteinen. Jetzt bog Bellinger nach links ab und ging auf eine zweiflüglige, kobaltblau gestrichene Tür zu. Zwei postierende Kolosse schlossen sie auf für ihn wie auf Kommando.

Er bedachte sie mit einem Nicken und trat in den Club ein. Eine Wendeltreppe führte hinab ins Kellergewölbe unter einem restaurierten Haus aus dem 19. Jahrhundert. Unten angekommen, bahnte er sich den Weg durch Gruppen von Gästen, die miteinander plauderten, lachten, flirteten. Cocktailgläser klirrten, Bier schwappte, Eiswürfel klickten. Blaue Lampenschirme sorgten für eine diskrete gedämpfte Beleuchtung.

Er nahm Platz in einer Nische. Eigentlich war es keine Nische, sondern eine VIP-Loge mit einem renovierten Pokertisch in der Mitte und vier englischen Clubsesseln hinter silberblau schimmernden Vorhängen, die der Besitzer des »Blue Note Jazz Clubs«, ein guter Freund von Rixen aus früheren Zeiten, ihnen exklusiv zur Verfügung stellte.

Mit Herzklopfen und einem Lächeln im Gesicht dachte Bellinger an den gestrigen Abend mit Laura. Beim Essen in dem Restaurant seiner Wahl – an der Ecke Schöne Aussicht und Kurt-Schumacher-Straße mit Blick auf die Alte Brücke, den Neuen Portikus auf der Maininsel und das gegenüberliegende Deutschherrnufer – hatten sie sich unterhalten, als ob sie sich seit Jahren kennen würden. Sie lachten viel und entdeckten gemeinsame Interessen. Doch das Wichtigste war, dass er keinen einzigen Augenblick den Drang verspürt hatte, sich vor Laura auf irgendeine Art beweisen zu müssen. Anschließend waren sie unter einem Sternenhimmel an der Mainuferpromenade entlang bis zu der Ignatz-Bubis-Brücke spazieren gegangen. Sie verabschiedeten sich voneinander mit einem Wangenkuss in der weißen Säulenvorhalle des Literaturhauses, dann fuhr jeder in seine eigene Wohnung. Den Samstag wollten sie zusammen verbringen und verabredeten sich zum Brunch im Sommergarten der »Gerbermühle«.

Eine Bedienung mit Feuerzeug in der Hand unterbrach Bellingers Gedanken und zündete die Kerzen auf dem Pokertisch an. Bellinger sah ihr dabei zu und bestellte ein Glas Riesling. Jetzt freute er sich regelrecht auf den gemeinsamen Abend mit seinen Freunden.

Kaum hatte er es sich in seinem Sessel bequem gemacht, stolzierte Patrick Stern in die Nische.

»Hi«, grüßte ihn Bellinger.

»Hi, schön dich zu sehen, Oliver.«

Beide hielten nicht viel von Händeschütteln, Schulterklopfen, Umarmungen oder sonstigen theatralischen Begrüßungsritualen.

Stern setzte sich hin. Bellinger betrachtete ihn flüchtig: Obwohl vorzeitig ergraut und stets mit einem melancholisch-lethargischen Gesichtsausdruck, war der 55-jährige Professor ein durchaus attraktiver Mann.

Bellingers Wein wurde serviert. Stern bestellte bei der Bedienung wie üblich eine gut gekühlte Flasche Tonicwater und ein leeres Champagnerglas dazu.

Bellinger stand auf und zog die Samtvorhänge zusammen. »Wie geht es Rixen?«, erkundigte er sich. »Ich fand es besser, ihn privat nicht zu treffen, solange der absurde Mordverdacht gegen ihn nicht offiziell widerlegt ist.«

Stern seufzte auf. »Oh! Rixen hält sich tapfer, er ist schließlich eine Kämpfernatur. Doch bei der Beisetzung Hannelores konnte er seine Tränen nicht mehr zurückhalten.«

»Das hat mir Thorsten auch schon berichtet. Und ich habe heute Vormittag mit Rixen telefoniert. Er meinte, er hätte die ganze Zeremonie ohne die Unterstützung von dir, Jeff, Heinzmann und seinen vier Jungs nie allein überstanden.«

»Armer Rixen«, äußerte sich Stern.

Auf Bellinger wirkte Stern heute Abend depressiver als sonst. Seine inneren Narben waren durch die Teilnahme an Hannelores Beisetzung aufgebrochen, vermutete Bellinger, denn er wurde dabei schmerzlich an den Tod seiner eigenen Frau erinnert. Bellinger wusste, dass, nachdem Sophie, eine Fachärztin für Psychiatrie, sich aus scheinbar unerklärlichen Gründen das Leben genommen hatte, Sterns Psyche nie mehr wie früher geworden war.

Bellinger biss sich auf die Unterlippe, dann nahm er schweigend einen Schluck Wein.

Stern stöhnte auf. »Armer Rixen«, wiederholte er. »Jetzt sind wir beide Witwer. Himmel, wer hätte das gedacht?«

Die Bedienung schlüpfte durch die Vorhänge, brachte die Flasche Tonicwater, das Champagnerglas und eine Schale mit Erdnüssen, dann eilte sie davon und hinterließ eine zarte Parfümwolke in der Luft.

Stern schenkte sich Tonicwater ein.

Sie stießen die Gläser an.

Bellinger fragte: »Wohnt Rixen wieder in Frankfurt?«

»Er hat seine alte Mietwohnung in der Bethmannstraße nie gekündigt, auch wenn er seit fast einem Jahr mit Hannelore in der Villa lebte. Wenn ich mich nicht irre, zieht er jetzt am Wochenende aus Bad Homburg wieder aus. Und stell dir vor, er will unbedingt ab Montag wieder arbeiten.«

»Na ja«, meinte Bellinger, »wahrscheinlich ist das gar nicht so schlecht, und die Arbeit lenkt ihn von der Trauer um seine Frau ab.«

»Das wünsche ich ihm von Herzen«, befand Stern.

Bellinger nahm einen kräftigen Schluck Riesling und blickte auf die Zeitanzeige seines iPhones. Es war kurz vor Mitternacht. »Ich glaube, die Aufführung fängt gleich an.«

Stern nickte.

Bellinger stand auf, zog die Samtvorhänge wieder auseinander und schaute sich um. Fast im gleichen Moment gingen die Lichter im Club aus.

Ein paar Scheinwerfer erhellten die Bühne.

Die Band begann zu spielen. Es war eine typische Quintettbesetzung mit Trompete, Tenorsaxofon, Piano, Kontrabass und Schlagzeug. Und dann hörten Bellinger und Stern eine rauchige, eindringliche Stimme.

Erst jetzt trat die Bluessängerin ins Scheinwerferlicht. Ihre Hautfarbe war ebenholzschwarz, ihr Kleid transparent, das Dekolleté atemberaubend. Mühelos balancierte sie auf ihren bleistiftdünnen Absätzen, und das Bühnenlicht funkelte auf ihren überdimensionalen Kreolen. Verflucht, schoss es Bellinger durch den Kopf, in ihrem einzigen Hüftschwung steckt mehr Sex-Appeal als in zehn nackten Blondinen zusammen.

Während der Pause unterhielt sich Bellinger mit Stern über Rixens neues Dasein als Witwer und die Trauerbewältigung, da platzte Jeff Wilson wie eine Bombe in die Nische hinein.

»Hi«, grüßte er. »Es ging nicht schneller. Ich hatte noch eine späte Festnahme.«

»Hi«, grüßten Bellinger und Stern unisono ihren Freund zurück.

Wilson nahm Platz am Pokertisch. »Habe ich viel verpasst?«

»Nur den ersten Teil der Auftritts«, sagte Bellinger und musterte unauffällig seinen gleichaltrigen früheren Partner:

militärischer Kurzhaarschnitt, durchdringende Augen, kantige Kinnpartie, Figur eines Leichtathleten und die Hautfarbe wie Karamellbonbon. Diese verdankte er seinem afroamerikanischen Vater, einem in Wiesbaden stationierten GI, der sich kurz nach der Geburt des Jungen aus dem Staub gemacht hatte.

Die Bedienung erschien.

Nachdem Wilson einen Cognac geordert hatte, erhob er sich, um die Vorhänge wieder zuzuziehen. »Sag mal, Oliver«, fragte er, »wie sieht es aus mit dem Mordverdacht gegen Rixen?« Dann ergänzte er: »Rixen hat mich von Anfang an in die Geschichte eingeweiht. Wie kommst du voran mit deinen Ermittlungen?«

»Ich habe heute Nachmittag meinen Abschlussbericht geschrieben. Demnach lassen sich nach eingehender Überprüfung der Sachlage keine ermittlungsrelevanten Beweise gegen Rixen feststellen. Somit besteht kein Grund, Rixen weiter als Mordverdächtigen zu betrachten.« Bellinger griff nach den Erdnüssen. »Damit ist mein Auftrag erledigt, auch wenn das Endergebnis Weigand und Kretschmer mit Sicherheit nicht gefallen wird.«

»Halleluja! Rixen ist aus der Schusslinie!«, freute sich Wilson. »Wann willst du ihnen den Abschlussbericht vorlegen?«

»Wenn sich keine weiteren Hinweise ergeben, dann gleich Montagmorgen.«

Die Bedienung schlüpfte durch die Lücke im Vorhang, brachte Wilson seinen Cognac und verschwand wieder.

Wilson hob das Glas zum Toast und genehmigte sich einen tiefen Schluck. Schließlich wandte er sich Bellinger zu und sagte: »Dann ist ja alles wieder gut.«

»Die Sache hat nur einen Haken.« Bellingers Blick verdüsterte sich. Er betrachtete das Ergebnis seiner Nachforschung bestenfalls als Teilerfolg. »Ich habe immer noch nicht den geringsten Schimmer, wer Rixens Frau nun wirklich ermordet hat. Und das Motiv für diesen Mord ist mir völlig schleierhaft.«

Plötzlich erklang die tiefe, rauchige Stimme wieder. Blitzschnell zog Bellinger die Vorhänge auseinander und fixierte überwältigt die Bluessängerin auf der Bühne.

Wenige Sekunden später hob er sein Glas zum Mund, da vibrierte das iPhone in seiner Brusttasche. Warum ausgerechnet jetzt? Bellinger fuhr zusammen, als stünde der Club in Flammen. Wer konnte das sein? Laura? Sobald er die Rufnummer auf dem Display sah, flüsterte er seinen Freunden zu: »Ich gehe kurz raus, muss telefonieren.«

Auf Zehenspitzen, um den Auftritt der Sängerin nicht zu stören, verließ er die Nische, drängte sich durch den überfüllten Club und stieg die Wendeltreppe hinauf. Als die Sicherheitsleute ihm die Tür aufgeschlossen hatten, schlug ihm ein unerwartet kalter Wind entgegen.

Bellinger trat hinaus. Er stellte sich neben das hell erleuchtete Schaufenster eines exklusiven Juwelierladens und aktivierte den Rückruf auf seinem iPhone.

»Hi«, meldete sich Rixen nach dem ersten Klingelton. »Danke, dass du zurückrufst.«

»Hi. Ist alles in Ordnung bei dir?«

»Jaja, das schon.«

»Kann ich etwas für dich tun?«

»Könnte sein.«

»Wo bist du eigentlich?«

»In Frankfurt, in meiner alten Wohnung in der Bethmannstraße.«

»Und was hast du für mich?«

»Na ja, ich habe mir gerade den Inhalt meines Briefkastens angeschaut.«

»Und weiter?«

»Da ist eine merkwürdige Postkarte dabei.«

»Wer ist der Absender?«

»Diese Karte hat keinen Absender.«

»Was steht auf dem Poststempel?«

»Ist vollkommen unlesbar.«

»Und was steht auf der Karte drauf?«

»Oh, es ist nur ein einziger Satz: *Alles Leben ist Leiden.*«

»Kommt dir die Handschrift auf der Karte bekannt vor?«

»Das ist eben das Problem: Es gibt keine Handschrift. Es sind draufgeklebte, einzeln ausgeschnittene Druckbuchstaben aus einer Zeitung, würde ich meinen.«

»Bring bitte die anonyme Postkarte gleich morgen früh ins Präsidium. Du kannst sie für mich am Empfang hinterlassen, falls ich noch nicht da bin.«

»Morgen ist Samstag.«

»Egal. Ich werde veranlassen, dass die Postkarte umgehend auf Fingerabdrücke und sonstige Spuren im Labor unserer Kriminaltechnik untersucht wird. Und jetzt lasse ich einen der Kollegen im Briefzentrum 60, zuständig für deine Postleitregion, nach den Briefverteilern und dem Briefträger suchen, um ihre Fingerabdrücke zu registrieren. Mal sehen, was der Abgleich ergibt.«

»Ich danke dir, Oliver.«

»Gern geschehen. Und gute Nacht.« Bellinger starrte noch eine Weile das von Scheinwerfern angestrahlte Goethedenkmal in der Mitte des Platzes an und hörte sein Herz rascher schlagen. *Alles Leben ist Leiden* – war es möglich, dass ihm Rixen die Botschaft des wahren Mörders – oder der wahren Mörder – gerade übermittelt hat?

7. KAPITEL

Am Samstagvormittag konnte Bellingers Laune nicht schlechter und das Wetter in Frankfurt nicht besser sein. Bellinger betrat sein lichtdurchflutetes Büro im Präsidium und setzte sich hinter den Schreibtisch. Seine Absicht, einen Schlussstrich unter dem Mordfall »Baronin« zu ziehen, entschwand in ungewisser Ferne. Die anonyme Postkarte aus Rixens Briefkasten bedeutete einen neuen Hinweis im Zuge seiner Ermittlungen. Ihm blieb also nichts anderes übrig, als diesem Hinweis mit Sorgfalt nachzugehen und die Aufklärung des Mordes an Rixens Frau am Wochenende fortzusetzen. Den Brunch mit Laura in der »Gerbermühle« sagte er schweren Herzens ab.

Bellinger bereitete gerade seinen Biokaffee am Sideboard in der Ecke, als Rombach in den Raum trat. Er hielt einen Stapel Computerausdrucke unter dem Arm.

»Hi. Magst du Kaffee?«, fragte Bellinger zur Begrüßung.

»Hi. Aber klar, deinen immer«, antwortete Rombach.

Wenige Minuten später saßen sie sich in den Bürosesseln gegenüber, jeder mit einer duftenden Tasse Kaffee in der Hand, die Beine auf den Schreibtisch gelegt.

Bellinger wollte keine Zeit verlieren. Mit Ungeduld sah er zu Rombach hinüber, den er um sechs Uhr in der Frühe geweckt und mit der Recherche zu dem Satz auf der anonymen Postkarte beauftragt hatte, und fragte: »Was hast du herausbekommen?«

Rombach gähnte, nahm die Füße vom Schreibtisch, richtete sich auf und straffte die Schultern. »Der Satz ›*Alles Leben ist Leiden*‹ wird Buddha zugeschrieben.«

Bellinger war gespannt. »Erzähl bitte weiter.«

Rombach verfiel jetzt in eine schulmeisterliche Redeweise. »Es geschah im Jahr 528 vor Christi Geburt in Nordindien. Der historische Buddha setzte das Rad seiner Lehre in Gang, indem er der Welt die *Vier Edlen Wahrheiten* dargelegt hatte. *Alles Leben ist Leiden*, lautet die erste Wahrheit.«

Bellinger dachte nach. »Dann ist der Mörder also Buddhist?«

»Nicht unbedingt«, entgegnete Rombach. »Es gibt Menschen, die Buddhismus nicht als Religion, sondern als Philosophie betrachten. Buddha ist schließlich kein Gott.«

»Der Mörder ist ein *Atheist*?«

»Jetzt kommst du der Sache schon näher.«

»Thorsten, spann mich nicht auf die Folter!«

»Rate mal: Welcher Philosoph hat die ursprünglich buddhistischen ›Edlen Wahrheiten‹ in die abendländische Kultur eingeführt?«

»Thorsten, wir sind hier nicht in einer Quizsendung!«

Rombach lächelte übers ganze Gesicht. »Kein Geringerer als Arthur Schopenhauer.«

Bellinger versank in Schweigen. Wen hatte da Rombach ausgegraben? Schopenhauer? Was wusste er eigentlich über Schopenhauer, sein Leben, seine Philosophie? So gut wie nichts, musste er sich eingestehen, auch wenn er zufälligerweise in einer Straße wohnte, die nach dem Philosophen benannt war. Bellinger fluchte im Geiste.

Zur Nervenberuhigung öffnete er eine seiner Schreibtischschubladen und tastete nach einer Schachtel. Dann blickte er Rombach an. »Möchtest du auch eine Biotrüffel?«

Rombachs Augen erstrahlten. »Ja klar, her damit.«

Bellinger schickte sich an, die Schachtel aufzumachen, da klingelte sein Diensttelefon. Er sah auf das Display: Zentrale. »Bellinger«, meldete er sich.

»Hildebrandt. Ein Umschlag von der Kriminaltechnik ist für Sie da«, sagte der Beamte vom Dienst. »Soll ich jemanden damit zu Ihnen hochschicken?«

»Ja bitte.« Er legte auf.

Rombach schaute auf seine Armbanduhr. Es war Mittagszeit. »Oh! Die Kriminaltechniker waren aber fleißig!«

Es klopfte an der Tür.

»Herein!«, rief Bellinger.

Ein junger Polizist trat ein: »Das ist für Sie.« Damit legte er einen grauen Umschlag auf Bellingers Schreibtisch.

Sobald der Polizist den Raum verlassen hatte, öffnete Bellinger den Umschlag und überflog den Inhalt des Schreibens.

»Was steht drin?«, erkundigte sich Rombach mit vor Neugier leuchtenden Augen, bevor er sich genüsslich eine zweite Biotrüffel in den Mund schob.

Bellinger räusperte sich, dann fasste er zusammen: »Die auf der anonymen Postkarte identifizierten Fingerabdrücke ließen sich dem Empfänger, also Rixen, dem zuständigen Briefträger sowie einem der Briefverteiler zuordnen – sonst niemandem! Demnach hat der Absender Handschuhe getragen. Die Postkarte wurde am 24. Juni zugestellt, also 5 Tage nach Hannelores Ermordung. Die ausgeschnittenen Druckbuchstaben stammen aus der ›Taunus Zeitung‹. Sie wurden mit dem überall erhältlichen UHU-Alleskleber draufgeklebt.«

Für eine Weile verfielen beide in Schweigen. Jeder versuchte für sich, aus den Puzzleteilen ein aussagekräftiges Bild zu entwerfen.

Wenige Minuten später stellte sich Bellinger die entscheidende Frage: War die Karte eine echte Spur, oder vielleicht nur ein Ablenkungsmanöver?

8. KAPITEL

Am drauffolgenden Tag schnitt Bellinger eine Biopapaya in Stücke für den morgendlichen Vitamincocktail in seiner schlichten, wenngleich modern eingerichteten Küche. Eine halbe Biomango und eine ganze Biomaracuja warteten bereits duftend und fein geschnitten im Mixer. Er hoffte, dass diese Mischung seine pochenden Kopfschmerzen vertreiben würde.

Während er an seinem Smoothiebecher nippte und mit hängenden Schultern am Bistrotisch saß, musste er an den gestrigen Abend in der »Adorno Lounge« denken. Schon wieder hatte er sich ruhelos und einsam gefühlt, schon wieder hatte er der blonden Versuchung auf High Heels nicht widerstehen können. Ein Rückfall! Würde es ihm jemals gelingen, Ordnung in sein Leben zu bringen? War jetzt der Zeitpunkt gekommen, einen Psychotherapeuten aufzusuchen? Doch was ihn im Augenblick am meisten ärgerte, war die Tatsache, dass er immer noch keine Ahnung hatte, welche Bedeutung er dieser Postkarte aus Rixens Briefkasten beimessen sollte.

Mit verbittertem Gesichtsausdruck ging er zur Anrichte und wollte gerade einen Biogranatapfel aus der Obstschale holen, als ein Jazzstück von Miles Davis ertönte – der Klingelton seines iPhones, das auf dem Bistrotisch lag.

Bellinger drehte sich um, und als er die Rufnummer auf dem Display erkannte, fluchte er in seiner üblichen Cholerikermanier. Doch es gelang ihm, sich zu beherrschen. »Hi, Thorsten. Was verschafft mir die Ehre deines Anrufs an meinem freien Sonntagmorgen?«

»Hi.« Rombach blieb sachlich. »Wir haben in der Ermittlung einen Fehler begangen.«

»Einen Fehler? Was für einen?«

Rombach polterte los: »Wir haben den Hintergrund von Hugo Lambert nicht überprüft!«

»Du meinst den Hausmeister, der in der Mordnacht mit Rixen zusammen im Institut war?«

»Ja.«

»Was ist mit ihm?«

»Er ist Buddhist. Und ein Verrückter. Beides gleichermaßen.« Rombachs Stimme klang enthusiastisch. »Somit besteht ein Zusammenhang mit dem Inhalt der Botschaft von der anonymen Postkarte.«

Schlagartig entwich die Farbe aus Bellingers Gesicht. »Stopp, stopp! Könntest du bitte etwas präziser werden?«

»Mit Vergnügen.«

Bellinger kletterte auf seinen Barhocker. »Ich höre.«

Rombach begann in seinem gewohnten Telegrafenstil zu referieren : »57 Jahre alt, mit 40 aus der Fremdenlegion ausgeschieden, Gründe unbekannt. Auf der Suche nach dem Sinn des Lebens zehn Jahre in Asien verbracht, zwei Jahre davon in einem buddhistischen Kloster in Ladakh in Nordindien. Zurück in Deutschland wiederholte Aufenthalte in der Psychiatrie.«

Bellinger schwieg einige Sekunden lang, bevor er fragte: »Diagnose?«

»Rezidivierende wahnhafte Störung, religiös induziert.«

Bellinger starrte aus dem offenen Küchenfenster in den Innenhof. »Tja. Dann werden wir dem Hausmeister einen Besuch abstatten müssen. Ich bin gespannt.«

*

Als Bellinger, mit Rombach an der Seite, eine Dreiviertelstunde später den Haupteingang des Instituts für Forensische

Medizin, das sich in der Euler-Villa befand, einem Jugendstilbau in der Kennedyallee im Frankfurter Stadtteil Sachsenhausen, betrat, war er immer noch irritiert. Was für einen Grund sollte der Hausmeister haben, eine Baronin umzubringen? Plötzlich lief ihnen eine winzige grün vermummte Gestalt mit der Grandezza einer Primadonna quer über den Weg.

»Oh! Guten Morgen, Hauptkommissar Bellinger«, grüßte die Gestalt, ohne den Mundschutz abzulegen und hob ihren Kopf hoch. Die asiatisch anmutenden Augen mit den künstlich verlängerten Wimpern blitzten neugierig. »Kann ich für Sie und Ihren Kollegen etwas tun?«

»Ja, wir suchen den Hausmeister.«

»Oh, den finden Sie im Untergeschoss in seiner Dienstwohnung. Soll ich Sie hinbringen?«

»Nein, nicht nötig. Danke, Tan Dung.«

Während sie die Treppe hinunterstiegen, erkundigte sich Rombach: »Du kennst sie?«

Bellinger musste lachen. »Ja. Lurong Tan Dung ist aber kein Mädchen. Doch ein Junge ist er auch nicht, obwohl er in männlicher Form angesprochen wird. Lurong Tan Dung repräsentiert … hm … das ›dritte‹ Geschlecht. Im Institut ist er der Klassensprecher.«

»Ach so … Und aus wie vielen Auszubildenden besteht Rixens Klasse?«

»Aktuell aus vier Burschen, soweit ich informiert bin.«

»Ach, jetzt erinnere ich mich. Das sind also die Jungs, die ich an Rixens Seite während der Beerdigung der Baronin auf dem Friedhof gesehen habe. Was hat denn Tan Dung angestellt?«

»Er ist ein Ex-Spitzenhacker. Interessanterweise waren es nicht unzufriedene Klienten, sondern seine Kompagnons, die ihn verraten haben. Tan Dung ließ sich für seine Dienstleistungen nicht teuer genug bezahlen.«

»Du meinst, er hat die Preise in der eigenen Branche gedrückt.«

»Genau. Vor seiner Verhaftung hat er Informatik an der Uni studiert. Jetzt ist er Rixens rechte Hand im Institut.«

»Soso …«

Sie gingen weiter, vorbei an Rixens leer stehendem Büro und einer Abstellkammer, schließlich standen sie vor der Tür der Hausmeisterwohnung. Bellinger klopfte.

Ein großer, sehr schlanker Mann mit auffallend blasser Gesichtsfarbe machte ihnen auf.

»Dürfen wir hereintreten? Ich bin …«

»Ich weiß, wer Sie sind«, unterbrach ihn der Mann mit gedämpfter Stimme.

»Gut«, sagte Bellinger. »Und Sie sind Hugo Lambert, nehme ich an. Korrekt?«

»Ja, der bin ich.«

Bellinger räusperte sich und setzte an: »Wir ermitteln im Mordfall Hannelore Baronin von Kisseleff. Es ist uns bekannt, dass Sie diesbezüglich von unseren Kollegen aus Bad Homburg befragt wurden – wir haben auch das Protokoll gelesen – dennoch würden wir gern ein paar Einzelheiten mit Ihnen klären.«

»Kein Problem, kommen Sie bitte rein.«

Sie betraten die Wohnung.

Bellinger stieg sofort ein berauschender Duft nach fremdartigen Kräutern und Gewürzen in die Nase. Er blickte sich um. An den grün gestrichenen Wänden hingen Rollbilder mit Mandalas. Ritualgegenstände wie Gebetsmühlen, Glocken und Klangschalen waren überall verstreut.

»Möchten Sie bitte Platz nehmen?« Lambert deutete mit einer Handbewegung auf den Boden, wo ein alter handgeknüpfter Teppich lag.

»Danke nein«, antworteten Bellinger und Rombach unisono, sobald sie sich vergewissert hatten, dass es hier nirgendwo Stühle gab.

Die drei Männer blieben stehen.

Bellinger kam sich plötzlich vor wie in der Einsiedlerzelle eines Asketen.

Lambert blickte seine Besucher an und fragte: »Darf ich Ihnen vielleicht einen Buttertee anbieten?«

Bellinger und Rombach schüttelten zur Antwort die Köpfe.

Bellinger streckte den Rücken durch und bemühte sich, seine Ungeduld nicht allzu deutlich zur Schau zu stellen. »Wir würden jetzt gern mit unseren Fragen anfangen. Wie lange arbeiten sie schon im Institut? Ich habe Sie hier nie gesehen. Mein Kollege Rombach ebenfalls nicht.«

»Oh, ich arbeite hier seit knapp einem Jahr. Während der Besuche der Polizei versuche ich allerdings nicht zu stören und halte mich meist im Untergeschoss auf.«

»Wer hat Ihnen diese Arbeitsstelle vermittelt?«

»Das Arbeitsamt.«

»Wer war bei Ihrem Einstellungsgespräch dabei?«

»Die Dame von der Personalabteilung, Professor Stern und Daniel Rixen.«

Bellinger fiel eine zinnoberrote Mönchsrobe auf, die auf einer Holztruhe lag. »Was haben die damals zu Ihrem – nennen wir es nicht alltäglichen – Lebenslauf gesagt?«

»Oh … was meinen Lebensweg und meine persönlichen Erfahrungen angeht, zeigten sie sich beeindruckt. Professor Stern ist ein sehr toleranter Mann. Und Daniel Rixen fragte mich sofort, ob ich seine Klasse in Buddhismus unterrichten möchte.«

Auch wenn Bellinger jetzt überrascht war, präsentierte er einen professionell neutralen Gesichtsausdruck. »Könnten Sie das etwas genauer erklären?«

»Aber sicher. Daniel Rixen ist der Meinung, dass seine Azubis neben körperlicher Ertüchtigung wie Boxtraining eine mentale Führung brauchen.«

»Interessant, interessant«, kommentierte Bellinger. Zugleich überlegte er, wie er die gerade gewonnenen Informationen bewerten sollte. »Und wie finden das die Azubis?«

»Oh, ganz gut, glaube ich. Für ihr Idol Rixen würden sie ohnehin alles tun.«

Jetzt meldete sich Rombach zu Wort: »Wie verstehen Sie sich mit Daniel Rixen?«

»Ausgezeichnet.«

»Würden auch Sie alles für ihn tun?«

»Selbstverständlich.«

»Danke. Ich habe keine weiteren Fragen an Sie«, schloss Rombach und wandte sich Bellinger zu. »Und du?«

»Ich auch nicht.« Bellinger sah Lambert an. »Vielen Dank für Ihre Auskunft. Wir finden allein hinaus.«

Schweigend verließen sie das Institut.

In der Kennedyallee blieben sie stehen. Regenwolken hingen über Frankfurt, ein Sommergewitter bahnte sich an wie eine dunkle Vorahnung. Bellinger beobachtete zwei pechschwarze Raben, die auf einem Ahornbaumzweig nebeneinander hockten.

Rombach brach das Schweigen. Seine Miene war düster und ernst. »Ich weiß, Oliver, dass du das nicht wahrhaben willst. Aber es ist die einzig logische Schlussfolgerung: Lambert mit seinem religiösen Wahn kommt als Rixens Komplize durchaus infrage. Vermutlich ist Rixen der Mann fürs Grobe, und Lambert fabriziert dazu buddhistische Botschaften.«

9. KAPITEL

Über dem Dachgarten der exklusiven zweistöckigen Penthousewohnung in der Neuen Mainzer Straße in der Innenstadt von Frankfurt hing der Himmel wie ein Sternenbaldachin. Es war Sonntag, 23:15 Uhr.

Die glänzend schwarze Seide legte sich zu ihren Füßen in Falten, als sie ihren Umhang hinabgleiten ließ. Lichtstrahlen zeichneten Arabesken auf ihrer nackten Haut. Amphoren und Terrakottavasen, Königspalmen und hochdrapierte Weinblätter verliehen der Dachterrasse ein orientalisches Flair. Die Brüstung schmückten Ornamente wie aus 1001 Nacht. Es duftete nach Sandelholz, Anis und Bergamotte.

Fatima Abouzeid betrachtete die Wasseroberfläche im Pool für einen Moment. Sie freute sich auf die nächtliche Erfrischung, doch sie stieg noch nicht hinein. Nachdenklich nagte sie an der Unterlippe, drehte sich auf dem Teakholzdeck um und ging ein paar Schritte auf ihre Hängeschaukel zu. Ein verträumtes Lächeln huschte über ihr Gesicht. Sie nahm das parfümierte Blatt Papier in die Hand und las mit leuchtenden Augen zum wiederholten Mal: *Ich habe solche Sehnsucht nach dir … Ich begehre dich mehr als je zuvor. Heute Nacht bin ich bei dir. Dein Champion.* Oh! Er hat es ohne mich nicht lange ausgehalten, schmunzelte sie. Es war für sie neu, dass er ihr einen Brief schrieb. Sie musste zugeben, dass sie seine Handschrift nicht kannte. Egal. Ein echter Liebesbrief gefiel ihr sowieso viel besser als eine unromantische WhatsApp. Oh!

Fatima vernahm ein leises Piepen, während sie den Brief, der gestern an sie adressiert per Post gekommen war, zurück auf das bestickte Seidenkissen warf. Jetzt griff sie nach der digitalen Fernsteuerung, die auf einem anderen Kissen blinkte und piepte. Ja, realisierte sie, ihr Champion hatte soeben am Eingang des Hauses geklingelt, ja, es war Zeit, ein paar Tasten zu bedienen, die Sicherheitsanlage auszuschalten und die Türschlösser aufzumachen. Er würde den Weg, wie schon die Nächte zuvor, allein zu ihr hierauf finden.

Der trockene Wind kitzelte an ihrer Haut – sie liebte dieses Gefühl. Sie liebte ihr Nest über den Wolken, die verbotenen Früchte, den betörenden Blumenduft.

Fatima stieg die Edelstahlleiter hinab, tauchte in die Wasserfluten des Pools und schwamm mit gleichmäßigen Bewegungen die Längsseite entlang. Als sie dann am flachen Ende der Breitseite aufstand, tropften Wassertropfen von ihren üppigen Brüsten und dem hüftlangen Haar. Ja, gestand sie sich ein, sie war 40, aber immer noch eine Schönheit mit ihren grünen Tigeraugen und ihrem sinnlich gerundeten Körper. Ihr Bauchtanz war Erotik pur und trieb Männer in den Wahnsinn, auch wenn sie seit ihrer Hochzeit vor drei Jahren nicht mehr öffentlich aufgetreten war. Sie stand in der Blüte ihres Lebens, und es wäre eine Sünde, die Bedürfnisse ihres Körpers zu ignorieren. Wie hätte sie damals ahnen können, dass ihr Mann in so kurzer Zeit seine Manneskraft verlieren würde?

Ein lautes Platschen ließ sie zusammenfahren.

Was war das? Mit pochendem Herzen wandte sie sich um. Sie sah eine Gestalt unter der Wasseroberfläche auf sich zu schwimmen.

Fatima erstarrte, doch dann lächelte sie und entspannte sich wieder. Oh! Er musste sich geräuschlos wie ein Geist herangeschlichen haben und in den Pool gestiegen sein, um sie zu überraschen, während sie in Gedanken versunken gewesen war.

»Du hast es wohl nicht lange ohne mich ausgehalten«, flüsterte sie von Sehnsucht überwältigt, während ein grünes Monster wie eine Wassersäule vor ihren Augen auftauchte. Oh! Sah sie gerade dem Teufel ins Gesicht?

Fatima taumelte rückwärts und fing an, hysterisch zu schreien.

In dem Augenblick legte ihr der monströse Angreifer die linke Pranke über den Mund, schlang den rechten Arm um ihre Taille und riss sie an sich.

Sie zappelte im Wasser wie von Sinnen, sein Griff lockerte sich. Jetzt schlug sie in ihrer Panik wie wild um sich, um ihn aus dem Gleichgewicht zu bringen, aber seine Beine schienen mit den Kacheln am Boden des Pools wie verwachsen zu sein. Nun hob er sie in die Höhe und holte zu einem Schlag ins Gesicht aus, der ihre Schreie ersticken sollte.

Fatima wich ihm aus.

Ermutigt versuchte sie, sich zu befreien, doch im selben Moment packte er sie erneut und drückte sie mit seinem gesamten Körper unter Wasser. Sie spürte sein Knie, das er ihr in die Brust rammte und damit ihre Lunge zusammendrückte. Unwillkürlich öffnete sie den Mund. Das Wasser drang ein, und aus ihrer Nase stiegen Luftblasen auf.

Das Chlor brannte in ihren Augen. Im Begriff, den Verstand zu verlieren, erwachte Fatimas Überlebenstrieb. Ihre Bewegungsfreiheit reichte gerade, um eine Blitzdrehung zu vollführen und mit der Ferse zwischen seine Beine zu treten.

Er bäumte sich auf und ließ sie los.

In dem Moment schoss sie hoch aus dem Wasser und holte mehrmals Luft. Sie atmete tief und gierig. Sie wünschte sich nichts mehr, als zu leben! Frische Sommerluft strömte zurück in ihre Lungen. Wehr dich, schrie ihre innere Stimme. Jetzt stieß sie mit beiden Handflächen gegen seine Flanke, während er vornübergebeugt seinen Hodensack umklammert hielt. Endlich rutschten die Füße unter ihm weg, und er fiel schräg zur Seite.

Sie rauschte an ihm vorbei und kraulte los zum Beckenrand.

Dort legte sie ihre Hände flach auf den Naturstein und stemmte sich hoch. Anschließend versuchte sie, das Bein auf die Einfassung zu setzen, aber ihr Knie rutschte ab, und sie stürzte zurück ins Wasser. Ein paar Sekunden später griff sie erneut nach dem Rand, doch sie war nicht schnell genug.

Der Angreifer packte ihr hüftlanges Haar von hinten.

Sie stellte eine einzige Frage: »Warum?«

»*Weil alles Leben Leiden ist.*«

Der Angreifer rammte ihren Schädel gegen die Steinkante. Starr vor Schreck hörte sie, wie der Knochen brach. Dann nahm sie wahr, wie ihr der Brillantring vom Finger gerissen wurde.

Fatima spürte, wie ihr Körper ins Wasser glitt und allmählich versank. Ihre Gliedmaßen fühlten sich kraftlos wie bei einer kaputten Marionette an. Sie sah zum funkelnden Sternenhimmel hinauf, während das Wasser über ihrem Gesicht zusammenschlug – wie die Theaterkulisse nach einer beendeten Tanzaufführung.

Sie liebte das Bühnenlicht, sie starb im Bühnenlicht. Dramatisch und spektakulär.

*

Atman und Brahman stiegen aus dem Pool. Sie stellten sich an den Rand des Beckens und ließen ihre aufmerksamen Blicke eine Weile über die Wasseroberfläche wandern.

Fatimas Körper trieb zum tiefen Ende des Swimmingpools und zog einen blutroten Schleier hinter sich her.

Keine Luftblasen. Keine Lebenszeichen. Perfekt.

Mitternacht.

In ihrer Begeisterung versanken sie in eine andere Welt – in ihre Welt – und rezitierten ihr Mantra im Gleichklang:

Wir sind Illusionisten und Atheisten.
Wir sind Pessimisten und Sadisten.
Uns treibt die Gier, die Gier, die Gier.
Unser Wille soll geschehen.

Atman zog die grüne Plastikschutzbrille, den Overall, die Gummistiefel und die doppelten Latexhandschuhe aus, trocknete sich in der warmen Brise, ging hinter die mannshohen Hecken zu den Terrakottavasen, wo seine Kleider lagen, und zog sich wieder an. Brahman folgte ihm wie der Schatten dem Licht.

Ihre nassen Sachen, den Brillantring und den Brief samt Umschlag steckten sie in zwei Plastiktüten.

Sie überprüften die Uhrzeit: 00:05 Uhr.

Ihr Wille war geschehen, sie waren befriedigt. Und sie kosteten diesen Zustand in vollen Zügen aus – wenigstens für den Augenblick.

10. KAPITEL

Bellinger schloss das Fenster in seinem Büro. Es war 09:30 Uhr und es begann gerade zu regnen. Das trübe Wetter und die dunkelgrauen Wolken an diesem Montagmorgen passten hervorragend zu seiner Stimmung. Er hatte um 08:15 Uhr den Abschlussbericht mit seiner Stellungnahme zum Mordfall

»Baronin« im Sekretariat abgegeben und wartete nun voller Ungeduld auf Weigands Reaktion.

Endlich klingelte das Diensttelefon.

»Bellinger«, meldete er sich nach dem ersten Klingelton.

»In fünf Minuten beim Chef«, sagte Weigands Vorzimmerdame kurz und knapp wie immer.

Vier Minuten später saß er Weigand gegenüber. Auf dem Schreibtisch, der sie voneinander trennte, lag sein Bericht.

Weigand lockerte seinen Krawattenknoten, sah ihn an und kam gleich zur Sache. »Ihre Aufgabe bestand in erster Linie darin, Beweise gegen Daniel Rixen zusammenzutragen, um den Verdacht des Mordes an seiner Frau – mit Geldgier als Motiv – zu erhärten. Habe ich recht?«

Einspruch! Meine Aufgabe war es, Rixen vom Mordverdacht zu entlasten.

Bellinger nickte. »Exakt.«

Weigand fuhr fort: »Aus Ihrem Bericht geht hervor, dass die Mordermittlung in Bad Homburg keine Lücken aufweist und sich auch sonst kein Schuldvergehen Daniel Rixen nachweisen lässt. Ist das die Sachlage?«

Bellinger nickte wieder.

»Und was ist mit der anonymen Postkarte mit dem sonderbaren Satz?«

Bellingers Puls beschleunigte sich. Eine bessere Erklärung fiel ihm nicht ein: »Ich gehe davon aus, dass sich einer von Rixens Azubis damit einen Spaß erlaubt hat. Sie werden im Institut von Hugo Lambert, einem etwas verrückten Hausmeister, der als Guru fungiert, in Buddhismus unterrichtet und schweben auf einer Erleuchtungswolke.«

»Soso«, brummte Weigand. »Haben Sie Hugo Lambert befragt?«

»Ja selbstverständlich. Der Mann ist harmlos, außerdem hat er kein Mordmotiv.« Bellinger hielt es im Augenblick für klüger, Rombachs wilde Spekulationen im Zusammenhang mit Lambert und Rixen für sich zu behalten.

Nach ein paar Sekunden meinte Weigand: »Dann bleibt mir wohl nichts anderes übrig, als Oberstaatsanwalt Kretschmer über das Ergebnis Ihrer Nachforschungen zu informieren. Er wird enttäuscht sein, fürchte ich.«

Und die arrogante Constanze ebenfalls.

Bellinger verkniff sich eine Erwiderung.

»Sie können sich ab sofort neuen Fällen widmen«, verkündete Weigand und erhob sich von seinem Chefsessel, um zu signalisieren, dass das Gespräch hiemit beendet war.

*

Wenige Minuten später betrat Bellinger wieder sein Büro. Zuerst kochte er sich einen Biokaffee, dann platzierte er sich hinter seinen Schreibtisch. Um sich die Zeit wenigstens ein bisschen zu versüßen, fischte er eine Schachtel Biotrüffel aus der Schublade heraus.

Die Beine auf der Schreibtischplatte ausgestreckt, nippte er nun genüsslich an seiner Kaffeetasse und überlegte, wohin er Laura heute Abend ausführen sollte. Allein bei dem Gedanken an sie wurde ihm warm ums Herz. Warum ihn ausgerechnet diese äußerlich unauffällige Frau faszinierte, konnte er beim besten Willen nicht sagen. War es ihre zurückhaltende Art, ihre Natürlichkeit, ihr Sinn für Humor?

Bellinger fühlte sich erleichtert. Der Fall »Baronin« galt zwar weiterhin als ungelöst, aber Rixen kam als Mordverdächtiger mangels Beweisen für die Staatsanwaltschaft nicht mehr in Betracht. Doch der bittere Nachgeschmack blieb: Der Mörder der Baronin lief frei herum und konnte jederzeit wieder zuschlagen.

Gedankenverloren griff Bellinger nach seiner Kaffeetasse, als sich sein Diensttelefon meldete. Er blickte auf das Display, erkannte die Nummer der Kriminaldirektion und nahm den Hörer ab.

Was will denn Weigand schon wieder? Macht Kretschmer Probleme, weil die Dinge nicht nach seinem Plan laufen?

»Bellinger.«

»Wir haben einen neuen Fall.« Weigands Stimme klang aufgeregt. »Kommen Sie bitte sofort in mein Büro.«

»Bin schon unterwegs«, entgegnete Bellinger und steckte sich noch schnell eine Biotrüffel in den Mund.

Um 10:30 Uhr stand er wieder vor seinem Vorgesetzten.

»Bitte nehmen Sie Platz.« Weigand zeigte mit der Hand auf den Stuhl ihm gegenüber.

»Danke«, sagte Bellinger und setzte sich hin.

Weigand richtete sich in seinem Chefsessel auf und begann sofort: »Das Opfer heißt Fatima Abouzeid, geboren in Marokko, 40 Jahre, eine bekannte Bauchtänzerin, verheiratet mit einem wohlhabenden Geschäftsmann, deutlich älter als sie, keine Kinder.«

Bellingers Jagdinstinkt erwachte, sein Herz schlug schneller. Endlich ein richtiger Fall, ein Fall, in dem er seine Qualitäten als Mordermittler entfalten konnte. Es klang nach einem Eifersuchtsdrama. Ein Standardverfahren. »Wer hat die Leiche entdeckt?«

»Die Haushälterin. Als sie heute Morgen zur Arbeit gekommen ist, fand sie ihre Chefin leblos im Swimmingpool treiben. Sie vermutete einen Unfall und alarmierte den Notarzt.«

Jetzt war Bellinger in seinem Element. »Doch der Notarzt stellte eine nicht natürliche Todesursache mit Fremdeinwirkung fest, sodass wir es jetzt mit einem Mord zu tun haben, der aufgeklärt werden muss.«

»Erraten. Mehr Informationen habe ich momentan nicht. Sie übernehmen die Leitung der Mordermittlung«, ordnete Weigand an und übergab ihm einen Zettel. »Hier ist die Adresse. Der Erkennungsdienst müsste schon vor Ort sein. Die Gerichtsmedizin dürfte auch bald eintreffen.«

Bellinger fühlte sich gut wie seit Tagen nicht mehr. Der lange Zeit vermisste Adrenalinkick war wieder da. Seine Augen erstrahlten. Eine neue spannende Mordermittlung war das Beste, was ihm passieren konnte, um sich von dem frustrierenden Fall »Baronin« abzulenken. »Alles klar. Ich bin startbereit. Rombach rufe ich von unterwegs an.«

*

Bellinger wurde von einem uniformierten Kollegen, den er von früher kannte, erwartet, als er vor dem Eingang zu dem Hochhaus in der Neuen Mainzer Straße erschien. Nach einer kurzen formellen Begrüßung führte ihn der Beamte zu einem der Aufzüge, drückte den entsprechenden Knopf und bezog wieder seinen Posten.

Bellinger fuhr bis ganz nach oben. Dort angekommen merkte er, dass es im Obergeschoss nur eine einzige Wohnungstür gab. Keine direkten Nachbarn, keine Augenzeugen, Schade, dachte er, während ihn ein Mitarbeiter der SpuSi begrüßte.

»Das Penthouse erstreckt sich über zwei durch eine Wendeltreppe verbundene Etagen«, informierte ihn der Kriminaltechniker und übereichte ihm Plastikschuhüberzieher und Latexhandschuhe. »Oben befindet sich eine Glastür, durch die man auf die Dachterrasse mit dem Swimmingpool gelangt. Unserer vorläufigen Einschätzung nach entspricht der Fundort der Leiche dem Tatort.«

Bellinger bedankte sich, dann streifte er sich die Schuhüberzieher und die Handschuhe über. Er registrierte eine Überwachungskamera sowie ein Tastenfeld neben dem Türrahmen, auf dem man einen Code eintippen musste. Gut gesichert, womöglich wurde der Täter von der Kamera erfasst, überlegte er. Ein Namensschild war nirgendwo zu sehen.

Bellinger duckte sich unter dem rot-weißen Absperrband hindurch und trat durch die Eingangstür in den Flur. Der Schlossmechanismus scheint intakt zu sein, auf den ersten Blick deutet nichts auf ein gewaltsames Eindringen hin, bemerkte er.

Über den Flur schritt er geradeaus ins Wohnzimmer, das sehr modern und extravagant ausgestattet war. Auch die Einrichtung des separaten Esszimmers bestand aus edlem und teurem Mobiliar. In der Küche dominierte kühles Glas-Chrom-Design.

Bellinger sah sich um, dann ging er in den nächsten Raum. Unverkennbar war es das Schlafzimmer des Ehepaars. Der Ausblick aus dem Panoramafenster auf die Skyline von Frankfurt war atemberaubend. Nach einer Weile drehte er sich wieder um. Das Bett, das an der gegenüberliegenden Wand stand und mit einer Tagesdecke bedeckt war, wirkte unbenutzt.

Aus dem benachbarten Badezimmer hörte er die Stimmen der Kriminaltechniker.

»Hi. Etwas Auffälliges gefunden?«, erkundigte er sich.

»Nur eine Menge Viagra und ein bisschen Kokain.«

»Vielen Dank. Ich gehe jetzt hinauf.«

In der oberen Etage schaute sich Bellinger zwei Gästezimmer und ein luxuriöses Wellnessbad an. Zuallerletzt entdeckte er ein kleines Zimmer am Ende des Flurs. Hier ließ er sich Zeit und blickte sich genauer um. Alles sah anders aus als in den übrigen Räumen: warme Farben, exotische Pflanzen, Seidenkissen, Orientteppiche. Überrascht nahm er auch den zarten Jasmin-Duft wahr. Doch jetzt wollte er endlich zur Dachterrasse hinauf, um das Mordopfer zu begutachten, da fiel ihm ein gerahmtes Frauenporträt an der Wand auf.

Bellinger trat näher heran.

Es traf ihn wie ein Stromschlag. Er zuckte und hatte das Gefühl, als ob ihm jemand den Boden unter den Füßen weggerissen hätte.

In diesem Moment stolzierte Rombach herein. »Hi, Oliver. Ich habe mir gerade den Pool angeschaut.« Rombachs Stimme zitterte. »Die Leiche treibt im Wasser und sieht furchtbar zugerichtet aus: übersät mit Blutergüssen und Platzwunden, der Schädel zerschmettert, die Gehirnmasse quillt heraus. Der Mörder muss ein *Sadist* sein!«

Bellinger unterdrückte das Würgen in seiner Kehle.

»Der Ehemann des Opfers befindet sich auf Geschäftsreise im Ausland«, setzte Rombach fort. »Ich habe seine Handynummer ermittelt … Hörst du mir überhaupt zu?«

Bellinger reagierte nicht.

»Warum starrst du denn das Gemälde so an?«

»Weil ich die Frau von diesem Bild schon mal gesehen habe.«

»Auf der Bühne? Während einer Aufführung?«

»Während einer Hochzeitsfeier vor nicht allzu langer Zeit.«

»Wer hat geheiratet?«

»Mein Freund Rixen«, erwiderte Bellinger mit finsterer Miene.

*

Als Bellinger mit der formellen Tatortbesichtigung und der vorläufigen Klärung der Todesumstände des Opfers in der Neuen Mainzer Straße fertig wurde, war es 15:00 Uhr. Der Montagnachmittag blieb weiterhin trist und verregnet.

Endlich saß Bellinger mit Rombach in seinem Büro. Sie besprachen die üblichen Vorgehensschritte, stellten die Mitglieder des Ermittlungsteams zusammen und einigten sich auf »Fatima« als Namen für die neu gegründete Sonderkommission. Alles lief strikt nach Vorschrift.

Die erste offizielle Sitzung der »SoKo Fatima« terminierte Bellinger für 16:00 Uhr im Konferenzraum. Er würde die Kollegen auf den aktuellen Stand der Ermittlung bringen, die bisherigen Ergebnisse analysieren und die Aufgaben verteilen.

Bis zum Beginn der Sitzung blieben ihnen noch 15 Minuten Zeit.

»Eines verstehe ich nicht«, sagte Rombach mit leicht ironischem Unterton, blickte Bellinger an und runzelte die Stirn, »wie ist es möglich, dass du Fatima nicht gleich mit Rixens Hochzeit in Verbindung gebracht hast?«

Bellinger stöhnte auf. »Gute Frage. Erstens: Rixen hat sie mir damals als Tina vorgestellt. Sie hat ein klassisches Kostüm getragen, ihr wildes Haar war streng frisiert, und bei ihrem mediterranen Temperament bin ich davon ausgegangen, dass sie Italienerin ist. Zweitens: Sie hat den Nachnamen ihres Mannes nicht angenommen.«

»Tja, so kann man sich in einem Menschen täuschen.«

Bellinger ignorierte Rombachs Bemerkung und sagte kein Wort.

Rombach holte tief Luft, bevor er auf das Thema zurückkam. »Was weißt du über Fatimas steinreichen Ehemann?«

Bellinger lehnte sich in seinem Bürosessel vor. »Ich habe ihn ein einziges Mal getroffen, damals auf der Hochzeitsfeier. Karl Litzinger muss etwa Mitte 60 sein. Er mischt in der Lokalpolitik mit, spendet Gelder für Wohltätigkeitsprojekte und sitzt im Vorstand des Förderprogramms, für das Rixen, Professor Stern und Richter Heinzmann arbeiten.«

»Wie kam Litzinger zu seinem Reichtum?«

»Er ist so etwas wie der Immobilienmogul von Frankfurt.«

»Nie gehört, aber egal … Und du bist sicher, dass Litzingers Verbindung zu deinem Freund Rixen keine Relevanz für unsere Ermittlung hat?«

»Es kann sich nur um einen Zufall handeln«, beteuerte Bellinger.

Rombach zuckte mit den Schultern. »Na ja … Das möchte ich dir allzu gern glauben.«

*

Bellingers nächster Schritt nach der einstündigen Teambesprechung war die Überbringung der Todesnachricht an Karl Litzinger. Doch ihn musste er zuerst vom Rhein-Main-Flughafen abholen. Dessen Maschine aus Amsterdam sollte planmäßig um 19:50 Uhr landen.

Bellinger war in seinem Inneren gespalten. Einerseits tat ihm Litzinger leid, andererseits musste er den Ehemann bis zum Beweis des Gegenteils offiziell als möglichen Täter betrachten.

Angesichts des dichten Feierabendverkehrs in Frankfurt entschied sich Bellinger für die Benutzung der öffentlichen Verkehrsmittel. Er durfte sich nicht verspäten.

Um 19:10 Uhr stieg Bellinger aus dem Zug der Linie S9 Richtung Wiesbaden am Regionalbahnhof Flughafen aus, dann fuhr er mit der Rolltreppe zur Ankunftshalle hinauf. Auf der Anzeigetafel war der Flieger aus Amsterdam ohne Verspätung angekündigt.

Nachdem er sich bei den Zollbeamten als Ermittler vom K 11 im Rang eines KHK ausgewiesen hatte, erhielt er eine Sondergenehmigung, um Litzinger direkt am Flugzeug abzuholen.

Jetzt wartete er am Ende des Gangs, an dem die Passagiere der Business Class nach Verlassen des Flugzeugs entlangkommen würden.

Bellinger entdeckte Litzinger sofort. Dieser mochte weder attraktiv noch groß gewachsen sein, doch die Aura der Macht, die ihn umgab, war beeindruckend. Sie passte zu ihm wie sein maßgeschneiderter Anzug mit einem farblich abgestimmten Einstecktuch in der Brusttasche und die kerzengerade Körperhaltung.

Bellinger ging nun auf Litzinger zu, doch ein bulliger Mann mit Lockenhaar versperrte ihm den Weg.

»Boris, es ist alles in Ordnung«, rief Litzinger. Er bat seinen Leibwächter zu warten und wandte sich Bellinger zu. »Hauptkommissar Bellinger, guten Abend. Wir haben uns auf Rixens Hochzeit kennengelernt, nicht wahr? Ich muss gestehen, Ihre Anwesenheit hier überrascht mich. Sie sind doch von der Mordkommission? Gibt es ein besonderes Anliegen?«

»Ja, so könnte man das auch nennen. Guten Abend.«

»Wollen Sie mir nicht gleich sagen, worum es sich handelt?«

»Doch, doch, selbstverständlich, aber nicht hier.«

Litzinger schien kurz zu überlegen. »Sind Sie mit Ihrem Wagen da?«

»Nein. Ich bin mit der S-Bahn gekommen.«

»Dann schlage ich vor, dass wir uns in meiner Limousine weiter unter vier Augen unterhalten. Ich lasse Sie in Frankfurt aussteigen, wenn Sie möchten.«

»Gut. So machen wir es.«

Litzinger gab seinem Leibwächter ein Zeichen. »Boris, hol du bitte die Koffer vom Band, wir gehen schon vor.«

Der Jaguar V6 mit den getönten Fenstern war nicht zu übersehen. Boris hatte offenkundig übers Handy den Fahrer informiert, der nun mit geöffneter Tür direkt vor dem Ausgang auf sie wartete.

Bellinger und Litzinger stiegen hinten ein, der Fahrer schloss die Tür. Boris erschien wenig später, verstaute die Reisekoffer im Kofferraum und nahm neben dem Fahrer Platz . Dann fuhr die schalldichte Wand, die Fahrer- von Passagierraum trennte, hoch, und der Wagen startete.

Litzinger setzte sich betont aufrecht. »Können Sie mir bitte jetzt den Grund Ihres Erscheinens am Flughafen verraten, Hauptkommissar Bellinger? Was ist passiert?«

Bellinger spürte, dass es keinen Sinn hatte, diesen traurigen Moment noch weiter hinauszuzögern. »Herr Litzinger, ich bin hier, weil ich Ihnen eine Todesnachricht überbringen muss. Ihre Frau ist letzte Nacht ermordet worden. Mein tiefstes Beileid.«

Litzinger schüttelte den Kopf und stieß die Luft hörbar aus. »Das kann nicht wahr sein! Sie müssen sich irren! Es kann sich nur um eine Verwechslung handeln.«

Bellinger ließ ihn für eine Weile schreien und toben. Die Reaktion war anlässlich der schockierenden Nachricht völlig adäquat. »Beruhigen Sie sich bitte.«

Dann klärte er Litzinger über die bisher bekannten Umstände des Mordes an seiner Frau in bemüht ruhigem Ton auf.

Es folgten Minuten des Schweigens.

Nach seinem Wutausbruch schien Litzinger nun in eine Art Lethargie gefallen zu sein. »Herr Litzinger«, sagte Bellinger schließlich, »verstehen Sie mich bitte nicht falsch, aber ich muss Ihnen jetzt ein paar Fragen stellen. Je mehr ich von Ihnen über Ihre Frau erfahre, umso schneller kann ich ihren Mörder überführen.«

Litzinger nickte zur Bestätigung.

»Gut. Wann haben Sie Ihre Frau zuletzt gesehen?«

»Am Samstag. Wir haben auf der Dachterrasse gefrühstückt. Gegen neun Uhr ließ ich mich mit Boris zum Flughafen bringen. Er begleitet mich für gewöhnlich auf Geschäftsreisen.«

»Sie hielten sich in Amsterdam auf, nicht wahr?«

»Ja. Wir haben im ›Grand Hotel Krasnapolsky‹ eingecheckt. Ich hatte an diesem Wochenende einen Besprechungstermin mit ein paar international tätigen Investoren.«

»Was haben Sie am Sonntagabend gemacht?«

»Oh, ich habe im Bankettsaal des Hotels einen kleinen Empfang für meine Geschäftspartner gegeben.«

Das Alibi würde sich rasch überprüfen lassen, dachte Bellinger, dann fuhr er mit seinen Fragen routiniert fort: »Wer aus Ihrer unmittelbaren Umgebung war darüber informiert, dass Sie verreisen würden?«

Litzinger zählte auf: »Die Angestellten meines Unternehmens, der Vorstand des Förderprogramms für jugendliche Straftäter, das Hauspersonal – und meine Frau natürlich.«

Bellinger machte sich Notizen im Kopf.

Litzinger zitterte nun am ganzen Körper und schien widerwillig zu realisieren, dass er nun Witwer war.

Während Bellinger aus dem Fenster starrte, fragte der Fahrer über eine Sprechanlage: »Wo möchten Sie in Frankfurt aussteigen, Herr Hauptkommissar?«

»In Bornheim in der Schopenhauerstraße, wenn es keine Umstände macht.«

»Geht klar.«

Für einen Moment herrschte wieder Stille im hinteren Teil des Jaguars.

»Hatte Ihre Frau Feinde?«, setzte Bellinger die Befragung schließlich fort. »Stalker? Erpresser? Abgewiesene Verehrer?«

»Nein! Nein! Nein!«, schrie Litzinger, dann presste er die Lippen zu einer dünnen Linie zusammen.

»Haben Sie vielleicht eine Vermutung, wer Ihre Frau ermordet haben könnte? Und wenn ja, aus welchem Grund?«

»Ich habe keinen blassen Schimmer!«, platzte es aus Litzinger heraus.

Die Limousine bog nun in die Schopenhauerstraße ein, und Bellinger betätigte die Sprechanlage: »Boris, ich möchte Sie bitten, sich morgen um zehn Uhr bei uns im Polizeipräsidium zu melden. Eine reine Formalität.«

»Jawohl.«

Die Limousine stoppte sanft.

Bellinger fixierte Litzinger. »Und Sie möchte ich bitten zu prüfen, ob in der Wohnung irgendwelche Gegenstände fehlen.«

Litzinger brachte mit Mühe ein Nicken zustande.

Bellinger öffnete die Tür, um auszusteigen, doch dann blieb er noch einen Augenblick sitzen und sagte: »Die ganze Angelegenheit tut mir leid, das können Sie mir glauben.«

Als Litzinger den Kopf drehte und zu Bellinger aufsah, lag unendliches Leid in seinen tränenverschleierten Augen.

11. KAPITEL

Nach der Besprechung mit seinem Team betrat Bellinger Weigands Büro. Nun sollte er Weigand und Kretschmer auf den neuesten Stand der Ermittlung bringen – eine Aufgabe, die er grundsätzlich hasste. Es war 09:15 Uhr am Dienstagmorgen. Der 1. Juli zeigte sich von seiner Bilderbuchseite: sonnig, warm, wolkenlos. Doch auch wenn die Sonnenstrahlen und der aquamarinblaue Himmel so viel Optimistisches an sich hatten, ließ sich Bellingers triste Laune dadurch kein bisschen aufhellen. Gestern hatte er noch die Lösung des Mordfalls »Fatima« als hochspannend, aber unkompliziert eingeschätzt, heute war er sich dessen nicht mehr so sicher.

Bellingers Blick glitt über den Raum. Kretschmer hockte in der Sitzecke, Weigand thronte in seinem Chefsessel hinter dem Schreibtisch.

Es folgte eine kurze und formelle Begrüßung.

Weigand bedeutete ihm mit einer Handbewegung, Platz zu nehmen. Ohne einleitende Worte stellte er die erste Frage: »Was haben Sie über das Mordopfer Fatima Abouzeid in Erfahrung gebracht?«

Bellinger setzte sich, hob den Kopf und berichtete: »Sie wurde nicht nur in ihrem Heimatland Marokko, sondern auch auf den Bühnen Europas als eine außergewöhnlich begabte Bauchtänzerin gefeiert. Nachdem sie Litzinger geheiratet hatte, trat sie aber nicht mehr öffentlich auf. Sie leitete eine private Bauchtanzschule in der Kaiserhofstraße, die ihr wohl ganz besonders am Herzen lag. Sie war auch ein gern gesehener Gast auf den Events der Frankfurter Prominenz.« Bellinger legte eine Pause ein, dann fügte er hinzu: »Fatima war Litzingers vierte Frau. Aus seinen früheren Ehen hat er zwei erwachsene Töchter, die im Ausland leben. Von ihrem Mann und ihren Freunden wurde Fatima immer nur Tina genannt.«

»Kommt der Ehemann als Täter infrage?«

»Eindeutig nein. Wir haben sein Alibi überprüft. Es ist wasserdicht.«

»Hatte das Opfer Feinde?«

»Ganz im Gegenteil. Fatima wird von allen, die wir bis jetzt befragt haben, als eine warmherzige, freundliche und liebenswerte Frau bezeichnet.«

»Wurde das Opfer im Vorfeld der Tat bedroht? Oder erpresst?«

»Wir haben nichts in der Richtung gefunden.«

Nun meldete sich Kretschmer aus der Ecke mit seiner Whiskystimme zu Wort: »Gehen Sie von einem Einzeltäter aus? Hinweise auf einen Komplizen?«

Bellinger zögerte mit seiner Antwort. »Dazu lässt sich vorläufig nichts sagen.«

»Ist der abschließende Obduktionsbericht von der Rechtsmedizin eingetroffen?«

»Ja. Die Todesursache lautet: mehrfacher Schädelbasisbruch. Art des Todes: Mord. Todeszeitpunkt: zwischen 23 und 24 Uhr am Sonntag, dem 29. Juni.«

Kretschmer erhob sich. Er stolzierte durch den Raum, die Arme hinter dem Rücken verschränkt, und dachte offensichtlich nach. Plötzlich klopfte es an der Tür.

Die Vorderzimmerdame wirbelte mit einem Blatt Papier in der Hand herein und sagte: »Da ist ein ergänzender Bericht von der Spurensicherung gekommen und …«

»Vielen Dank, Sie können wieder gehen«, unterbrach Kretschmer sie mitten im Satz, nahm ihr das Schriftstück aus der Hand, blieb stehen und überflog den Inhalt. »Hm«, sein Blick traf Bellinger, »wie erklären Sie die Fingerabdrücke von Daniel Rixen in der Wohnung des Opfers, die die SpuSi identifiziert hat?«

Bellinger stockte der Atem. Verflucht! Was hatte Rixen in Fatimas Wohnung zu suchen? Nur mit Mühe gelang es ihm, seine Verblüffung zu verbergen. »Oh …« Jetzt musste er sich eine plausible Ausrede ausdenken. Nach wenigen Augenblicken bluffte er: »Mir ist bekannt, dass Litzingers Wohnung als Treffpunkt dient, wenn es um die Besprechung finanzieller Angelegenheiten der Stiftung geht. Rixen ist der Schatzmeister und Litzinger der wichtigste Sponsor.«

»Ach so«, murmelte Kretschmer. »Das erklärt die Sache.« Er ging in seine Ecke zurück und setzte sich wieder hin.

Bellinger atmete erleichtert auf.

»Noch etwas Verwertbares vom Tatort?«, warf nun Weigand ein.

»Am Morgen nach der verübten Tat hat es in der Frankfurter Innenstadt einen heftigen Gewittersturm gegeben. Dadurch hat sich die Identifizierung der Spuren auf der offenen Dachterrasse erheblich verkompliziert. Der Mord selbst ereignete sich im stark gechlorten Wasser des Pools.«

»Na super!«, entfuhr es Weigand. »Zeugen?«

»Negativ.«

Weigand machte plötzlich ein ernstes Gesicht und fixierte Bellinger mit den aufmerksamen Blicken eines alten Polizisten. »Bellinger, Bellinger, Sie tun mir jetzt schon leid. Ihre Ausgangsposition in diesem Fall könnte nicht miserabler sein. Sie sind als Ermittler wahrhaft nicht zu beneiden.«

»Ich tue mein Bestes.«

Nun fuhr Kretschmer, an Bellinger gewandt, aus der Ecke des Zimmers mit seinen Fragen fort: »Hat in der Wohnung etwas gefehlt?«

»Litzinger hat mich heute Morgen angerufen und mir mitgeteilt, dass er den kostbaren Brillantring, den er Fatima zur Verlobung geschenkt hat, vermissen würde.«

»Hm, da hat der Täter womöglich eine Trophäe mitgenommen«, kommentierte Kretschmer und fragte: »Wie gelang es denn dem Täter, unbemerkt in das gesicherte Penthouse einzubrechen?«

»Es gab keinen Einbruch!«, polterte Bellinger. Endlich hatte er eine Triumphkarte in der Hand. »An dieser Stelle wird der Fall nämlich erst richtig interessant: Es sieht nämlich so aus, als ob Fatima die Sicherheitsanlage über eine Funkfernbedienung selbst ausgeschaltet hätte.«

Weigands Gesichtszüge entspannten sich sichtbar. »Oha! Wollen Sie damit etwa andeuten, dass die schöne Fatima während der Abwesenheit ihres Ehegatten Männerbesuch in ihrer Penthouse-Oase erwartet hat?«

»Na ja … Litzinger, 25 Jahre älter als sie, hat in seinem Medikamentenschrank eine Menge Viagra gehortet.«

»O lala! Jetzt müssen Sie also nur noch Fatimas heimlichen Liebhaber dingfest machen«, resümierte Kretschmer mit feuerrotem Kopf. »Sie sind gut, Bellinger, sehr gut … Wie ich sehe, haben Sie den Fall bald gelöst.«

Doch Bellingers Enthusiasmus hielt sich in Grenzen. Er verabschiedete sich und ging mit eiligen Schritten hinaus. Auf dem Weg zurück in sein Büro wechselte seine Gesichtsfarbe von Kalkweiß über Rosa zu Purpurrot. Wutentbrannt holte er sein iPhone aus der Sakkotasche hervor und wählte eine gespeicherte Rufnummer.

Gleich darauf wurde auf der anderen Seite abgenommen. »Hi, Oliver«, meldete sich Stern.

»Hi, Patrick«, entgegnete Bellinger. »Ich habe eine verflucht wichtige Frage an dich: Wo trifft sich Rixen mit Litzinger, wenn es um Finanzen der Stiftung geht?«

»Oh, weißt du, wir haben keinen richtigen Konferenzraum, deswegen trifft sich Rixen mit Litzinger in dessen Wohnung, wo sie sich ungestört unterhalten können.«

Gott sei Dank! Bellinger fiel ein Stein vom Herzen. Mit seinem Bluff lag er also gar nicht so falsch. »Ich danke dir. Das ist alles, was ich wissen wollte.«

*

Boris Orlovsky wartete im Befragungszimmer und beschäftigte sich mit seinem Smartphone, als Bellinger um 10:15 Uhr den Raum betrat.

Boris schaute auf.

»Guten Morgen«, begrüßte ihn Bellinger und setzte sich an den Tisch. »Wie ich schon gestern Abend erwähnt habe, handelt es sich lediglich um ein paar Routine-Fragen zum Mord an der Frau Ihres Arbeitgebers. Ihr Alibi zur Tatzeit ist ja absolut wasserdicht, da Sie mit Litzinger zusammen in Amsterdam waren, was mehrere Zeugen bestätigt haben.«

Boris nickte.

Bellinger begann ohne Umschweife: »Seit wann arbeiten Sie als Leibwächter für Karl Litzinger?«

Boris schaltete sein Smartphone aus. »Seit fast zehn Jahren.«

»Wie würden Sie die Ehe Ihres Arbeitgebers bezeichnen?«

»Er liebte Tina – also Fatima – über alles, er erfüllte ihr jeden Wunsch.«

Bellinger überlegte, wie er den folgenden Satz formulieren sollte. »Wirklich jeden? Auch in sexueller Hinsicht? Wir haben Potenzmittel in seinem Medikamentenschrank gefunden.«

Boris wirkte unruhig. »Na ja …«

Bellinger nahm den Faden auf. »Angenommen, Litzinger konnte nicht, wie er wollte – Sie wissen schon, was ich meine –, also ließ sich seine frustrierte Frau von einem anderen Mann das geben, wozu ihr betagter Gatte nicht mehr imstande war. Was meinen Sie dazu?«

Boris wiegte den Kopf hin und her, kniff die Lippen zusammen und verschränkte die Arme vor der Brust.

»Bitte antworten Sie!«

»Dazu kann ich mich nicht äußern.«

Bellinger blieb hartnäckig. »Wenn Sie Informationen, die zur Klärung eines Mordes von Bedeutung sind, der Polizei vorenthalten, besteht darin eine Straftat. Und dafür können Sie belangt werden.«

Bellingers Worte zeigten Wirkung. »Na ja, da gab es tatsächlich jemanden, der Tina regelmäßig *getröstet* hat.«

»Wer alles hat davon gewusst?«

Boris zog die Mundwinkel nach unten und zögerte eine Weile. »Bis auf Litzinger – alle.«

Bellinger sah ihn an und fuhr fort: »Jetzt brauche ich nur noch den Namen des Liebhabers, dann sind wir hier fertig.«

Schulterzucken, Schweigen, Stille.

Boris mied nach wie vor den Augenkontakt, er faltete die Hände und überkreuzte die Beine.

Bellinger lehnte sich vor und stützte die Ellbogen auf den Tisch. »Ich brauche den Namen des Liebhabers!«

Boris hob den Blick: »Daniel Rixen.«

*

Bellinger war außer sich vor Wut. Sein Herz schlug im Rekordtempo, und er spürte einen Knoten im Magen. Es war nicht zu fassen! Rixen, immer wieder Rixen! Der Name vibrierte förmlich in seinem Kopf. Was hatte nun Rixen mit dem Fall »Fatima« zu tun? Das alles konnte doch kein Zufall sein! Auf was für ein Spiel habe ich mich da eingelassen?, fragte sich Bellinger. Er hatte sich nach der Befragung von Boris mit sämtlichen Formalitäten und Telefonaten herumschlagen müssen, aber jetzt würde er Rixen direkt zur Rede stellen.

Es war 11:55 Uhr, als Bellinger in das Institut für Forensische Medizin in der Kennedyallee stürmte. Am Eingang versorgte er sich mit einem Paar Plastikschuhüberzieher, einer OP-Haube und einem grünen Einmalkittel und begab sich auf den Weg zur Leichenhaupthalle. Immer noch wütend schob er die Schiebetür zur Seite, steckte den Kopf hinein und sah sich um: Der erst kürzlich sanierte Raum war mit der modifizierten Ausstattung eines OP-Saals ausgestattet.

Die Ausrüstung bestand aus Edelstahltischen in zwei Reihen, OP-Leuchten und Ablagen für Instrumente wie Skalpelle, Hammer, Sägen und Bohrer. Gummilaken, Glasglocken und Organ-Waagen in den Wandregalen komplettierten das morbide Ambiente.

Rixen war nirgendwo zu sehen.

Bellinger schob die Schiebetür wieder zu und ging weiter den Flur entlang. Er merkte sofort den Temperaturunterschied im Vergleich zu der warmen Sommerluft draußen. Der beißende Geruch nach Desinfektions- und Konservierungsmitteln stieg ihm in die Nase.

Es herrschte Totenstille.

Vor dem Sonderautopsiesaal blieb Bellinger stehen. Ohne anzuklopfen, betrat er mit gedämpften Schritten den Raum und blickte sich um.

Rixen, in grüner Arbeitskleidung, rief mit seiner unverwechselbaren Bassbaritonstimme: »Zum Mittagsrapport! Alle antreten!«

Vier Gestalten, in knöchellangen Plastikschürzen, Gummistiefeln und mit Hauben und Schutzbrillen ausgestattet, ordneten sich augenblicklich in Reih und Glied.

Rixen führte ein straffes Regiment. »Besondere Vorkommnisse?«

Tan Dung, der Kleinste der Azubis, die ihn alle um mindestens 20 Zentimeter überragten, trat graziös wie eine Primaballerina einen Schritt vor: »Keine, Chef.«

Bei dieser Szene musste Bellinger ein Lachen unterdrücken.

»Muss ich sonst etwas wissen?«, erkundigte sich Rixen.

»Nein, Chef.«

»Dann an die Arbeit! Ich erwarte Fleiß und Disziplin. Tischplatten polieren! Instrumente sortieren! Ende der Durchsage. Wegtreten!«

Tan Dung, dessen androgyne Ausstrahlung im ganzen Raum spürbar war, rührte sich nicht. »Hm … bei allem Respekt, Chef … Darf ich Sie was fragen?«

»Wenn es sein muss.«

»Ab wann beabsichtigen Sie, das Boxtraining mit uns fortsetzen?«

»Ich weiß nicht, Jungs, ich weiß es wirklich nicht … Seit dem Tod meiner Frau …« Rixen beendete den Satz nicht, da er in dem Moment Bellinger im Türrahmen bemerkte. »Hallo, Oliver«, grüßte er. »Was für eine Überraschung, dich um diese Zeit hier zu sehen.«

»Wir müssen reden.«

Rixen wandte sich an seine Azubis: »Wir unterhalten uns später weiter.« Dann sah er zu Bellinger hinüber. »Gehen wir in mein Büro.«

Wenige Augenblicke später betraten sie Rixens unterirdisches Refugium und nahmen Platz in einer kleinen Sitzecke. Der Raum war puritanisch eingerichtet, persönliche Dinge fehlten.

Begräbnisstimmung lag in der Luft.

»Du weißt, dass Fatima ermordet wurde, nicht wahr?«, eröffnete Bellinger.

»Ja, Litzinger hat mich angerufen und mir alles berichtet. Und ich weiß, dass du in diesem Fall ermittelst.«

Bellinger explodierte: »Wie konntest du mir bloß verschweigen, dass du mit Fatima, dem Opfer in meinem Mordfall, eine intime Beziehung hattest?«

Rixen fixierte stumm den Fliesenboden.

»Ist dir klar, was das für die Mordermittlung bedeutet?«

Rixen antwortete immer noch nicht.

»Die Sache lässt sich nicht unter den Teppich kehren. Ich muss dich wieder ins Präsidium vorladen. Ich bin echt wütend!«

»Es tut mir leid.«

»Was tut dir leid? Was? Dass du mit der Frau deines Freundes geschlafen hast?«

Rixen sagte kein Wort.

»Wo warst du in der Nacht vom 29. auf den 30. Juni?«

Rixen verschränkte seine muskelbepackten Arme vor der Brust. »In meiner Wohnung in der Bethmannstraße. Und ich habe geschlafen. Allein, falls es dich interessiert. Da das niemand bezeugen kann, habe ich also kein echtes Alibi. Außerdem liegt meine Wohnung nur knappe 15 Gehminuten vom Tatort entfernt.« Rixen holte tief Luft. »Ist es das, was du hören wolltest?«

»Nein, verflucht noch mal, nein!«, brauste Bellinger auf. »Aber es sind Fakten, harte Fakten. Warum hast du mir das alles nicht schon früher erzählt?«

»Denkst du, ich bin stolz darauf? Ich würde es gern ungeschehen machen. Ich habe gehofft, es würde nie herauskommen.«

Es folgte ein langes Schweigen.

Rixen saß mit gesenktem Kopf da und fixierte immer noch den Fußboden.

Bellinger erhob sich und fing an, in dem Raum auf und ab zu gehen. »Wie lange ging diese Romanze?«

»Stopp! Es war keine Romanze, zum Teufel!«, konterte Rixen. »Es war eine Sexaffäre, nicht mehr und nicht weniger. Fatima war von Anfang an scharf auf mich. Sie war eine temperamentvolle Frau, sie hatte ihre Bedürfnisse … Litzinger war schon seit einiger Zeit völlig impotent.« Rixen stöhnte auf. »Ich habe die Affäre beendet, als ich Hannelore kennengelernt habe. Danach gab es vielleicht den einen oder anderen Ausrutscher – jeweils auf Fatimas Initiative.«

»Wann zuletzt?«

»Als ich Hannelore den Antrag gemacht habe – also vor einem halben Jahr.«

Bellinger stoppte mitten im Raum. »Gut. Das möchte ich dir ja gern glauben.« Er schien sich langsam zu beruhigen. »Wo habt ihr euch getroffen?«

»Sobald Litzinger geschäftlich unterwegs war, bei Fatima im Penthouse.«

»Hat sie jedes Mal die Sicherheitsanlage ausgeschaltet?«

»Ja. Wir waren sehr vorsichtig. Wir wollten nicht, dass mein Gesicht von der Überwachungskamera im Flur aufgezeichnet wird.«

»Wie habt ihr euch verabredet?«

»Wir kommunizierten über WhatsApp.«

Bellinger lehnte sich an die Wand und überlegte. Fatimas iPhone wurde kriminaltechnisch untersucht, keine der Nachrichten stammte von Rixen. »Wann hat Fatima dir zuletzt ein solches Treffen vorgeschlagen?«

Rixen errötete. »Nach Hannelores Beerdigung, noch auf dem Friedhof. Sie wollte mich unbedingt trösten – auf ihre Art. Ich habe Nein gesagt. Sie war mir nicht böse. Sie hatte auch nie vor, ihren Mann zu verlassen.«

Bellinger setzte sich wieder hin, schlug die Beine übereinander und überlegte weiter: Was für ein Mordmotiv sollte Rixen haben, seine Ex-Geliebte umzubringen? Bellinger fiel nichts ein, was Rixen belasten würde. Tja … Gab sich der wahre Mörder etwa als Rixen aus? Ja, das war eine Option. Schrieb der Mörder Fatima vielleicht einen Brief, damit sie ihn in das Penthouse ließ? Durchaus möglich, obwohl die SpuSi keinen Brief gefunden hatte. Während Bellinger verschiedene Szenarien der Tat in seinem Kopf entwarf, klopfte es an der Bürotür.

»Herein!«, rief Rixen.

Richter Bernd Heinzmann öffnete die Tür und marschierte mit einem Aktenkoffer in der Hand herein. »Rixen, wir müssen den Termin der Vorstandssitzung verlegen, Stern informieren und …« Heinzmann verstummte, sobald er Bellingers ansichtig wurde. »Oh, Hauptkommissar Bellinger, guten Tag! Ich will keinesfalls stören, wenn Sie mit Rixen unter vier Augen etwas zu besprechen haben.«

Bellinger drehte den Kopf. »Guten Tag, Richter Heinzmann. Eigentlich haben wir schon alles besprochen.«

Heinzmann nickte und blieb mitten im Raum stehen. Bellinger hatte Gelegenheit, ihn näher zu betrachten. Heinzmann war ein Mann in Rixens Alter, jedoch mit einem völlig anderen Habitus: mittelgroß, wilde silbergraue Haarpracht, hohe Stirn, tief liegende Augen, schmale Lippen. Er trug einen etwas altmodisch geschnittenen Anzug und ein weißes Hemd.

Heinzmann stellte seinen Aktenkoffer auf Rixens Schreibtisch ab und wandte sich Bellinger zu: »Ich habe gehört, dass Sie die Mordermittlung im Fall ›Fatima‹ leiten. Wenn es nach Ihrem Ruf geht, ist der Mord bald aufgeklärt.«

Bellinger erhob sich, um zu gehen. »Danke für das Kompliment, Richter Heinzmann. Doch im Moment habe ich eher das Gefühl, dass ich noch Lichtjahre entfernt von der Lösung des Falls bin.«

*

Bellinger drehte sich in seinem Bett unruhig von rechts nach links und dann wieder zurück, und versuchte einzuschlafen. Doch sobald ihm das gelungen war, kehrte auch sein Albtraum zurück: Wasserleichen über Wasserleichen, in einem überdimensionalen Swimmingpool treibende tote Frauen, nackt, verquollen, von innen aufgebläht, grünlich verfärbt, blutroter Wasserschaum. Schauderhaft!

Bellinger wachte schweißgebadet auf, ihm war schwindlig und übel. Er würgte, schleppte sich in seinen Boxershorts aus dem Bett, zog sich den Bademantel über und verließ das

Schlafzimmer. In der Küche blickte er auf die Ziffern der Wandfunkuhr: 03:15 Uhr.

Mit ausgedörrter Kehle und immer noch verstört nahm er eine Flasche Mango-Passionsfrucht-Smoothie in Bioqualität aus dem Kühlschrank. Er setzte sich auf einen der Barhocker, doch dann überlegte er es sich anders. Mit dem Getränk in der linken Hand marschierte er ins Wohnzimmer, öffnete mit der rechten die Terrassentür, ging hinaus und warf sich in seine geliebte Schaukel.

Es war still und friedlich in dem mondbeschienenen Innenhof. Seine Nachbarn schliefen, die Rosen dufteten zart, die Luft war klar und trocken.Die Sterne über Frankfurt funkelten wie Brillanten auf Samt.

Bellinger trank die Flasche leer, entspannte sich allmählich und genoss die nahezu himmlische Ruhe. Nach kurzer Zeit war sein Geist wieder in der Realität angekommen. Mit Stolz dachte er daran, dass er seit Langem – jedenfalls für seine Verhältnisse – keine nächtlichen Eskapaden unternommen hatte. Neuerdings wachte er stets in seinem eigenen Bett auf. Bitter war nur, dass er Laura, seiner Heilerin und Hoffnungsträgerin, eine Verabredung nach der anderen wegen der laufenden Ermittlung absagen musste.

Bellinger blieb noch eine Weile auf der Terrasse.

Er sah zu den Sternen hinauf, dann schloss er die Augen. Sekundenbruchteile später tauchte ein Gedanke in seinem Kopf auf: War es möglich, dass Litzinger es doch erfahren hatte, dass ihn Fatima betrog? Ja. Bellinger spekulierte jetzt weiter. Würde sich ein Mann wie Litzinger so etwas gefallen lassen? Nein. Würde er eifersüchtig reagieren? Ja. Würde er sich selbst die Hände schmutzig machen, um die Situation zu bereinigen? Nein. Könnte er einen Auftragskiller engagieren? Ja. Das war eine Option. Bellinger versuchte, sich noch intensiver zu konzentrieren: War das ostentative Leiden des betrogenen Ehemanns nur ein Täuschungsmanöver? Hatte sich Litzinger mit Vorsatz – aus Eifersucht als Motiv – selbst zum leidenden Witwer gemacht?

12. KAPITEL

Lurong Tan Dung und seine drei Kollegen Marcus Wolff, Ralf Böhme und Leon Schmidt saßen zusammen im Lotossitz auf dem handgeknüpften nepalesischen Teppich in der Hausmeisterwohnung im Institut für Forensische Medizin. Alle vier gaben sich die größte Mühe, ihre Gedanken für den Moment auszuschalten und zu meditierten. Es war Mittwochmorgen, 06:10 Uhr.

Hugo Lambert, ihr geistiger Lehrer, murmelte wie in Trance ein Mantra und zündete fünf Butterlämpchen an, die vor einer feuervergoldeten Buddhastatue standen. Hier roch es nach fernöstlichen Kräutern und Gewürzen, während über der Souterrainwohnung verstümmelte Leichen in ihren Kühlboxen lagerten und auf die Obduktion warteten.

Um 06:15 Uhr beendete Lambert die frühmorgendliche Meditationsübung. In seine zinnoberrote Mönchsrobe gehüllt, versorgte er die Jungs mit frisch gebrühtem Buttertee, bevor er die 108-Perlen-Gebetskette in die Hand nahm und fragte: »Habt ihr heute Interesse an einem bestimmten Thema, Jungs?«

»Ja«, antwortete Tan Dung wie aus der Pistole geschossen. Seine Mandelaugen blinzelten im Halbdunkel. »Uns interessiert die Interpretation des Satzes ›Alles Leben ist Leiden‹ aus buddhistischer Sicht. Erzählen Sie uns bitte darüber.«

»Oh«, staunte Lambert und sah zu Tan Dung hinüber, »wenn ich mich nicht irre, ist es der Text, der auf Rixens anonymer Postkarte steht.«

»Sie irren sich nicht«, äußerte sich Tan Dung.

Lambert schien sich zu wundern. »Und woher weißt du das, mein Junge?«

»Hauptkommissar Bellinger hat uns zu dem Text mit Suggestivfragen bombardiert und uns unterstellt, diese Karte als dummen Scherz präpariert zu haben.«

»Ach so …«

Die Auszubildenden machten es sich auf dem Teppich bequem.

Nach wenigen Sekunden begann Lambert mit seiner monotonen Stimme: »Die Vier Edlen Wahrheiten: die Existenz des Leidens, die Ursache des Leidens, die Aufhebung des Leidens und der Pfad, der zur Aufhebung des Leidens führt, repräsentieren die Basis der Lehre des Buddhas.«

»Danke, danke«, sagte Tan Dung ungeduldig und strich sich eine Haarsträhne aus dem Gesicht. »Das habe ich schon alles gegoogelt. Doch was bedeutet die Erste Edle Wahrheit – alles Leben ist Leiden – im Speziellen?«

»Hm … Ich werde versuchen, es euch zu erklären«, sagte Lambert, nippte an seinem Buttertee, dann legte er die Hände in den Schoß. »Schon in seiner ersten Rede, gerichtet an die fünf Gefährten, führte der Buddha aus, was er unter Leiden versteht: ›*Dies, Mönche, ist die edle Wahrheit vom Leiden: Geburt ist Leiden, Alter ist Leiden, Krankheit ist Leiden, Sterben ist Leiden. Mit Unlieben vereint sein, ist Leiden. Von Lieben getrennt sein, ist Leiden. Nicht erlangen, was man begehrt, ist Leiden.*‹ Das Leiden ist in Buddhas Sprachgebrauch alles, was dem Kreislauf von Vergehen und Entstehen unterliegt, also alles, was vergänglich ist. Damit sind die vom Leben untrennbaren Begleiterscheinungen leidvoll, solange der Mensch in der irdischen materiellen Welt verweilt.«

»Es klingt so pessimistisch!«, rief Tan Dung mit einer dramatischen Geste. »Der Buddha leugnet also das Glück und die Freude am Leben in seiner Lehre?«

»Nein, nein, keineswegs, nur sein Wertesystem unterscheidet sich von unserem. Er begreift die Welt in anderen Dimensionen und betrachtet das Leben aus einer anderen Perspektive.«

Die Jungs saßen wie erstarrt im Kreis und schienen nachzudenken.

Nach einer Weile schaute Lambert sie an. »Konnte ich euch mit meiner Erklärung weiterhelfen?«

»Ja, ich glaube schon«, antwortete Tan Dung wie üblich im Namen der anderen aus seiner Klasse. »Ich persönlich habe keinen blassen Schimmer von der Religion meiner vietnamesischen Vorfahren, weil ich von einem deutschen Ehepaar als Baby adoptiert wurde.«

»Oh, das wusste ich nicht.«

Es folgten Momente der Stille.

»Ist es genug für heute Morgen?«, fragte endlich Lambert und blickte in die Runde.

»Jaja, danke«, entgegneten sie jetzt im Chor.

*

Bis zum morgendlichen Rapport blieben den Auszubildenden noch 15 Minuten Zeit. Im Umkleideraum, der sich vis-à-vis der Hausmeisterwohnung im Untergeschoss befand, zogen sie sich um. Lurong Tan Dung, als Erster grün vermummt, setzte sich auf die Holzbank und seufzte auf. Mit seinen Mandelaugen fixierte er schweigend die gegenüberliegende Kachelwand.

»Worüber grübelst du denn so?«, fragte ihn Leon Schmidt, ein Riese von Gestalt.

»Ich mache mir Gedanken um Rixen, unseren Chef … Seit dem Mord an seiner Frau ist er wie ausgewechselt, seine Lust am Leben scheint vollkommen erloschen zu sein.« Tan Dung hielt inne, dann setzte er fort: »Es ist so, wie es auf der anonymen Postkarte steht.«

»Jaja, es stimmt, was du sagst«, erwiderte Leon.

»Doch am schlimmsten ist es, dass er mit unserem Boxtraining aufgehört hat«, warf Marcus Wolff ein, bevor er seinen Spind mit der Straßenbekleidung abschloss.

»Wenn es so weiter geht«, bemerkte Tan Dung, »können wir auch die Gelder, die der Chef aus seiner Privatkasse in unsere Zukunft investieren wollte, vergessen.«

»Wieso denn das?«, fragte Ralf Böhme, inzwischen fertig umgezogen, mit einem entsetzten Gesichtsausdruck.

»Das Vermögen der Baronin, Chefs Ehefrau, ist eingefroren. Der Chef kommt an seine Erbschaft nicht heran.«

»Wie ist das möglich?«, staunte Ralf.

»Die Tochter des verstorbenen früheren Ehemanns der Baronin ließ das Testament anfechten.«

»Wie bitte?«

»Sie erklärte die Baronin für geistig unzurechnungsfähig und die Eheschließung mit Chef für ungültig. Ihn beschuldigt sie, aus Habgier seine Frau manipuliert und schließlich selbst umgebracht zu haben.«

»Mist!«, entfuhr es Ralf.

»Oh ja«, stimmte ihm Tan Dung zu. »Es ist eine Katastrophe! Dabei handelt es sich um ein Vermögen in Höhe von fünf Millionen Euro. Dazu kommt die Villa in bester Lage von Bad Homburg, wobei allein das Grundstück einen kolossalen Verkaufswert hat.«

»Oh!«, pfiff Ralf. »Woher weißt du denn das?«

»Hast du schon vergessen, womit ich einst meinen Lebensunterhalt verdient habe?«, lachte Tan Dung wie ein Fuchs. »Noch bevor der Chef die Baronin geheiratet hat«, erklärte er, »hat er mich beauftragt, ihren finanziellen Hintergrund mithilfe meiner … hm … besonderen Kenntnisse der Materie ein bisschen zu durchleuchten.«

»Kontostand, Vermögensverhältnisse, Erbansprüche … solches Zeug inklusive?«

»Ja genau. Das Gesamtpaket. Der Chef konnte anscheinend nicht glauben, dass er eine so reiche Frau heiraten würde.«

Jetzt saßen die Azubis schweigend und mit finsteren Mienen in einer Reihe auf der Holzbank. Jeder von ihnen überlegte für sich, wie er nun die Stiftungsgelder retten und somit seine eigene Zukunft – angesichts der kriminellen Vergangenheit – sichern konnte.

Es blieben ihnen nur wenige Minuten bis zum Rapport.

Leon wandte sich Tan Dung zu: »Du bist hier der Denker – was schlägst du vor, damit unser Geld nicht verloren geht?«

Tan Dung hob den Kopf: »Wir müssen um Rixens Erbschaft kämpfen. Wir müssen der Welt zeigen, dass unser Chef kein Mörder ist.«

Leon fragte nach: »Könntest du uns das etwas genauer erklären?«

Tan Dung legte die Stirn in Falten. Plötzlich verkündete er im Flüsterton: »Wir müssen den Mörder der Baronin finden.«

Leon, Ralf und Marcus sahen ihn entgeistert an. Ihnen stockte der Atem.

»Und wie sollen wir das bitteschön anstellen?« Die Frage kam ein paar Sekunden später von Ralf. »Sogar die Polizei tappt im Fall ›Baronin‹ im Dunkeln.«

Tan Dung antwortete seelenruhig: »Mir wird schon was einfallen. Vielleicht betrachtet die Polizei den Mord aus einem falschen Blickwinkel. Wie Lambert gesagt hat – auf die Perspektive und das Wertesystem kommt es an.«

Marcus zeigte Interesse: »Willst du damit andeuten, dass wir eine richtige Mordermittlung aufnehmen sollen? Ein Wettrennen mit der Polizei?«

Na ja, ich würde es eher als eine intellektuelle Herausforderung betrachten, dachte Tan Dung, doch laut sagte er nur: »Warum nicht? … Seid ihr dabei?«

Ein spannungsvoller Augenblick entstand.

»Ja, ja, ja«, antworteten Leon, Marcus und Ralf nacheinander.

Rixens Jungs befestigten ihre Gesichtsmasken am Hinterkopf, erhoben sich geräuschlos von der Bank und traten aus der Umkleide in die Katakomben hinaus. Ihre Augen leuchteten.

Sie hatten soeben dem Mörder den Krieg erklärt.

13. KAPITEL

Nach der Teambesprechung am Donnerstagmorgen stellte sich Bellinger vor das offene Fenster seines Büros. Er dachte an den Mordfall »Fatima«. Seine Ermittlungen liefen auf Hochtouren, doch er hatte bisher keine Fortschritte vorzuweisen, was ihn buchstäblich auf die Palme brachte. Konkrete Hinweise auf Fatimas geheimen Liebhaber – von Rixen abgesehen – oder Litzingers Kontakte zu einem Auftragskiller –

wie er es sich erhofft hatte – konnte er nirgends finden. Die Spuren blieben wie verschleiert. So langsam befürchtete er, auch in diesem Fall als Ermittler zu versagen. Zwei unaufgeklärte Morde hintereinander! Es kam ihm vor, als ob er nicht einem Täter aus Fleisch und Blut, sondern einem Phantom hinterher jagen würde. Verflucht!

Um 09:15 Uhr betrat Rombach Bellingers Büro und ließ sich aufseufzend in einen Sessel fallen.

Nun drehte sich Bellinger vom Fenster weg und nahm Rombach gegenüber Platz. Mit angespanntem Gesichtsausdruck versuchte er, seine Gedanken in eine vernünftige Reihenfolge zu bringen.

Sie schwiegen noch eine Weile, bevor Bellinger sagte: »Irgendetwas machen wir falsch. So kommen wir keinen Schritt voran. Wir müssen die Sache aus einer anderen Perspektive betrachten.«

»Ganz meine Meinung«, gab Rombach zu und rückte seine Brille zurecht. »Weg mit dem Tunnelblick! Weg mit den Scheuklappen! Wir brauchen mehr Transparenz.«

Bellinger musste lachen. Dann war er wieder ernst. »Hm … Vielleicht hängen die Fälle ›Baronin‹ und ›Fatima‹ doch zusammen?«

Rombach konnte sich ein Grinsen nicht verkneifen. »Ach! Das sind ja ganz neue Töne von dir. Hoffentlich kommst du endlich zur Vernunft.«

»Vielleicht spielt Rixen in beiden Fällen tatsächlich die Schlüsselrolle«, sagte Bellinger, »wobei ich nach wie vor behaupte, dass es nicht die Rolle des Mörders ist.«

Rombach hob überrascht die Augenbrauen. »Oha! Das klingt aber echt nach einem Wendepunkt in deiner Betrachtung. Sprich bitte weiter.«

Bellinger legte seine Füße auf den Schreibtisch. »Versuchen wir, deduktiv vorzugehen, einverstanden?«

Rombach nickte. »Klar, wie bei Sherlock Holmes.«

Bellinger kam ein Blitzgedanke. »Sag mal Thorsten: Was unterscheidet die Mordopfer voneinander?«

Rombach räusperte sich. »Eine Menge, würde ich sagen: Alter, Aussehen, Herkunft, Bildungsstatus, sozialer Hintergrund …«

Bellinger hatte plötzlich das Gefühl, den richtigen Weg zu verfolgen. »Gut. Was verbindet die Mordopfer miteinander?«

»Ihre Ehemänner: seit Jahren befreundet, im Vorstand des Förderprogramms tätig, beide auf ihre Art erfolgreich, lebensfroh und in ihre Frauen verliebt.«

Bellinger konzentrierte sich. »Gut. Angenommen, die Postkarte, die nach Hannelores Tod an Rixen adressiert wurde, ist kein Scherz der Azubis, sondern sie kommt wirklich von dem Mörder – wie würdest du den Text spontan interpretieren?«

Rombach dachte kurz nach. »Da versucht jemand die Formel Lust am *Leben* in die Formel *Leiden* am Leben umzuwandeln.«

»Genau.« Bellinger spürte, dass er mit seiner Idee richtig lag. Sein Herz begann, schneller zu schlagen. »Und so ein Jemand kann neidisch, zornig, voller Hass oder schlicht und einfach – verrückt sein.«

»Die letzte Option überzeugt mich am meisten, wenn du mich fragst«, äußerte sich Rombach nach einer Weile.

Mich auch, dachte Bellinger. »Dann lass uns also nach einem Verrückten aus Rixens und Litzingers gemeinsamer Vergangenheit suchen.«

Rombachs Gesicht erstrahlte. »Klingt aufregend! Ich werde mir gleich Litzinger vorknöpfen.«

»Alles klar. Und ich werde mir Rixen zur Brust nehmen.«

*

Der Frankfurter Palmengarten, wo sich Bellinger während seiner Mittagspause mit Rixen verabredet hatte, lag im Stadtteil Westend. Bellinger entdeckte Rixen auf einer grün lackierten Gusseisenbank im Tropikarium und setzte sich zu ihm. Nach einer kurzen Begrüßung verfielen sie zuerst in Schweigen, doch dann schlug Bellinger vor, in die Orangerie zu gehen. Auf dem Weg sagte er: »Danke, dass du dir die Zeit für unser Gespräch unter vier Augen genommen hast.«

»Gern geschehen.«

Bellinger betrachtete seinen Freund unauffällig. Dieser trug ein schwarzes Hemd, eine schwarze Hose, sein Gesichtsausdruck war mürrisch. Ansonsten wirkte er – mit seiner imposanten Statur, dem durchdringlichen Blick und der unbestritten charismatischen Ausstrahlung – so wie immer. Deutete sein äußeres Erscheinungsbild auf einen Mann, der vor Trauer, Kummer und Leid gekennzeichnet war? Rombach vertrat ja die Meinung, dass Rixens Auftritt als trauernder Witwer nur gespielt war. Typisch Rombach, keine Menschenkenntnis, dachte Bellinger, nicht alle stellen schließlich ihr Innenleben gleichermaßen offen zur Schau.

Jetzt spazierten sie durch das Palmenhaus, überquerten einen Bachlauf mit Kaskaden und sahen tropischen Fischen in einer Grotte zu. Wieder im Freien gingen sie am Springbrunnen mit einer schwimmenden Steinkugel vorbei und blieben an einem Wasserfall mit künstlichem Regenbogen stehen.

Bellinger schaute Rixen an. »Darf ich dich etwas Persönliches fragen?«

»Ja klar.«

»Ich weiß, dass du viele Freunde hast, darunter mächtige und einflussreiche. Hast du auch Feinde?«

Rixen zögerte mit seiner Antwort. »Ja leider …«

Einen Augenblick herrschte Stille.

In Gedanken vertieft gingen sie an einem Bootsweiher vorbei in Richtung des verglasten Rosengartens. Sobald sie den betörenden Duft und den Anblick von Blüten in sämtlichen Farbnuancen hinter sich gelassen hatten, entschieden sie sich für das Wüstenhaus.

Sie standen vor einem Kandelaberkaktus, als Bellinger wieder das Wort ergriff: »Mich interessieren vor allem deine geistesgestörten Feinde. Je verrückter, umso besser. Kannst du dich an irgendeinen Namen von früher erinnern?«

»Lass mich überlegen.«

Zur geistigen Abkühlung wechselten sie erneut die Landschaft und betraten nun den subarktischen Glaspavillon.

»Richard Bergmann«, sagte plötzlich Rixen und stoppte.

Na endlich spuckt er einen Namen raus, dachte Bellinger, und fragte: »Was kannst du mir über ihn berichten?«

»Richard Bergmann war ein Profiboxer in der Schwergewichtsklasse. Seine Linksauslage und die Reichweite waren vielversprechend. Doch mit der Zeit stellten wir im Club fest, dass der Typ nicht ganz richtig im Kopf war. Er neigte zum Sadismus, verletzte die Gegner im Ring auf brutalste Weise, er liebte blutige, primitive Kämpfe. Er war wie ein tollwütiges Tier.« Rixen seufzte. »Ich forderte ihn auf, gegen mich anzutreten: außerhalb des Rings, ohne Boxerhandschuhe und ohne Schiedsrichter. Natürlich waren solche Kämpfe – illegale Wettkämpfe – verboten, dennoch waren sie damals, vor über 30 Jahren, an der Tagesordnung. Es war ein glatter K.-o.-Sieg. Ich war eben immer besser als er, er hasste mich dafür. Dann hat ihn Litzinger, der Hauptsponsor, aus dem Club hinausgeworfen. Es bedeutete das Ende seiner Karriere als Profiboxer. Und genau das hat er nie überwunden.«

»Wie ging es mit Bergmann weiter?«

»Er wurde mehrfach wegen Vergewaltigung, Sittlichkeitsdelikten und schwerer Körperverletzung angeklagt. Doch er landete wegen geistiger Unzurechnungsfähigkeit nie im Knast, sondern immer in der Psychiatrie.«

»Wann hast du ihn zuletzt gesehen?«

»Ähm, vor etwa einem Jahr. Er besaß die Frechheit, sich bei mir im Institut um die vakante Stelle des Hausmeisters zu bewerben.«

»Wie hast du reagiert?«

Ein Grinsen huschte über Rixens Gesicht. »Na ja, es war wieder ein glatter K.-o.-Sieg.«

Bellinger fasste zusammen: »Dann muss der verrückte Typ dich so richtig aus vollem Herzen hassen.«

Rixen nickte. »Und sein nicht weniger verrückter Zwillingsbruder ebenso.«

*

Zwei Stunden später saß Bellinger an seinem Schreibtisch im Polizeipräsidium und blätterte in Richard Bergmanns umfangreicher Akte. Alles, was ihm Rixen über den Typen erzählt hatte, schien zu stimmen. Auch sein 54-jähriger Zwillingsbruder Gerhard war polizeilich erfasst.

Plötzlich wurde die Bürotür aufgerissen, und Rombach wirbelte herein: »Ich habe den Namen des Verrückten aus Litzingers Vergangenheit!«, rief er.

Bellinger sah von der Akte zu ihm hinauf und rief zurück: »Richard Bergmann?«

Rombachs Wangen glühten vor Aufregung. »Volltreffer!«

»Was hat dir Litzinger über Bergmann sonst noch gesagt?«

Rombach setzte sich hin. »Kurze Zeit nach seinem Rauswurf aus dem Club hat Bergmann versucht, Litzinger auf offener Straße zu erschlagen.«

»Oh! Wann hat Litzinger Bergmann zuletzt gesehen?«

»Stell dir vor – erst vor wenigen Wochen. Bergmann

tauchte in Litzingers Büro auf. Er bat ihn – im Namen der alten Freundschaft – um die Möglichkeit einer Anstellung seines arbeitslosen Zwillingsbruders als Wachmann in Litzingers Firma. Litzinger stand kurz vor dem Herzinfarkt, so hat er sich aufgeregt. Boris regelte die Sache auf seine Art und setzte Bergmann mit einem Tritt in den Hintern vor die Tür.«

»Oha!«, entfuhr es Bellinger. »Bergmann traut sich wirklich was! Der Typ gehört eingesperrt auf Lebenszeit.«

»Das sehe ich genauso. Er ist gefährlich und unberechenbar. Was schlägst du vor?«, fragte Rombach und blickte in Richtung Bellingers Schreibtischschublade.

Bellinger bemerkte den Blick, zog die Schublade auf und förderte eine Schachtel Biotrüffel zutage. Dann sagte er: »Wir dürfen keine Zeit verlieren. Ich fahre nach Offenbach, dort ist Bergmann mit Hauptwohnsitz gemeldet.«

Rombach warf sich eine Biotrüffel in den Mund, bevor er auf seine Armbanduhr schaute und feststellte: »In 15 Minuten beginnt unsere Nachmittagssitzung.«

»Dann wirst du mich eben vertreten müssen.«

»Und wie soll ich dich bitteschön entschuldigen? Unsere neueste These ist ziemlich gewagt: Ein Verrückter soll die Baronin und Fatima umgebracht haben, um sich an Rixen und Litzinger zu rächen. Im Klartext: zwei unschuldige Ehefrauen werden getötet, nur damit ihre Männer für Vergehen aus der Vergangenheit für ihr restliches Leben leiden.«

»Es ist mir schon klar, dass es etwas unglaubwürdig klingt. Doch haben wir im Moment einen anderen Ansatzpunkt?«, gab Bellinger zu bedenken. Dann fügte er hinzu: »Wie auch immer – es ist am besten, wenn du die Kollegen über meinen Ausflug informierst, damit die Ermittlungen transparent bleiben.« Bellinger erhob sich zum Gehen.

»Viel Vergnügen mit dem Psycho in Offenbach«, grinste Rombach.

»Danke, danke.« Bellinger verspürte den lang vermissten Adrenalinkick. Dann griff er nach dem Sommersakko, checkte den Sitz seiner Dienstwaffe – eine Heckler & Koch P30 – im Achselholster und huschte davon.

*

Knapp eine Stunde später stieg Bellinger aus seinem Dienstwagen vor Bergmanns einsam stehendem Haus in der Waldstraße am südlichen Stadtrand Offenbachs. Er überprüfte noch einmal die Adresse, sie stimmte. Das Haus vor seinen Augen glich eher einer Bruchbude. Die Dachkonstruktion sah aus, als ob sie jeden Augenblick auseinanderfallen würde. Zwei Tauben saßen auf dem schiefen Schornstein und gurrten.

Bellinger konnte weder einen Klingelknopf noch ein Namensschild entdecken. Er klopfte an die Eingangstür. Niemand öffnete. Dann nahm er die Fensterläden ins Visier – alle fest geschlossen. Ist Bergmann untergetaucht?, fragte sich Bellinger und klopfte lauter und kräftiger – ohne Erfolg. Schließlich ging er ums Haus herum.

An der Hinterseite des Grundstücks fand er einen großen verwilderten Garten, der ihn an einen alten Friedhof erinnerte. Mit scharfen Blicken scannte er die Umgebung. Die wenigen Bäume wirkten krank und morsch, die Brennnesseln reichten ihm bis zu den Knien. Auf der mit Efeu bewachsenen Mauer hockten Amseln und Blaumeisen.

Die hintere Haustür war unverschlossen.

Mit dem Dienstausweis in der Hand betrat Bellinger die Bruchbude.

Auf einmal empfand er ein ungutes Gefühl.

Sein Herzschlag beschleunigte sich. Auf der Türschwelle blieb er stehen und rief in die Stille hinein: »Ich bin Hauptkommissar Oliver Bellinger von der Kripo Frankfurt. Herr

Bergmann, ich muss mich mit Ihnen in einer dringenden Angelegenheit unterhalten!«

Niemand reagierte.

Bellinger betätigte den Lichtschalter rechts an der Wand, doch dieser schien defekt zu sein. Er drehte sich auf dem Absatz um und verließ das Gebäude, um eine Stablampe aus dem Kofferraum des Wagens zu holen. Nach wenigen Augenblicken war er mit der eingeschalteten Stablampe in der Hand wieder zurück, trat ein und schaute sich um. Der Raum schien einer Küche zu entsprechen, es roch nach Tabak, Alkohol und Abfall. Auf dem Tisch bemerkte er eine zur Hälfte ausgetrunkene Wodkaflasche, zwei leere Gläser und zwei Medikamentenschachteln mit Psychopharmaka.

Bellinger ging weiter ins Wohnzimmer, gab sich wieder laut als Polizeibeamter zu erkennen, doch auch hier meldete sich niemand. Er inspizierte zwei weitere Räume, dann das Bad und den Keller. Die Lichtschalter funktionierten nirgendwo. »Hallo! Herr Bergmann, sind Sie da?«, rief er immer wieder. Verärgert kehrte er um. Das offensichtlich verlassene alte Haus strahlte eine unheilvolle Stille aus wie ein Spukschloss, aus dessen finsteren Gängen und toten Fenstern, Spiegeln und Winkeln jede Sekunde eine knochige Hand schnellen und den ahnungslosen Eindringling ergreifen und in sein Verderben ziehen konnte. Bei diesem Gedanken bekam Bellinger eine Gänsehaut und hielt die Luft an, und wäre beinahe mit einem Barhocker kollidiert, der einsam mitten in der Küche stand.

Als er schon im Begriff war hinauszugehen, glaubte er, ein Geräusch gehört zu haben. Vermutlich eine Maus, dachte Bellinger wenige Minuten später, während er in den Dienstwagen stieg, oder eine fette Ratte. Kein Wunder in diesem Drecksloch.

14. KAPITEL

Am nächsten Tag, es war Freitagmittag, betrat Bellinger sein Büro in einem desolaten Gemütszustand. Nach der vorausgegangenen nervtötenden Teambesprechung dröhnte ihm jetzt der Schädel. Er lehnte sich an die Wand und rekonstruierte in Gedanken seinen gestrigen Einsatz in Offenbach. Von den geistesgestörten Zwillingsbrüdern fehlte jede Spur. Auch die Routineermittlungsarbeit im Fall »Fatima« brachte keine neuen Erkenntnisse ans Licht.

Bellinger machte ein griesgrämiges Gesicht, schließlich entschied er sich für eine kleine Denkpause, begleitet von einer Tasse Biokaffee. Nie wäre er auf die Idee gekommen, seinen geliebten und veredelten Kaffee aus einem ordinären Keramikbecher zu trinken.

Er holte tief Luft. Obwohl seine Mordermittlungen stagnierten, war er wenigstens froh, der blonden Versuchung auf High Heels Widerstand zu leisten und Laura nicht zu hintergehen. Außerdem wollte er ihr am Wochenende bei ihrem Umzug in ein wunderschönes Haus im Dornbusch helfen, das sie unerwartet von einer Großtante geerbt hatte. Laura bedeutete ihm von Tag zu Tag mehr.

Bellinger entspannte sich allmählich. Er schickte sich gerade an, seine Kaffeedose zu öffnen, als das Diensttelefon klingelte. Missmutig drehte er sich um und schritt zum Schreibtisch. Nachdem er die Rufnummer des Empfangs auf dem Display erkannt hatte, griff er nach dem Hörer. »Bellinger.«

»Krause. Ich habe Karl Litzinger für Sie in der Leitung«, sagte der diensthabende Polizist. »Er sagt, es sei dringend. Soll ich durchstellen?«

»Ja bitte.« Er hörte ein Klicken in der Leitung, dann meldete er sich: »Bellinger.«

»Guten Tag, Hauptkommissar Bellinger«, sprach Litzinger mit aufgeregter Stimme. »Es ist etwas Schlimmes passiert! Ich muss Sie bitten, zu mir nach Hause zu kommen.«

»Wollen Sie mir vielleicht sagen, worum es geht?«, fragte Bellinger und setzte sich in seinen Bürosessel.

»Nein, nein, das müssen Sie schon mit eigenen Augen sehen.«

»Gut. Sind Sie in Frankfurt?«

»Nein, ich bin in meinem Landhaus im Taunus.« Litzinger klang kurzatmig. »Haben Sie meine Kronberger Adresse?«

»Ja«, antwortete Bellinger und erhob sich von seinem Sessel, auch wenn ihm im Moment nicht klar war, warum Litzinger so ein Geheimnis aus seinem Anliegen machte. »Ich fahre gleich los.« Der Kaffee muss eben warten, ergänzte er in Gedanken.

*

Die Stimme aus dem Navigationsgerät wies Bellinger nach 40 Minuten Fahrzeit an, zweimal links, dann rechts abzubiegen. Bellinger fragte sich während der Fahrt von Frankfurt nach Kronberg, was ihm Litzinger so dringend zeigen wollte. Jetzt musste er unwillkürlich lachen, als er sich daran erinnerte, dass man in Kronberg immer noch den alt eingesessenen Geldadel von den Neureichen streng zu unterscheiden pflegte.

Er verlangsamte das Tempo. Nun hielt er vor einer Abzweigung an, die mit einem verwitterten Holzschild auf einem windschiefen Pfosten gekennzeichnet war: Privateinfahrt.

Bellinger gab wieder Gas. Der schmale Weg führte ihn durch ein Waldstück. Neben prächtigen Kiefern und Fichten erkannte er Rotbuchen, Schwarzerlen und Stieleichen. Schließlich passierte er ein offenes Tor. Er fuhr weiter, bis er Litzingers herrschaftliche Villa im Sonnenschein erblickte.

Bellinger parkte mit Schwung, zog den Zündschlüssel ab und stieg aus dem Dienstwagen. Unter seinen Schuhen knirschte Kies.

Er betrachtete die Gebäudefassade im für Vordertaunus typischen Tudorstil, als die massive Eingangstür geöffnet wurde.

»Guten Tag, Hauptkommissar Bellinger«, begrüßte ihn Boris in einem schicken Sommeranzug. »Herr Litzinger erwartet Sie. Es geht ihm nicht gut.«

»Guten Tag, Boris«, entgegnete Bellinger. »Ist Ihr Boss krank?«

»Na ja, er hatte heute Mittag eine Herzattacke«, antwortete Boris. »Der Arzt war da und verordnete ihm ein paar Pillen und viel Ruhe. Ich bringe Sie mal zu ihm.«

»Danke.«

Bellinger folgte Boris zuerst durch ein holzgetäfeltes Foyer, dann über eine repräsentative Freitreppe hinauf in den ersten Stock.

Boris klopfte an die Tür, und ohne ein »Herein!« abzuwarten, betrat er mit Bellinger im Schlepptau Litzingers Arbeitszimmer.

Bellinger blieb stehen und schaute sich neugierig um: ein offener Kamin aus Sandstein, Sprossenfenster, vermutlich mit mundgeblasenen, antiken Glasscheiben, Fatimas Porträtbild in der Pose einer orientalischen Schleiertänzerin an der Wand, Fischgrätparkett. Ein böhmischer Kristallkronleuchter und chinesische Porzellanvasen auf dem Kaminsims vervollständigten das museumsreife Interieur, das im krassen Kontrast zu der hypermodernen Penthouseeinrichtung in Frankfurt stand.

Litzinger, in dunkler Trauerkleidung, saß an einem pompösen Schreibtisch. Mit vager Geste winkte er Bellinger zu einem samtbezogenen Stuhl.

Bellinger nahm gegenüber Litzinger Platz. Boris setzte sich in einen Ohrensessel, der in einer Ecke des Raums stand.

»Guten Tag, Hauptkommissar Bellinger.« Litzinger rang sich ein Lächeln ab. »Danke, dass Sie nach Kronberg gekommen sind.«

»Guten Tag, Herr Litzinger.«

»Darf ich Ihnen etwas zu trinken anbieten? Einen ausgezeichneten siebenjährigen Havana Club, vielleicht?« Mit einer Handbewegung deutete er auf eine Kristallkaraffe, die sich auf einem Beistelltisch befand.

»Danke nein.« Bellinger kam sich vor wie in einem amerikanischen Gangsterfilm aus der Zeit der Prohibition. »Ich habe leider nicht viel Zeit. Könnten Sie mir bitte jetzt den Grund Ihres Anrufs verraten?«

Litzingers Antwort war eine Frage: »Wissen Sie, was wir heute für einen Tag haben?«

»Freitag, der 4. Juli.«

»Das weiß ich auch, doch das meine ich nicht. Es ist der fünfte Tag nach der Ermordung meiner Frau.«

Bellinger überkam eine dunkle Vorahnung. »Sprechen Sie bitte weiter.«

Mit zitternden Fingern holte Litzinger eine dicke Cohiba aus dem Humidor und zündete sie an, bevor er verkündete: »Ich habe eine merkwürdige Postkarte erhalten.«

Bellingers Herz schlug einen Tick schneller. »Darf ich sie bitte sehen?«, fragte er und bemühte sich, keine Emotionen zu zeigen.

In diesem Moment griff Boris in die Brusttasche seiner Anzugjacke, erhob sich von seinem Ohrensessel und trat an den Schreibtisch heran. »Hier ist sie.«

Bellinger blinzelte, es überlief ihn ein Schauer der Aufregung. Er nahm die in eine Klarsichthülle verpackte Postkarte in die Hand und las den einzigen Satz laut vor: *Alles Leben ist Leiden.* Dann inspizierte er die Karte: schwarze Druckbuchstaben, herausgeschnitten aus Zeitungspapier, in entsprechender Reihenfolge aufgeklebt, kein Absender. Verflucht! Nun besteht kein Zweifel daran, dachte er, dass die Mordfälle »Baronin« und »Fatima« miteinander zu tun haben.

In Litzingers Miene spiegelte sich eine Mischung aus Trauer, Empörung und Zorn. Sein Blick fixierte Bellinger. »Ich habe mit Rixen telefoniert. Die gleiche Postkarte wurde ihm fünf Tage nach Hannelores Ermordung in Frankfurt zugestellt.«

Bellinger nickte. Obwohl er innerlich kochte, war es ihm gelungen, die professionelle Distanz zu wahren und äußerlich ruhig zu bleiben.

Litzinger fuhr fort. Sein Ton wurde schärfer, sein Gesichtsausdruck härter. »Rixen meint, Sie würden aktuell davon ausgehen, dass Bergmann seine und meine Frau auf dem Gewissen hat. Und das alles nur, um sich in seiner Paranoia an uns, also den Männern, zu rächen.«

»Na ja … bis jetzt ist das eine reine Arbeitshypothese«, erwiderte Bellinger ausweichend. »Ich muss Bergmann zuerst in der Sache befragen.«

Litzinger nahm einen langen Zug von seiner Havanna und stieß den Rauch langsam wieder aus. Er atmete schwer und schien den Tränen nahe zu sein. »Im Klartext: Sie haben nichts Konkretes gegen Bergmann in der Hand, nichts, was ihn direkt mit den Morden an unseren Frauen in Verbindung bringen würde.«

Die folgende Stille war erdrückend.

Bellinger betrachtete nachdenklich die Postkarte in der Klarsichthülle, dann brach er das Schweigen. »Nun ja, so aussichtslos ist die Sache auch wieder nicht. Sollten sich Bergmanns Fingerabdrücke auf der Karte nachweisen lassen, dann hätte ich eine konkrete Spur. Auf dieser Grundlage könnte ich sofort die Fahndung nach Bergmann in die Wege leiten.«

Litzinger hustete, sein Gesicht wurde leichenblass. Dennoch zog er tief an seiner Havanna und blies eine silbergraue Rauchgirlande in die Luft. »Dann nehmen Sie bitte die Postkarte mit.«

»Danke.« Bellinger erhob sich mit der Karte in der Hand von dem antiken Stuhl und sagte zum Abschied: »Ich finde allein hinaus. Auf Wiedersehen.«

Er war froh, der düsteren Atmosphäre und dem Zigarrenrauch zu entkommen.

*

40 Minuten später war Bellinger wieder zurück in Frankfurt.

Er betrat mit finsterer Miene das Labor der Kriminaltechnik. Mit wenig Begeisterung beauftragte er den diensthabenden Techniker, die Postkarte auf Fingerabdrücke zu untersuchen und diese mit Bergmanns registrierten Fingerabdrücken aus der Datenbank abzugleichen, und hinterließ seine iPhone-Rufnummer. Seine innere Stimme sagte ihm ohnehin, dass der Techniker auch dieses Mal nichts Brauchbares finden würde.

Inzwischen war es 19:10 Uhr geworden, Bellinger wollte Feierabend machen. Doch als er 15 Minuten später in seinem Privatwagen in die Schopenhauerstraße einbog, stieg er plötzlich auf die Bremse und wendete ziemlich verkehrswidrig mitten auf der Fahrbahn. Anstatt in seine Gartenwohnung zu gehen, die Rosen zu gießen oder Laura anzurufen, nahm er mit quietschenden Reifen Kurs in Richtung

Offenbach. Sein Sechster Sinn flüsterte ihm zu, dass er gestern in dieser Bruchbude in der Waldstraße etwas Wichtiges übersehen hatte.

*

Auf der Fahrt zum Offenbacher Stadtwald legte Bellinger eine CD von Miles Davis in den CD-Player ein und versuchte, sich bei Jazzmusik zu entspannen. Doch das gelang ihm nicht. Er wollte allzu gerne erfahren, was in Bergmanns geistesgestörtem Kopf vor sich ging. Ein spontanes Geständnis wäre ihm natürlich am liebsten, doch auch ein fehlendes Alibi für die beiden Tatzeiten wäre für den Anfang nicht schlecht. Wie schon beim letzten Mal parkte er den Wagen in der Waldstraße und stieg aus. Die Vögel zwitscherten, die Sonne neigte sich langsam dem Horizont zu.

Bellinger trat vor die Eingangstür von Bergmanns Behausung, in der Hand eine Stablampe. Er klopfte abwechselnd an die Tür und die Fensterläden. Niemand öffnete ihm. Einen Augenblick lang bildete er sich ein, Geräusche aus dem Inneren des Hauses gehört zu haben. Er klopfte erneut, lauter und länger. Schließlich gab er auf. Dann ging er um das von Kletterpflanzen überwucherte Gebäude herum und fand auf der Hinterseite die Tür auch dieses Mal unverschlossen.

Die Tür öffnete sich quietschend.

Der Lichtschalter an der Wand funktionierte immer noch nicht. Er schaltete die Stablampe ein. Der penetrante Geruch nach Alkohol und Tabak stieg ihm in die Nase.

Bellinger blieb im Eingang stehen und gab sich vorschriftsgemäß als Polizeibeamter zu erkennen: »Hauptkommissar Oliver Bellinger, Kripo Frankfurt. Herr Bergmann, ich weiß, dass Sie da sind. Ich fordere Sie auf, sofort mit dem Versteckspiel aufzuhören! Wir müssen reden.«

Nachdem er vergeblich auf eine Antwort gewartet hatte, setzte er den Gang durchs Haus fort. Zuerst fiel ihm in der Küche auf, dass die Wodkaflasche leer war und die Psychopharmaka verschwunden waren. Als Nächstes inspizierte er das Wohnzimmer, die zwei kleineren Räume und das Bad.

Es herrschte gespenstische Stille.

Schließlich stieg er hinab in den Keller. Weil ihm auch dort nichts auffällig vorkam, marschierte er zurück in Richtung Küche. Hat ihn sein Instinkt getäuscht? War dieses Haus wirklich menschenleer?

Bellinger, enttäuscht und verärgert zugleich, war nun im Begriff, das Haus zu verlassen, als der scheinbar unmotiviert mitten in der Küche stehende Barhocker ihm ins Auge stach. Er richtete den Lichtstrahl der Stablampe zur Decke über dem Hocker, sodass er diese Stelle genauer in Augenschein nehmen konnte. Er trat näher heran und erkannte eine Klappe. Sein Magen verkrampfte sich. Verflucht, überlegte er blitzartig, ich habe den Dachboden als eine Versteckmöglichkeit übersehen!

Er stieg auf den Hocker. Die Klappe ließ sich geräuschlos und ohne Widerstand öffnen. Bellinger rief laut und deutlich seinen Namen in die Dunkelheit hinein. Als auch dieses Mal eine Reaktion ausblieb, kam ihm die ganze Situation sonderbar vor. Er stieg vom Hocker und atmete tief durch. Dann trat er an den Küchentisch heran, legte dort seine Stablampe ab und beschloss, die Kollegen anzurufen und Verstärkung zu holen. Intuitiv war er sich so gut wie sicher, dass sie da oben Bergmann und möglicherweise auch seinen Zwillingsbruder finden würden.

Den Dachboden im Alleingang zu stürmen, erschien ihm viel zu riskant.

Im Haus war es totenstill.

Plötzlich hörte er einen schrillen, ohrenbetäubenden

Schrei. Er blickte auf. Wie eine überdimensionale Fledermaus wirbelte eine Gestalt aus der Dachbodenluke auf den Hocker hinab: Bergmann.

Nun überschlugen sich die Ereignisse.

Bergmann schrie wie von Sinnen und fuchtelte wild mit den Armen herum. In der Hand hielt er einen Eispickel. Mit seinem ganzen Körpergewicht warf er sich auf Bellinger, sodass beide krachend auf dem Fliesenboden landeten.

Bergmanns Angriff konnte nicht überraschender sein, schoss es Bellinger durch den Kopf. Er lag platt auf dem Rücken und streckte reflexartig den Arm aus, um sich zu schützen, aber er war nicht schnell genug. Bergmann, der über ihm hockte und an ein an Tollwut erkranktes verwildertes Tier erinnerte, versetzte ihm einen Schlag ins Gesicht. Gleich danach hob er mit der Kraft eines Geisteskranken die Faust für den nächsten Schlag.

Dieser streifte aber nur Bellingers Stirn, dieses Mal hatte er seinen Kopf schnell genug weggedreht. Doch was er jetzt sah, raubte ihm den Atem: Die Stahlklaue des Eispickels näherte sich seiner Brust.

Bellinger kämpfte um sein Leben. Er packte Bergmann mit einer Hand hinten an der Kapuze von dessen stinkender Jacke. Mit der anderen Hand ergriff er dessen langes Haar am Hinterkopf und zog daran mit aller Kraft nach oben. Bergmann zappelte, verdrehte die Augen und schrie vor Schmerz.

Bellinger nutzte diesen Moment aus und schaffte es, Bergmann wegzustoßen, auf die Seite zu werfen und selbst auf die Beine zu kommen. Dann versetzte er Bergmann, der dabei war, sich wieder aufzurappeln, mit der Schuhspitze einen Tritt in die Magengrube, hob ihn hoch und stieß ihn mit dem Kopf voraus in die Küchenvitrine.

Glas splitterte, Splitter flogen umher.

Im Halbdunkel zog Bellinger den bewusstlosen Bergmann, dessen Gesicht nun übel zerschnitten war, aus der Vitrine heraus und ließ ihn wie einen Kartoffelsack zu Boden fallen.

Bellinger rang nach Luft. Er konnte kaum begreifen, was da eben passiert war. Angewidert sah er auf Bergmann hinunter, hob den Eispickel auf und legte ihn auf dem Küchentisch ab. Seine Herzfrequenz beruhigte sich allmählich. Wenige Augenblicke später tastete er nach seinem iPhone in der Sakkotasche, um die Kollegen und den Rettungswagen zu rufen.

Plötzlich spürte er, wie jemand seinen Hals mit dem Arm von hinten umschlang und ihn festhielt. In Höhe seiner Halsschlagader sah er ein Messer aufblitzen.

Ihm blieb die Luft weg. Das musste der Zwillingsbruder sein, realisierte er, der sich ebenfalls auf dem Dachboden versteckt hatte und ihn nun aus dem Hinterhalt attackierte.

Wenn er überleben wollte, musste er kämpfen. Er lehnte sich mit seinem ganzen Körpergewicht gegen Bergmann, der dicht hinter ihm stand, und stieß rückwärts mit beiden Ellbogen in dessen Flanken. Dieser stolperte, jedoch ohne Bellingers Hals loszulassen. Aber der Würgegriff lockerte sich. Bellinger bekam ausreichend Luft und Bewegungsfreiheit, sodass er endlich zum Achselholster unter seinem Sakko greifen konnte. Jetzt war die Dienstwaffe in seiner Hand. Er richtete den Pistolenlauf auf Bergmann und drückte den Abzug.

Der Rückstoß des Schusses schleuderte beide Männer nach hinten.

Bergmann schrie auf wie ein verwundeter Kampfhund.

Bellinger drehte sich blitzschnell zur Seite. Er sah, dass Bergmann, der auf dem Boden kniete, am Oberschenkel verletzt war. Blut sickerte durch seine Jeans.

Schon wollte Bellinger erleichtert aufatmen, doch Bergmann gelang es aufzustehen. Er lief humpelnd weg, rutschte aber auf den Glassplittern aus und knallte auf den Küchenboden. Der Dolch flog wie ein Wurfmesser in hohem Bogen aus seiner Hand. Erstaunlicherweise rappelte sich Bergmann erneut auf und humpelte mit dem blutenden Bein los.

Bellinger blieb allein in der Küche. Mit angehaltenem Atem betrachtete er im Halbdunkel die keilförmige Klinge aus Metall. Ein »Kunai«, erkannte er, ursprünglich ein japanischer Dolch, mindestens 20 Zentimeter lang. Nicht zu fassen!

Bellinger brauchte eine Weile, um ins Gleichgewicht zu kommen. Immer noch leicht benommen stürmte er aus der Küche in den Garten hinaus. Etwa 100 Meter hinter dem Haus sah er einen Trampelpfad. Die Dienstwaffe in der Hand, verfolgte er die blutige Spur. »Polizei! Stehen bleiben!«

Bergmann dachte offenbar nicht im Traum daran aufzugeben.

»Polizei! Stehen bleiben! Sofort!«, rief ihm Bellinger hinterher.

Das Ende des Trampelpfads war in Sicht.

Und Bergmann blieb tatsächlich stehen.

Doch Bellinger freute sich zu früh.

In einer fließenden Bewegung zog Bergmann seine Pistole – eine alte Walther PPK – aus der Innentasche seiner Jeansjacke und zielte auf Bellinger.

»Waffe runter!«, schrie Bellinger und ging sofort in Deckung. Mit einer Schusswaffe hatte er nicht gerechnet. Ein Eispickel und ein Dolch waren als Todeswaffen beeindruckend genug gewesen.

Plötzlich hörte Bellinger einen Knall. Die Kugel pfiff an seinem Ohr vorbei und landete im Stamm einer Trauerweide. Verflucht!

Bergmann lief weiter in Richtung einer wegen Renovierungsarbeiten für Fußgänger gesperrten Brücke, die sich über eine Autobahn erstreckte. Schnaufend und blutend duckte er sich unter dem flatternden Absperrband hindurch. Als er endlich hinter einem Stapler stoppte und den Arm hob, um zu schießen, drückte Bellinger ab. Leider verfehlte er sein Ziel.

Im nächsten Augenblick rannte Bergmann wie ein Irrer los, stolperte aber in der Mitte der Brücke. Hektisch versuchte er aufzustehen, dabei fiel ihm die Pistole aus der Hand.

Bellinger reagierte geistesgegenwärtig und sprintete los. Jetzt warf er sich auf Bergmann mit all seiner verbliebenen Energie, rammte ihm die Faust ins Gesicht und schleuderte ihn gegen einen Zementsack.

Bergmann schien über ungeahnte Kräfte zu verfügen. Im Bruchteil einer Sekunde schnappte er sich seine Pistole vom Boden. Er kam – Wunder über Wunder – auf die Beine und versuchte erneut, auf Bellinger zu zielen – aber ausgerechnet in diesem Moment strauchelte er und fiel hintenüber. Das marode Brückengeländer konnte der Wucht des Aufpralls nicht standhalten und brach ein. Bergmann landete mit einem dumpfen Schlag auf dem Dach eines unter der Brücke durchrasenden Lastwagens, seine Pistole flog durch die Luft und schlug mit einem Knall auf dem Asphalt auf.

15. KAPITEL

Als Bellinger am Samstagabend seine Gartenwohnung verließ, konnte das Wetter in einer Stadt wie Frankfurt kaum schöner sein. Bellinger bog in die Berger Straße ein und war im Begriff, an der U-Bahn-Haltestelle den Zug zu nehmen, doch in der letzten Sekunde entschied er sich gegen die Benutzung der öffentlichen Verkehrsmittel und für die frische Sommerluft. Nun schritt er zu Fuß in gemäßigtem Tempo in Richtung Innenstadt. Er überquerte die Friedberger Anlage und fand sich auf der Zeil, Frankfurts bekanntester Einkaufsmeile. Nach dem gestrigen Kampf mit Richard und Gerhard Bergmann taten ihm so ziemlich alle Körperteile weh, sodass er vor dem »Bienenkorbhaus« eine Pause einlegen musste. Er setzte sich auf eine Bank, die kreisförmig um einen Platanenstamm gebaut war, und betrachtete die Fußgängerzone, die um diese Zeit nichts von ihrem üblichen kommerziellen und hektischen Charakter zeigte.

Nach kurzer Zeit fühlte Bellinger sich wieder besser, erhob sich von der Bank und ging weiter. Das Blätterdach der zurechtgestutzten Platanen, akkurat in vier Baumreihen angeordnet, ließ nur wenig Mondschein auf das Ornamentpflaster durchsickern.

15 Minuten später betrat Bellinger den »Blue Note Jazz Club« am Goetheplatz, stieg mit etwas Mühe die steile Wendeltreppe hinunter – und schon war er in seinem Element. Die Strapazen des gestrigen Tages waren wie von Zauberhand weggewischt.

Er schritt an einer Gruppe Jazzfans vorbei, die an der Bar herumstand, ihre Cocktails trank und auf den nächsten Liveauftritt wartete. Satzfetzen in verschiedenen Sprachen flogen herum, das Flair war weltoffen. Bellinger liebte diese Atmosphäre, diese Ungezwungenheit gemixt mit einem Hauch Erotik, Exotik und Dekadenz. Der Kontrast zu seinem Alltag, der von Bildern des Grauens und den Abgründen menschlicher Psyche geprägt war, konnte nicht größer sein.

Im hinteren Teil des Clubs, so weit wie möglich vom allgemeinen Trubel entfernt, nahm er wie üblich Platz in der reservierten Nische und orderte bei der vorbeihuschenden

Bedienung ein Glas Riesling. Stern und Wilson würden bald eintreffen. Ob Rixen kommen würde, war ungewiss.

Bellinger schaute sich um. Die weiblichen Gäste schienen ihm heute Abend besonders blauäugig, aufregend und sexbegierig zu sein. Doch vielleicht war es nur ein Wunschdenken. Er grinste und brachte seine Gelüste unter Kontrolle.

Sein Riesling und eine Schale mit Erdnüssen wurden serviert. Die blonde langbeinige Bedienung zündete anschließend mit einem Feuerzeug die Kerzen in der Nische an, schenkte ihm ein zweideutiges Lächeln und verschwand.

Als er gerade mit seinen Fingern in die Schale mit den Nüssen griff, erschien Stern als Erster von seinen Freunden am Pokertisch. »Hi, Oliver, schön, dich zu sehen.«

»Hi, Patrick, ganz meinerseits.«

Stern nahm Platz und musterte Bellinger mit einem prüfenden Blick. »Was machen deine Verletzungen nach dem gestrigen Einsatz?«

»Alles in Ordnung. Nur ein paar Kratzer und Blutergüsse, nichts Ernstes.«

»Wenigstens etwas Positives … Ist Gerhard Bergmann soweit bei Bewusstsein, um verhört zu werden?«

Bellinger drehte den Kopf in alle Richtungen, um sich zu vergewissern, dass niemand in Hörweite war. »Noch nicht, und es kann länger dauern, sagen die Ärzte vom ›Sana Klinikum Offenbach‹.«

»Verstehe.«

»Weißt du schon, was die Obduktion von Richard Bergmann ergeben hat?«, erkundigte sich Bellinger.

»Ja«, erwiderte Stern. »Mein leitender Oberarzt ist gerade fertig geworden mit seinem Bericht. Mehrfache Knochenbrüche, innere Verletzungen, ein hoher Alkoholspiegel und diverse Psychopharmaka im Blut. Nichts Spektakuläres.«

Bellinger stöhnte auf. »Der Typ war echt unberechenbar.«

Stern nickte, dann fixierte er Bellinger mit seinen melancholischen Augen. »Und wie geht es dir privat, Oliver? Was macht die Liebe?«

Bellinger nahm einen großzügigen Schluck und ließ sich den Riesling langsam über den Gaumen gleiten. Dann stellte er das Glas ab und lächelte. »Ich glaube, ich bin auf dem besten Weg, mich in Laura zu verlieben. Ich mag sie. Ich mag die Art, wie sie spricht, wie sie lacht, ich möchte sie am liebsten ständig um mich haben.« Seine Augen leuchteten. »Leider habe ich im Moment viel zu wenig Zeit für sie.«

»Wo hast du Laura eigentlich kennengelernt?«

Bellinger wurde es warm ums Herz. »Oh, auf der Einweihungsparty eines neuen Nachbarn, der in die Wohnung über mir im Mai eingezogen ist. Sie saß da wie ein Mauerblümchen, frisch von einem Idioten verlassen, der sich angeblich mit 40 neu erfinden wollte.«

»Ach, so also.«

»Und wie geht es dir, Patrick? Gibt es nach Sophies Verlust wieder eine Frau in deinem Leben?«

Stern erblasste und fuhr sich etwas verlegen mit der Hand durch das grau melierte Haar. Er konnte die Bitterkeit in seiner Stimme nicht verbergen. »Nein, nein. Ich bin immer noch nicht soweit.«

Bellinger nickte verständnisvoll. Er wusste, dass Stern an seiner Trauer beinahe zerbrochen wäre.

Wenige Sekunden später drehte Stern den Kopf zur Seite und gab der Bedienung ein Zeichen. Er war gerade im Begriff, sein Tonicwater zu bestellen, da stürzte Wilson auf ihren Tisch zu. »Hi, Oliver, hi, Patrick, ich freue mich riesig, euch zu sehen.«

»Hi, Jeff«, antworteten beide fast gleichzeitig.

Wilson orderte bei der geduldig wartenden Bedienung einen Cognac und setzte sich an den Tisch. Sobald die junge

Frau außer Hörweite war, blickte er Bellinger an und sprach: »Das muss gestern ein richtig harter Kampf gewesen sein – ist mir sogar in Wiesbaden zu Ohren gekommen. Hast du Schmerzen? Brauchst du Hilfe?«

»Oh danke, das ist echt rührend von dir, aber ich bin okay.«

»Konnten Richard oder Gerhard Bergmanns Fingerabdrücke auf der anonymen Postkarte, die in Litzingers Briefkasten lag, nachgewiesen werden?«

»Nein. Wahrscheinlich haben die Brüder, wie schon im Fall ›Baronin‹, Handschuhe getragen.«

»Konnten die ausgeschnittenen Druckbuchstaben auf der Karte wieder einer bestimmten Zeitung zugeordnet werden?«

»Ja. Dieses Mal war es die ›Frankfurter Rundschau‹.«

»Hat die Durchsuchung der Bruchbude in Offenbach etwas Beweisrelevantes für die Ermittlungen ergeben? Hinweise auf Trophäen?«

»Leider nein. Bisher jedenfalls.«

Kaum hatte Bellinger das letzte Wort gesprochen, erschien Rixen in schwarzer Kleidung in der Nische. Er war nicht allein.

Rixen räusperte sich und sah in die Freundesrunde. »Hallo! Ich habe heute Abend meinen lieben Freund und Leidensgenossen, Richter Bernd Heinzmann, zu unserem Treffen mitgebracht. Wir waren vorhin mit seinem Hund im Holzhausenpark spazieren. Wir unterhielten uns über … über existenzielle Dinge. Von Witwer zu Witwer, sozusagen … Und da dachte ich mir, es würde ihm gut tun, sich in unserer Gesellschaft von seinem Kummer abzulenken.« Rixen atmete tief durch, dann fügte er, an Bellinger und Wilson gewandt, hinzu: »Ich weiß nicht, ob es euch bekannt ist, dass Caroline, Bernds Frau, nach jahrelangem Krebsleiden im Frühjahr starb.«

»Unser aufrichtiges Beileid«, sagten Bellinger und Wilson unisono, erhoben sich und reichten Heinzmann die Hand.

»Haben Sie vielen Dank … Ich hoffe, meine Anwesenheit stört Sie nicht. Ich will weder unhöflich noch aufdringlich erscheinen.«

»Ach was«, meinte Bellinger salopp, »nehmen Sie doch bitte Platz. Es freut uns alle, dass Sie mitgekommen sind, Richter Heinzmann. Willkommen im Club!«

»Oh, es tut wirklich gut, so herzlich aufgenommen zu werden«, bedankte sich Heinzmann mit Überschwung und trat einen Schritt näher. Plötzlich wirkte er deutlich entspannter. »Ich bin zutiefst gerührt«, sagte er und ließ sich in den Sessel sinken. »Ich habe von Rixen schon so viel über Ihre gemeinsam verbrachten Abende in diesem Club gehört.«

Mit zusammengekniffenen Augen fixierte Bellinger sein Weinglas und machte eine nachdenkliche Miene. Dann sah er zu Heinzmann hinauf. »Ach wissen Sie, der Club ist für uns vier kein Club im eigentlichen Sinne. Er bedeutet uns mehr, viel mehr. Er ist ein ganz besonderer Ort – vergleichbar mit einem Tempel, wo die besonderen Ereignisse des Lebens unter Gleichgesinnten zelebriert werden. Hier, in der Loge, in unserem Allerheiligsten, lachen wir zusammen, wenn es einen Grund zum Lachen gibt. Und hier weinen wir gemeinsam, wenn wir Anlass zur Trauer haben.« Bellinger stöhnte auf und senkte den Kopf. »Im Moment überwiegt leider die zweite Variante – nach Stern ist nun auch Rixen Witwer geworden.«

»Um ehrlich zu sein – auch mir ist im Augenblick nicht nach Amüsement zumute, das können Sie mir glauben«, gestand Heinzmann.

Sie schwiegen eine Weile.

»Ich hatte keine Ahnung«, sagte Bellinger und richtete seinen Blick erneut auf Heinzmann, »dass Sie sich für Jazz interessieren.«

Heinzmann rang sich ein Lächeln ab. »Ähm, Rixen brachte mich erst vor Kurzem auf den Geschmack. Allerdings spiele ich gern Flöte.«

»Oh, und ich spiele seit meiner Jugend Saxofon. Doch seit meiner Scheidung ist mir die Lust dazu vergangen. Alles, was ich noch zustande bringe, ist, das Futteral gelegentlich abzustauben.«

Es folgten ein paar stille Momente, bevor Rixen, der immer noch stand, bemerkte: »Uns fehlt hier, wie ich sehe, ein fünfter Sessel am Tisch. Den organisiere ich gleich.« Dann entfernte er sich.

Wilson warf Heinzmann einen neugierigen Blick zu. »Was für einen Hund haben Sie?«

»Einen Pudel«, antwortete Heinzmann mit trauriger Miene. »Nach dem Tod meiner Frau scheint das arme Tier aber völlig gestört zu sein.«

»Ach, das tut mir leid. Wie alt ist der Pudel?«

»Genau zehn Jahre. Er liebte sein Frauchen über alles.«

»Wie heißt er?«

»Butz.«

Nun betrat Rixen die Nische mit einem fünften Sessel in beiden Armen und der Bedienung im Schlepptau. »Bernd, was möchtest du trinken?«

»Oh, wenn ich schon hier im Club bin, genehmige ich mir zur Feier des Tages einen Whisky – doppelt und pur.«

»Und für mich bitte ein Gingerale«, sagte Rixen zu der Bedienung, weil er in Sterns Anwesenheit alkoholische Getränke aus Prinzip mied.

Die hübsche Frau entfernte sich wieder. Bellinger sah ihr instinktiv nach, doch dann ermahnte er sich im Geiste. Ab sofort keine Rückfälle mehr!

Rixen setzte sich zum Tisch. Nachdem die Getränke serviert worden waren, stand er aber wieder auf und zog die

Vorhänge zusammen. Er sah Bellinger wie einen Helden an und sagte: »Oliver, ich danke dir von Herzen, dass du den Mörder meiner Hannelore gefasst hast. Auch Litzinger möchte sich bei dir bedanken. Wir hätten nie gedacht, dass einer der durchgeknallten Bergmann-Brüder zum Mord fähig wäre.« Rixen machte eine Kunstpause. »Wir werden dir für immer und ewig dankbar sein, auch wenn das unsere geliebten Frauen nicht mehr lebendig macht.«

Bellinger lächelte, entgegnete aber nichts. Irgendwie war das alles viel zu schön, um wahr zu sein, gestand er sich ein. Freuten sie sich denn nicht zu früh? Schließlich blieb da noch eine Kleinigkeit abzuwarten: Gerhard Bergmanns Geständnis.

16. KAPITEL

In der Morgendämmerung steuerte Anastasia Wertheim ihren Alfa Romeo Spider durch Wiesbadens Straßen in Richtung des Nerobergs. Wenige Minuten später erreichte sie den kleinen noch völlig leeren Parkplatz am Hangaufgang.

Sie stoppte den Motor. Aus dem Schließfach nahm sie einen Haargummi in die Hand, band ihr langes mahagonibraunes Haar fest im Nacken zusammen, setzte ein Stirnband auf und stieg aus dem Sportwagen.

Anastasia rannte los. Die Goldkette mit dem grünen Turmalin-Anhänger baumelte an ihrem Hals.

In dem dicht bewaldeten Abschnitt ihrer Laufstrecke begegnete ihr kein einziger Jogger.

Sie hörte, wie sich die Amseln die Seelen aus den Leibern zwitscherten, und roch die frische noch feuchte Erde. Der Übergang von der Nacht zum Tag hat an diesem Ort immer etwas Magisches an sich, dachte sie, wie jeden Sonntag um diese Zeit.

Anastasia lief ohne sichtbare Anstrengung den Berg hinauf, sie bewegte sich koordiniert und in gleichmäßigem Tempo.

Ihre übliche Joggingroute führte sie hinauf bis zu der »Russisch-Orthodoxen Kirche der heiligen Elisabeth« mit ihren fünf vergoldeten Kuppeln, die sich auf der Spitze des Nerobergs erhob. Sie freute sich jedes Mal auf den Anblick, der sie am Ende ihrer Laufstrecke erwarten würde: Eine weiße Gebäudefassade, eingetaucht in orange und rosarote Sonnenstrahlen, einzigartig in dieser Hügellandschaft – eine Reminiszenz an die Gotteshäuser in ihrer alten Heimat. Sie kannte auch die Entstehungsgeschichte der Kirche: 1844 hatte Herzog Adolph von Nassau Elisabeth Michailowna Romanowa, Großfürstin von Russland, geheiratet. Nachdem Elisabeth im darauffolgenden Jahr mit nur 19 Jahren bei der Geburt ihrer Tochter zusammen mit dem Kind starb, war Adolph in tiefe Trauer geraten. So hatte er beschlossen, für seine geliebte Frau eine Grabeskirche zu errichten. Die Lage des Grundstücks auf einem Hügel hatte er gezielt gewählt, um Elisabeths Ruhestätte stets von seiner Biebricher Residenz im Blick zu haben. Er hatte auch seinen Hofbaumeister nach Russland entsandt, damit dieser die dortige Kirchenbauweise studieren konnte. 1855 war die Kirche schließlich zu Ehren der heiligen Elisabeth nach dem russisch-orthodoxen Ritus geweiht worden. Kurz darauf war der Sarg mit den sterblichen Überresten Elisabeths und des Säuglings in einer Prozession aus der Bonifatiuskirche in die Grabeskirche überführt worden und in einem prunkvollen Sarkophag beigesetzt.

Als Anastasia mit rhythmischer Pulsfrequenz und in Gedanken versunken den Waldweg hinauf lief, bemerkte sie erst im letzten Moment einen Mann, der in seinem Jogginganzug mitten auf dem Boden saß und ihr so den Weg versperrte. Den Schirm der grünen Basketballkappe tief ins Gesicht gezogen, eine Panoramasonnenbrille auf der Nase, massierte er mit beiden Händen sein Sprunggelenk.

Anastasia blieb abrupt vor ihm stehen. Instinktiv tastete sie nach dem Pfefferspray in der Tasche ihrer Jogginghose.

»Entschuldigung«, fragte der Mann mit einer heiseren Stimme, ohne sie anzuschauen, »könnten Sie mir bitte helfen? Ich glaube, ich habe mir den Knöchel ganz übel verstaucht.«

Der verletzte Jogger schien Anastasia ungefährlich zu sein, sodass sie den Gedanken an ihren Pfefferspray zur Selbstverteidigung verwarf. Fragend zog sie die Augenbrauen hoch. »Ach! Soll ich vielleicht einen Krankenwagen für Sie rufen?«

»Nein, nein danke, nicht nötig. Das ist mir schon einmal passiert.« Hilflos streckte er seine Arme in die Luft. »Aber dürfte ich bitte Ihr Mobiltelefon benutzen und meine Frau anrufen? Sie würde mich mit dem Auto abholen.«

»Aber ja, selbstverständlich«, murmelte sie. Sie konnte einen Mann in Not schließlich nicht allein im Wald sitzen lassen. »Ich habe mein Handy allerdings nicht bei mir, sondern im Wagen unten.«

»Oh, die Strecke bergab müsste ich gerade so schaffen. Und auf dem Parkplatz kann ich dann auf meine Frau warten. Haben Sie vielen Dank, Sie sind sehr hilfsbereit.«

»Nichts zu danken, gern geschehen«, antwortete Anastasia und pustete sich eine lose Haarsträhne aus der Stirn.

Der am Sprunggelenk verletzte Jogger streifte seine Sporthandschuhe über. Anastasia sah ihm zu, wie er sich erhob und langsam auf die Füße trat. Sie drehte sich zurück, ging voran und atmete tief die kühle morgenfrische Waldluft ein.

Der Mann humpelte hinter ihr her.

Anastasia hörte, wie plötzlich ein Rabe schrie. Die Blätter der uralten Stieleichen und Weißbuchen rauschten geheimnisvoll im Wind.

Nach wenigen Minuten erreichte Anastasia den immer noch menschenleeren Parkplatz. Sie zog den Funkschlüssel aus der Tasche ihrer Jogginghose und deaktivierte die Zentralverriegelung. Dann setzte sie sich auf den Fahrersitz, ließ die Autotür offen und begann, im Handschuhfach herumzuwühlen.

Endlich hielt sie das Smartphone in der Hand. Sie hob den Blick.

Anastasia erstarrte, als sie den Gesichtsausdruck des Joggers sah. Der Teufel persönlich, kam ihr sofort in den Sinn.

Sie senkte den Blick zu der Schusswaffe, die er in der Hand hielt. Vor Angst wie gelähmt, glitten ihr das Smartphone und der Schlüssel aus der Hand und verschwanden im Fußraum unter dem Fahrersitz.

In Panik versuchte sie, nach dem Pfefferspray in ihrer Hosentasche zu greifen.

»Keine Bewegung!«, befahl der Angreifer.

Sie gehorchte und hatte das Gefühl, als ob ihr Herz gleich aufhören würde zu schlagen. »Oh mein Gott!«, schrie sie angsterfüllt, »wer sind Sie? Was wollen Sie? Ist das eine Entführung?«

Keine Antwort, keine Reaktion, nur gespenstisches Schweigen.

Anastasia wurde sich ihrer Lage bewusst. Sie ahnte den unausweichlichen Tod und ließ ihren Tränen freien Lauf.

»Warum?«, flüsterte sie.

»Weil alles Leben Leiden ist.«

Jetzt spürte sie deutlich, wie der Angreifer sie für einen Moment lang beobachtete, auch wenn sie seine Augen hinter der dunklen Brille nicht erkennen konnte. Er schien sich an dem Anblick wie ein Wahnsinniger zu ergötzen, als ob er auf eine paradoxe Weise aus ihrem Todeskampf seine eigene Lebenskraft schöpfen würde.

Anastasia sah, wie er zielte und abdrückte. Sie nahm sogar noch wahr, wie die Kugel zischte und sie in die linke Brust traf. Reflexartig legte sie ihre Hand an die Wunde und merkte, wie das Blut zwischen ihren Fingern hervorspritzte. Warum hat er mir nicht schon vorher auf dem Weg zum Auto in den Rücken geschossen?, fragte sie sich in ihrer Verzweiflung. Weil er meine Angst, meinen Schmerz und mein Leid auf seine sadistische Art genießen wollte, gab sie sich selbst die Antwort. Ihre Augenlider hörten auf zu flattern, ihre Tränen flossen nicht mehr. Sie wusste, sie war endgültig dem Tod geweiht.

»Wer sind Sie?«, keuchte sie. Dann drehte sie sich um, in dem irrationalen Versuch, auf die Rückbank zu klettern. Einen Wimpernschlag später spürte sie noch, wie eine zweite Kugel sie in die rechte Brust traf. Dann wurde es dunkel um sie.

*

Nachdem Atman Anastasia die Goldkette mit dem Turmalin-Anhänger vom Hals gerissen hatte, machte Brahman die Fahrertür mit der behandschuhten Hand zu.

Eine Weile noch betrachteten sie ihr Werk, dann überprüften sie mit äußerster Sorgfalt den Tatort auf mögliche Spuren ihrer Anwesenheit.

Allmählich wich das Morgengrauen dem hellen Tag, der Mond verblasste über der Hügellandschaft. Die aufgehende

Sonne tauchte die Fassade der Grabeskirche in einen rosafarbenen Schimmer, die Konturen der fünf vergoldeten Kuppeln und des russisch-orthodoxen Friedhofs traten hervor.

Atman und Brahman waren überwältigt. Sie versanken in eine andere Welt, in ihre Welt, und rezitierten ihr Mantra im Gleichklang:

Wir sind Illusionisten und Atheisten.
Wir sind Pessimisten und Sadisten.
Uns treibt die Gier, die Gier, die Gier.
Unser Wille soll geschehen.

Atman und Brahman verließen den Neroberg. Ihre inneren Dämonen waren besänftigt – wenigstens für den Augenblick.

17. KAPITEL

Im Halbschlaf umarmte Wilson seine Bianca, da meldete sich das iPhone auf dem Nachttisch nebendran. Er setzte sich im Bett auf, gähnte und warf einen vagen Blick auf die Anruferkennung: Einsatzzentrale. Er hatte Rufbereitschaft, ihm blieb nichts anderes übrig, als sofort zu reagieren: »Wilson.«

»Guten Morgen, Bendorf hier. Wir haben gerade einen Frauenmord reinbekommen«, teilte der Kriminalbeamte vom Dienst mit.

Wilson realisierte blitzschnell, dass er sein heutiges Sonntagsfrühstück mit Bianca im Bett in seiner Junggesellenwohnung vergessen konnte. »Fundort?«

»Neroberg, Südabhang. Der Erkennungsdienst und die Gerichtsmedizin sind informiert.«

»Alles klar«, entgegnete er und sah seine nackt schlafende dunkelhäutige Freundin sehnsüchtig an. Er war verrückt nach dieser Frau. »Bin schon unterwegs.«

Nach knapp 25 Minuten lenkte Wilson hungrig, aber frisch geduscht, seinen Wagen durch Wiesbaden in Richtung des Nerobergs.

Zehn Minuten später traf er am Ort des Geschehens ein, der inzwischen polizeilich abgesperrt war. Ein uniformierter Polizist versorgte ihn mit Schuhüberziehern und Latexhandschuhen und führte ihn hinter das rot-weiße Absperrband.

»Der Sportwagen«, sagte der Polizeibeamte und deutete mit seinem Zeigefinger auf einen roten Alfa Romeo Spider.

Wilson blieb stehen. »Waren Sie der erste Beamte vor Ort?«

»Nein. Der Kollege Beckstein war es«, antwortete er und trat beiseite.

»Danke.«

Beckstein kam Wilson entgegen. »Guten Morgen, Hauptkommissar Wilson.«

»Guten Morgen, Herr Beckstein.« Wilson stellte sofort seine erste Routine-Frage: »Wer hat wann die Polizei verständigt?«

»Eine junge Frau, die kurz nach neun Uhr hierher zum Joggen kam und ihr Auto neben dem Sportwagen mit der Leiche geparkt hat. Ich habe sie befragt und ihre Personalien aufgenommen. Sie hat nichts Verdächtiges gesehen. Bis jetzt haben wir keinen einzigen Zeugen der Tat. Hier am Hang befinden sich auch keine Überwachungskameras.«

»Waren die Autotüren geschlossen?«

»Ja, aber nicht versperrt.«

»Entspricht der Fundort dem Tatort?«

»Ja, ohne Zweifel. Keine Schleif- oder Blutspuren um den Wagen herum, wie Sie gleich sehen werden. Allerdings Hunderte von verschiedensten Autoreifen- und Schuhsohlenabdrücken, ein richtiges Fest für die SpuSi.«

Wilson, mit Beckstein im Schlepptau, näherte sich mit angespannter Miene dem Sportwagen. Ein Kriminaltechniker mit der Fotokamera in der Hand wich zur Seite.

Wilson bückte sich und schaute mit der Konzentration eines nüchternen und abgebrühten Mordermittlers durch das blutbespritzte Fensterglas ins Innere des Autos. Das Opfer war auf dem Fahrersitz zusammengesackt, halb nach hinten gedreht, als hätte es versucht, auf die Rückbank zu klettern. Zwei beinahe symmetrische Schusswunden sprangen ihm sofort ins Auge: eine auf der linken und eine auf der rechten Seite in Höhe des Brustkorbs. Das Gesicht der Toten war mit Blutspritzern übersät und auf den ersten Blick nicht zu identifizieren. Die Szene bot ein Bild des Schreckens.

Wilson fiel auf, wie methodisch und kaltblütig der Schütze vorgegangen war. Es waren absolut tödliche Schüsse aus kürzester Distanz. Hinrichtung, Profi-Arbeit, Auftragsmord schoss es ihm spontan durch den Kopf.

Wilson richtete sich wieder auf, sah Beckstein an und stellte eine weitere Routine-Frage: »Ist das Handschuhfach im Wagen inspiziert worden?«

»Ja. Dort stecken um die 25 Euro, ein Parfümflakon, zwei Lippenstifte und die Fahrzeugpapiere. Das Mobiltelefon und den Autoschlüssel fanden wir auf dem Boden liegend.«

»Was ist über die tote Frau bisher bekannt?«

»30 Jahre alt, verheiratet, keine Kinder. Eigentlich müssten Sie sie kennen – sie war einst ein erfolgreiches Fotomodell, bevor sie Robert Wertheim, den Event- und Konzertveranstalter, geheiratet hat.«

Der letzte Satz traf Wilson wie ein Blitz. Anastasia?

Es dauerte ein paar Augenblicke, bis er sich wieder im Griff hatte. »Beckstein, Sie meinen wohl nicht im Ernst, dass die tote Frau Anastasia Wertheim ist?«

»Doch, doch. Sie ist es.«

»Danke, Beckstein. Sie haben gute Arbeit geleistet. Jetzt können Sie abtreten und den Sachverhalt zu Protokoll bringen.«

»Jawohl.« Beckstein entfernte sich mit zufriedener Miene.

Wilson durchzog ein eiskalter Schauer. Er betrachtete noch eine Weile das blutbedeckte Gesicht der Toten und runzelte die Stirn. Kein Wunder, dachte er, dass ich sie nicht erkannt habe. Auf Rixens Hochzeit am 13. Juni sah sie vollkommen anders aus.

18. KAPITEL

Hugo Lambert, der geistige Lehrer, und seine vier Schüler saßen am Montagmorgen vor Schichtbeginn im Lotossitz auf dem Teppich in der unterirdischen Hausmeisterwohnung. Ein schwerer, berauschender Duft lag in der Luft. Die Szenerie erinnerte an Novizen-Unterricht in einem buddhistischen Kloster.

Lambert, in seine zinnoberrote Mönchsrobe gehüllt, legte die Hände in den Schoß, hob den Kopf und schaute in die Runde: »Habt ihr euch überlegt, Jungs, worüber ich heute referieren soll?«

Sie nickten eifrig.

Lambert schien sich zu freuen. »Rixen wird begeistert sein, wenn er erfährt, dass ihr ein so großes Interesse an der buddhistischen Lehre zeigt. Er hält Buddhismus in erster Linie für Philosophie, also die Liebe zur Weisheit. Er wünscht sich von Herzen, dass ich euch für die Zukunft etwas Sinnvolles vermittle.« Lambert sah jetzt jeden Einzelnen an. »Ich möchte noch einmal betonen: Ich bin kein Weltverbesserer, kein Moralist, kein Missionar, ich hüte mich davor, euch einer Gehirnwäsche zu unterziehen. Es ist jedem von euch überlassen, die Lerntexte frei zu interpretieren.« Er nahm einen Schluck Buttertee, dann fügte er mit einem verschwörerischen Blinzeln hinzu: »Jetzt will ich euch etwas verraten: Rixen ist unheimlich stolz auf euch und fest entschlossen, euch mit Geldern aus seiner millionenschweren Erbschaft zu unterstützen. Aber bitte, behaltet das für euch. Verstanden?«

Sie nickten erneut.

Es folgten ein paar Momente des Schweigens, dann fragte Leon: »Und warum drillt der Chef uns so, als ob wir hier in einem Militärlager leben würden?«

»Der Chef ist ein Kontrollfreak!«, rief Marcus.

»Der Chef mischt sich in alles ein!«, entfuhr es Ralf.

»Jungs, Jungs, Jungs!« Lambert lachte. »Rixen will den Überblick behalten und auf Nummer sicher gehen, dass euch keine Zeit übrig bleibt, auf dumme Gedanken zu kommen. Er hat längst das Potenzial erkannt, das in euch steckt. Und – bitte merkt euch das gut – er betrachtet euch als die Söhne, die er nie hatte.«

Tan Dung erhob den Kopf und sagte in seiner Funktion als Klassensprecher: »Danke für Ihre ehrlichen Worte, Herr Lambert. Wir alle wissen das zu schätzen.« Schließlich stellte er die Frage, die ihm keine Ruhe ließ: »Möchten Sie uns jetzt bitte die Zweite Edle Wahrheit erläutern?«

Lambert lachte wieder. »Aber ja, gerne.« Er holte tief Luft. »Sie lehrt, dass das Leiden durch das Begehren bedingt ist: *Dies, ihr Mönche*, verkündete der Buddha, *ist die edle Wahrheit von der Entstehung des Leidens. Es ist der Durst, von Begierde begleitet, der hier und dort seine Freude findet.* Hier ist die Gier – im weiteren Sinn als Drang, Zwang oder auch Wille gemeint – als treibende Kraft zu verstehen. Und noch etwas: Die Gier ist der Vernunft übergeordnet.«

Alle schwiegen.

Tan Dung analysierte die Zweite Edle Wahrheit für sich. Schließlich wandte er sich an Lambert und fragte: »Hm, mir geht der Satz ›*Alles Leben ist Leiden*‹ immer noch nicht aus dem Kopf. Nehmen wir an, wir haben mit einem religiösen Fanatiker als Mörder zu tun. Nehmen wir weiter an, er leidet an religiösem Wahn mit Paranoia. Wäre es denkbar, dass er eine *Gier* in Form von Morddrang entwickelt, um sich am Leid anderer Menschen zu erfreuen? Vereinfacht ausgedrückt: Die Zerstörung des Glücks der anderen macht ihn in seiner Vorstellung glücklich.«

»Hm, hm …«, Lambert geriet ins Stottern und schien zu überlegen. »Wenn es um Gier geht, ist die menschliche Natur zu allem fähig.« Dann sah er die Jungs mit ernster und zugleich besorgter Miene an. »Ihr überlasst die Mordermittlungen aber doch der Polizei, nicht wahr?«

Diesmal nickten die Jungs nicht.

*

Nach ihrer frühmorgendlichen buddhistischen Lehrstunde setzten sich Tan Dung und seine Kollegen Leon, Marcus und Ralf auf die Holzbank im Umkleideraum, wo sie unbeobachtet ihre kleine Konferenz abhalten konnten.

Tan Dung atmete tief durch und eröffnete: »Habt ihr das

Neueste gehört? Anastasia Wertheim, die Frau von Robert Wertheim, dem Vorstandsmitglied unseres Förderprogramms, ist gestern in den frühen Morgenstunden in Wiesbaden umgebracht worden. Laut Polizei steht der Mordfall ›Anastasia‹ in Verbindung mit den Fällen ›Baronin‹ und ›Fatima‹. Rixen wurde befragt und in die Mangel genommen – schließlich hat er alle drei Mordopfer gekannt –, doch man konnte ihm glücklicherweise nichts Konkretes nachweisen.«

»Oh!«, entfuhr es Leon.

Tan Dung stand von der Bank auf und sah in die Runde. »Außerdem ist Gerhard Bergmann gestern Mittag aus dem Koma aufgewacht. Seine Alibis zu den bewussten Tatzeiten sollen wasserdicht sein.«

»Woher hast du denn all die Informationen?«, wunderte sich Leon.

»Der Chef hat mich gestern Nachmittag zu sich in seine Wohnung in die Bethmannstraße wegen einer, hm, nennen wir es Computerrecherche, einbestellt. Als Hauptkommissar Wilson, der coole schwarze Polizist aus Wiesbaden, plötzlich bei ihm auftauchte, um ihn zu befragen, habe ich mich schnell im Schrank versteckt und alles mitgehört.«

Es folgten ein paar nachdenkliche Augenblicke.

»Wie sieht es aus mit der Erbschaft unseres Chefs?«, erkundigte sich Marcus nach einer Weile. »Immer noch eingefroren?«

»Na ja, es kann noch lange dauern, bis es zum Prozess kommt. Und auch dann ist der Ausgang ungewiss.« Tan Dung legte eine Pause ein, zog seinen Kittel an und strich ihn glatt. »Tja … Falls wir das Geld retten wollen, bleibt uns wirklich nichts anderes übrig, als die Sache selbst in die Hand zu nehmen. Erst wenn der Mörder der Baronin gefunden und verurteilt ist, gilt der Chef als 100-prozentig rehabilitiert.« Tan

Dung räusperte sich. »Doch inzwischen ist der Fall komplizierter geworden.«

Mit ratlosen Mienen sahen Leon, Ralf und Marcus ihren selbst ernannten Wortführer an.

Tan Dung richtete sich auf und fasste zusammen: »Die aktuelle Konstellation stellt sich folgendermaßen dar: Wir haben es mit einem dreifachen Mörder zu tun, der die Ehefrauen von drei Vorstandsmitgliedern unseres Förderprogramms – Rixen, Litzinger und Wertheim – getötet hat. Übrigens: Die anderen zwei Vorstandsmitglieder – Richter Heinzmann und Professor Stern – haben keine Frauen, sie sind nämlich beide verwitwet.«

Wenige Sekunden später erhob sich Marcus von der Bank, fixierte Tan Dung und sagte: »Wie ich dich kenne, hast du dir schon einen superschlauen Plan ausgedacht, wie wir den Mörder schnappen sollen.«

Tan Dung lachte übers ganze Gesicht. »Na ja, ich habe da tatsächlich ein etwas gewagtes Konzept entwickelt.« Aus seinen aufwendig geschminkten Augen sprühten Funken.

»Könntest du vielleicht etwas genauer werden?«, fragte Ralf.

»Also … Bei der Komplexität der Operation werden wir unser vierköpfiges Team vergrößern müssen. Wir brauchen zusätzliche Männer, Männer, die professionell und absolut vertrauenswürdig sind.«

»Hast du jemanden Bestimmten im Sinn?«, bohrte Marcus nach.

»Ja. Achmad Kadyrow und seine Jungs.«

»Kenne ich nicht«, sagte Leon. »Wer ist Achmad Kadyrow?«

Tan Dungs Wangen schienen auf einmal zu glühen. »Ähm … Er ist mein … mein Ex. Und er ist mir noch was schuldig.«

Leon, Ralf und Marcus schwiegen verlegen.

Tan Dung knotete sein langes seidig schwarzes Haar zu einem Dutt und zog die Haube darüber. Dann blickte er auf die Wanduhr und sagte: »Der morgendliche Rapport beginnt in zwei Minuten. Wir dürfen nicht zu spät kommen. Ich schlage vor, wir treffen uns hier in der Mittagspause. Dann werde ich euch die Einzelheiten meines Plans verraten.«

*

Um 09:15 Uhr an diesem warmen und wolkenlosen Montagmorgen manövrierte Wilson seinen Dienstwagen in eine Parklücke vor der Villa des Ehepaars Wertheim in Sonnenberg, einem Wiesbadener Wohnviertel mit noblen Jugendstilhäusern und gepflegten Grünanlagen. Mit energischen Schritten trat er durch das Eingangstor, das von formvollendeten Schnitthecken gesäumt war, in den Vorgarten. Sobald er auf die Messingklingel drückte, hörte er ein lautes Glockenspiel.

Wilson hoffte, dass er heute etwas mehr Glück haben würde. Nachdem er Robert Wertheim gestern die Todesnachricht übergebracht hatte, erlitt dieser einen Schock und war in der Folge völlig außerstande, seine Fragen zu beantworten.

Wertheim machte die Eingangstür auf. »Oh, oh«, murmelte er noch sichtbar verwirrt. »Sie schon wieder?«

Wilson richtete sich zu voller Größe auf. »Noch einmal mein aufrichtiges Beileid wegen des Todes Ihrer Frau, Herr Wertheim. Ich weiß, es ist im Moment nicht einfach für Sie, aber wir müssen uns unterhalten. Das ist von enormer Wichtigkeit für die Aufklärung des Mordes.«

»Ja selbstverständlich. Treten Sie bitte ein.«

Sie durchquerten die Eingangshalle, die mit einem riesigen Wandspiegel und einer Vase mit frischen Schnittblumen prunkte.

Im Wohnzimmer deutete Wertheim mit der Hand auf eine champagnerfarbene Chaiselongue im Art-déco-Stil und fragte: »Darf ich Ihnen etwas zu trinken anbieten?«

»Danke nein.« Wilson nahm Platz.

Er ließ seinen Blick durch den Raum schweifen. Ihm fielen die geometrischen Formen und klaren Linien der Einrichtung auf. Das Interieur war geprägt von kühler Eleganz; keine Stilbrüche, keine Disharmonie, Ästhetik pur.

Wertheim, mit einer schwarzen Anzugshose und einem schwarzen Hemd bekleidet, ließ sich in einen Sessel ihm gegenüber sinken. Seine Augen schimmerten feucht.

Wilson blieb mit Absicht dienstlich und distanziert. »Würden Sie mir bitte heute einige Fragen beantworten?«

Wertheim nickte. »Ja. Langsam bin ich etwas klarer im Kopf.«

»Es freut mich, das zu hören. Vermissen Sie etwas aus dem Besitz Ihrer Frau?«

»Hm, ihre Halskette mit einem kostbaren Turmalin-Anhänger ist nirgendwo zu finden.«

Schon wieder eine Trophäe, dachte Wilson und fuhr fort: »Joggen Sie gerne?«

»Ich? Nein. Aber Anastasia joggte regelmäßig – Sonntagfrüh. Anschließend besuchte sie die russische Kirche, noch bevor die erste Messe begann.«

»Wer wusste davon?«

»Oh, ich glaube, alle, die sie kannten.«

»Wann haben Sie Ihre Frau zuletzt lebend gesehen?«

»Samstagabend, kurz vor Mitternacht, bevor ich zu Bett ging. Als sie zum Joggen aufgestanden war, hat sie mich nicht geweckt.«

»Danke.« Jetzt stellte Wilson die unumgängliche Frage: »Wo waren Sie zwischen fünf und sechs Uhr Sonntagfrüh?«

Wertheim wirkte nervös. »Im Schlafzimmer natürlich.«

»Kann das jemand bezeugen?«

»Bezeugen?« Wertheim stand vom Sessel auf und ging im Raum auf und ab. »Ich bitte Sie … Unser Hausmädchen hatte frei, der Gärtner ebenfalls.«

»Und Ihr Leibwächter?«

»Oscar? Ihn brauche ich nur bei offiziellen Anlässen.«

Na ja, dachte Wilson, somit hat der Ehemann kein Alibi für die Tatzeit. Dann fragte er: »Sind Sie im Besitz einer Schusswaffe?«

Wertheims Gesicht wurde kreidebleich. »Nein, Oscar besitzt eine, und für die hat er selbstverständlich einen Waffenschein.«

Wilson überlegte. Den ballistischen Bericht hatte er heute Morgen im Büro gelesen. Demnach wurde Oscars Pistole bereits überprüft; sie war eindeutig nicht die Tatwaffe. Die Ballistik hatte zwei 9-Millimeter-Patronen identifiziert, abgefeuert von einer Luger Parabellum P08, nirgendwo registriert.

Wertheim schwieg.

Wilson setzte fort: »Hat jemand Sie oder Ihre Frau in letzter Zeit bedroht oder erpresst? War Ihnen etwas merkwürdig vorgekommen?«

»Nein!«, kam die einsilbige Antwort.

Wilsons Gesichtsausdruck blieb neutral. »Haben Sie eine Vermutung, wer und aus welchem Grund Ihre Frau umbringen sollte?«

»Nein! Anastasia hatte keine Feinde, sie war überall beliebt.«

»Gab es vielleicht etwas Besonderes aus der Vergangenheit Ihrer Frau?«

»Nein. Sie hatte eine astreine Vergangenheit als Fotomodell und arbeitete immer nur für renommierte Agenturen.« Auf einmal wirkte Wertheim zutiefst erschüttert.

Wilson bemerkte Tränen in seinen Augen, blieb aber unbeeindruckt und setzte wieder an: »Herr Wertheim, Sie sind 60, Ihre Frau war halb so alt. Sie waren mit ihr seit zwei Jahren in zweiter Ehe verheiratet. Wie würden Sie die Verbindung bezeichnen?«

Wertheim antwortete spontan. »Glücklich, einfach nur glücklich! Es war eine Liebesheirat. Wir ergänzten uns wunderbar. Und ich hätte alles, wirklich alles für sie getan.« Er sah Wilson direkt an. »Für mich gab es nie einen Grund, warum ich Anastasia umbringen sollte.«

»Ich habe im Moment keine weiteren Fragen, vielen Dank für Ihre Auskunft«, beendete Wilson seinen Besuch und erhob sich.

*

Am Beginn der Mittagspause betrat Tan Dung als Erster den Umkleideraum des Instituts und knipste den uralten Lichtschalter an. Er lockerte seinen grünen Arbeitskittel, nahm die Gummihandschuhe, die Haube und den Gesichtsschutz ab und ließ sich auf die Holzbank sinken. Dann streckte er seine dünnen Beine aus, lehnte den Hinterkopf an die kühle Kachelwand und schloss die Augen.

In dieser Positur wirkte er wie erstarrt. Doch der Schein trog. Sein Gehirn arbeitete auf Hochtouren: Er analysierte, verifizierte, hinterfragte und sortierte die in der Zwischenzeit gewonnenen Erkenntnisse. Die Wahrheit war die: Er fühlte sich Rixen – in seiner vielfachen Funktion als Ausbilder, Boxtrainer, Respektperson, Ersatzvaterfigur, Beschützer – zu unendlichem Dank verpflichtet. So einfach war das. Ihm ging es auch nicht um die Stiftungsgelder und Rixens eingefrorene Erbschaft. Tan Dung spürte, dass Rixens Ruf in der sogenannten feinen Gesellschaft litt, obwohl er vor dem

Gesetz – aus Mangel an Beweisen – als unschuldig galt. Und noch etwas lag Tan Dung am Herzen: Rixen, wenn er sich von anderen unbeobachtet fühlte, blickte nur traurig vor sich hin und schien die Lust am Leben verloren zu haben. Wenn das die Absicht war, die sich hinter dem Mord an seiner Frau verbarg, dann hatte der Mörder sein Ziel erreicht, schlussfolgerte Tan Dung. Es war höchste Zeit, dass er sich mithilfe seiner Mitazubis bei Rixen erkenntlich zeigte und den Mörder zur Strecke brachte.

Tan Dung öffnete seine Augen und richtete den Blick auf die Wanduhr. Leon, Ralf und Marcus müssten bald antreten. Früher waren sie Profis, richtige Profis gewesen, jeder auf seinem Gebiet. Sie hatten alle eine harte, gnadenlose Lebensschule hinter sich gehabt. Ihr Vorteil heute war, dass sie sich in die Denk- und Vorgehensweise sowohl der Jäger als auch der Gejagten hineinversetzen konnten. Diese Jungs – auch wenn sie vielleicht nicht die Hellsten waren – sollte man nicht unterschätzen, dachte er und musste grinsen. Und da gab es noch etwas: Sie stellten ihm keine persönlichen Fragen, machten nie Bemerkungen wegen seiner Andersartigkeit, sie akzeptierten ihn so, wie er war.

Tan Dung blieb noch ein paar Augenblicke allein in der Umkleide. Der Ort erinnerte ihn an eine künstlich beleuchtete Grabkammer, nur die Sarkophage fehlten. Er verfiel in eine Art meditative Stimmung. Seine Gedanken schweiften ab und kreisten nun um Rixens Freund Oliver Bellinger. Er kannte ihn von sämtlichen Obduktionen im Institut, der Mann hatte Format, Biss und eine – eine immense sexuelle Ausstrahlung. In Bellinger könnte er sich verlieben … Oder war er das schon längst? Stopp! Vergiss es, ermahnte er sich sofort. Mach dich nicht unglücklich, Bellinger würde deine Gefühle nie erwidern, du hast bei ihm keine Chance. Bleib realistisch!

Einen Wimpernschlag später bekam Tan Dung seine Gefühle wieder unter Kontrolle und wurde nüchtern. Ihm war nicht entgangen, dass Bellinger seit ein paar Monaten enorm gestresst und gereizt wirkte. Dafür wird er schon seine Gründe haben, dachte Tan Dung, jedenfalls besser so als überheblich und arrogant wie einige andere Polizisten. Bellinger wurde eine exzellente Spürnase nachgesagt, das wusste Tan Dung, aber was die Bergmann-Brüder anging, da lag er völlig daneben. Diese Morde waren präzise geplant und fehlerfrei durchgeführt worden, der Täter tickte auf einem viel höheren Niveau als diese Junkies. Was aber nicht unbedingt bedeuten sollte, sinnierte Tan Dung, dass der Täter kein Psychopath war. Was Tan Dung jedoch an Bellingers These gefiel, war die Annahme, dass der Täter im eigentlichen Sinne nicht seine Opfer – die Ehefrauen – sondern deren Männer mit seiner Tat treffen wollte. Jaja, das ist wohl der springende Punkt!, dachte Tan Dung.

Er warf einen weiteren Blick auf die Wanduhr.

Die Stille an diesem Ort hatte etwas Überirdisches an sich.

Eine Neonröhre fing plötzlich an zu flackern.

Nun atmete Tan Dung tief ein und stellte sich die Frage: Aus welchem Grund sollten die drei Männer, allen voran Rixen, bestraft werden? War es das – die Strafe? Und wenn es die Strafe war – dann wofür? Für etwas aus der nebulösen Vergangenheit dieser drei? Tan Dung wechselte seine Position auf der unbequemen Holzbank und fuhr sich mit der Hand durch seine langen pechschwarzen Haare. Nein, dachte er, die Suche nach dem Auslöser für diese Morde war nicht seine Aufgabe, damit sollte sich bitteschön die Polizei auseinandersetzen. Gleiches galt für die Erstellung des Persönlichkeitsprofils des Täters. Wilson, der dunkelhäutige Polizist aus Wiesbaden, sollte darin ein wahrer Meister sein, das hatte er jedenfalls gehört. Er würde seine eigene Hypothese verfolgen. Diese war vielleicht etwas abstrakt, aber logisch.

Während er sich den Kopf über die konzeptionellen und operativen Details seines geplanten Unternehmens zerbrach, betrat Leon den Raum.

Dieser lockerte seine grüne Arbeitskleidung und befreite sich von den Arbeitsutensilien, blieb aber stehen. »Hast du deinen Ex kontaktiert? Macht er mit?«

Tan Dung hob den Kopf und entblößte lächelnd seine perlweißen Zähne. »Er war sofort Feuer und Flamme!«

»Hm … Dieser Achmad Kadyrow – was ist das für ein Typ?«

»Er wurde einst in einem paramilitärischen Lager in Tschetschenien ausgebildet. Rixen hat ihn erst vor Kurzem aus dem Knast herausgeholt. Achmad wurde der Garten- und Friedhofspflege zugeteilt. Die Jungs dort waren so von ihm angetan, dass sie ihn sofort zu ihrem Gruppensprecher gewählt haben.«

»Sind auch sie dabei?«

»Ja. Sie stehen alle geschlossen hinter Rixen«, verkündete Tan Dung mit Stolz. »Sie setzen Himmel und Hölle in Bewegung, wenn es sein muss. Rixen ist es doch, der sie aus dem Knast holt, ihre Knasttattoos fachmännisch entfernen lässt, ihre Führerscheinprüfungen bezahlt, ihnen Jobs und ein Dach über dem Kopf besorgt.«

Leon holte tief Luft. »Tja … Es ist schon enorm, was unser Chef alles leistet. Er trainiert uns nicht nur körperlich im Ring, hält uns Vorträge über gesunde Ernährung und geschützten Sex, sondern organisiert extra für uns einen geistigen Lehrer.«

Tan Dung bestätigte: »Rixen ist – schon allein durch seine Vergangenheit – einer von uns, und wenn uns einer versteht, dann er.«

Leon nickte, positionierte mit Mühe seinen Schwergewichtkörper auf der gegenüberliegenden Bank, die für seine Statur völlig ungeeignet war, da betraten Marcus und Ralf den Raum.

Noch bevor Marcus den Mundschutz abnahm, sah er Tan Dung an und fragte: »Konntest du deinen Ex für unsere Sache anwerben?«

»Ja. Achmad Kadyrow und seine Jungs von der Friedhofspflege sind mit an Bord. Sollte die Situation es erfordern, dann aktivieren sie zusätzliche Kräfte vom Bestattungsservice, von der Stadtreinigung und der Müllabfuhr.«

Marcus setzte sich nicht, sondern lehnte sich gegen die Kachelwand, zu Tan Dung gewandt. »Willst du uns nun endlich verraten, was für einen Plan du dir ausgedacht hast?«

Tan Dung lächelte geheimnisvoll und richtete seinen schmalen Oberkörper kerzengerade auf. »Ja klar ... Ich bin zu einer dreifachen Erkenntnis gelangt. Erstens: Ich gehe davon aus, dass die Morde an den Frauen dazu gedient haben, die Psyche ihrer Männer gezielt zu verletzen. Es sind die Witwer, die, solange sie leben, leiden sollen.«

Ralf meldete sich zu Wort: »Der Mord als Mittel zum Zweck – ist es das, was du damit meinst?«

Tan Dung nickte.

Ralf fuhr fort: »Und was besagt deine zweite Erkenntnis?«

»Der Schlüssel zur Lösung der Mordfälle liegt in der Botschaft, die der Täter an die Witwer richtet«, brachte Tan Dung hervor und runzelte die Stirn. »Ich habe über die Bedeutung des Satzes, von dem der Mörder offensichtlich besessen ist, noch weiter nachgeforscht. Er lässt sich nicht nur im buddhistischen, sondern auch im philosophischen Kontext interpretieren. Ich persönlich tendiere zu der ersten Variante, nachdem ich Lamberts Ausführungen gehört habe.«

Es folgte eine nachdenkliche Pause; die Azubis holten sich nacheinander Wasser in Pappbechern von einem Wasserspender, der in der Ecke der Umkleide stand.

Ralf nahm einen Schluck, schließlich fragte er mit einem

neugierigen Flackern in den Augen: »Wie lautet deine dritte Erkenntnis?«

Tan Dung lachte: »Ha ha. Zeit für ein Ratespiel!«

»Muss das sein?«

»Spielverderber!« Tan Dung ließ sich nicht umstimmen. »Wir haben uns gerade darüber geeinigt, dass die Absicht des Mörders darin besteht, die Witwer – aus welchem Motiv auch immer – für den Rest ihres Lebens leiden zu lassen, stimmt das?«

»Ja«, gab Marcus zu. »Deswegen hat wohl der Mörder den Männern das Wertvollste und Wichtigste im Leben weggenommen, eben die Frauen, die diese liebten.«

»So ist es.« Tan Dung lachte wieder zufrieden. »Wenn der Mörder die Witwer mit Absicht leiden lässt, dann will er ihr Leiden auch hautnah miterleben. Mit anderen Worten: Er findet das Leiden auf seine Art sehenswert. Also: Klingelt da schon was bei euch?«

Sie schüttelten die Köpfe.

»Egal. Weiter geht es: Wenn einer das sehen will, was er sich in seiner Vorstellung – sprich in seinen Träumen oder in seiner Fantasie – ausgemalt hat, dann muss er sich schon die Mühe geben, vor Ort irgendwie präsent zu sein. Oder?«

Leon schien intensiv nachzudenken. Er nippte an seinem Pappbecher und schlussfolgerte: »Demnach müsste sich der Mörder im Umfeld seiner eigentlichen Zielpersonen, der frischgebackenen Witwer, aufhalten.«

Tan Dung grinste. »Schon sehr nahe dran, gut gedacht.«

»Dann lasst uns zu Ende denken«, sagte Ralf. »Wir brauchen also nichts weiter zu tun, als die Witwer zu beobachten.«

»Das ist es!«, rief Tan Dung. »Wir observieren heimlich Rixen, Litzinger und Wertheim und achten darauf, wer in deren Nähe auftaucht und sich womöglich auffällig benimmt.«

»Oha!«, jubelten die jugendlichen Verschwörer und genehmigten sich eine zweite Runde Mineralwasser.

»Stopp!«, unterbrach Ralf. Seine Augen funkelten im Gegenlicht der Neonröhre. Er wandte sich an Tan Dung: »Machen wir uns durch diese Aktion nicht strafbar? Ich habe, ehrlich gesagt, nicht die geringste Lust, wieder im Knast zu landen.«

Tan Dung reagierte sofort: »Eine gute Frage ... Wenn wir uns geschickt anstellen und die Witwer aus sicherer Distanz beschatten, merkt das kein Mensch. Andererseits ist es nicht gestattet, sich auf eigene Faust in eine laufende polizeiliche Ermittlung einzumischen. Ein Restrisiko ist also dabei.«

»Damit kann ich mich arrangieren«, sagte Ralf.

Die anderen nickten zustimmend.

Während sie dann schweigend und mit nachdenklichen Mienen an ihren Pappbechern nippten, fragte Marcus plötzlich in die Stille: »Wie wollen wir unsere Geheimoperation nennen?«

Es dauerte einige Sekunden, bis Tan Dung sich äußerte: »Da wir die Morde im buddhistischen Kontext betrachten, könnte ich mir ›Operation Buddha‹ als passenden Namen vorstellen.«

»Dann auf die ›Operation Buddha‹!«, prosteten sie sich mit ihren Pappbechern zu.

Über Tan Dungs Gesicht huschte ein Lächeln.

Leon warf ihm einen Blick zu, blinzelte und fasste zusammen: »Wir stehen also alle unter deinem Kommando, die Operation ist streng vertraulich und auf höchster Geheimstufe, die Umkleide ist unsere Operationszentrale. Es fehlt nur das Codewort ... Wie wäre es mit: Gier?«

»Ausgezeichnet«, urteilte Tan Dung mit zufriedener Miene. »Kurz und prägnant. Ab sofort sind wir richtig organisiert. Wir haben klare Ziele, jetzt brauchen wir nur noch durchstrukturierte Abläufe.« Tan Dung erhob sich mit einer grazilen Bewegung, öffnete seinen Spind, holte ein iPad heraus und schaltete es ein. Schließlich sah er in die Runde und sagte: »Ich habe mir bereits erlaubt, den Beobachtungsplan für die nächsten 24 Stunden in Schichten auszuarbeiten.« Er kniff seine Mandelaugen zu Schlitzen zusammen. »Der Countdown läuft.«

19. KAPITEL

Bellinger bemühte sich, seine Nerven zu beruhigen, um einen ausgeglichenen und professionellen Eindruck zu vermitteln. Doch angesichts der Tatsache, dass Rixens Name schon wieder mit einem Frauenmord in Verbindung gebracht wurde, blieb seine Bemühung ziemlich erfolglos. Es war Dienstagmorgen, 08:10 Uhr, und er saß Weigand gegenüber. Das einzig Erfreuliche in dieser Situation war, dass sich Wilson neben ihm in Positur stellte.

Kretschmer, die alte Bulldogge, hockte wie üblich in der Sitzecke des Büros und machte sich irgendwelche Notizen.

Weigand schwieg. Irgendwann erhob er sich von seinem Chefsessel und trat mit am Rücken verschränkten Armen vor das Fenster. Der sommerliche Schauer schien sich zu einem Unwetter auszuwachsen.

Wenige Augenblicke später drehte Weigand sich um, ging ein paar Schritte vor und lehnte sich gegen die Schreibtischkante. Nun sah er Wilson an und brach das Schweigen: »Wie ist das nach einem Jahr Abwesenheit, hier wieder an Bord zu sein?«

Wilson, schon immer Weigands Liebling, strahlte übers ganze Gesicht: »Oh, es ist ein gutes Gefühl, ein sehr gutes. Ich habe vor meiner Beförderung nach Wiesbaden wirklich gern hier gearbeitet.«

»Es freut mich, das zu hören«, entgegnete Weigand und erlaubte sich ein Lächeln. Dann wurde er wieder ernst. »Als Sie mich am Sonntag angerufen haben, um mir mitzuteilen, dass zwischen Ihrem aktuellen Mord in Wiesbaden und unseren Mordfällen ›Baronin‹ und ›Fatima‹ Parallelen bestehen, schaltete ich Oberstaatsanwalt Kretschmer ein.« Weigand warf einen Seitenblick in die Ecke, bevor er weiter sprach: »Wir kontaktierten Ihren Vorgesetzten in Wiesbaden. Auf kurzem Dienstweg einigten wir uns darüber, die ›SoKo Anastasia‹ nicht zwischen Frankfurt und Wiesbaden aufzuteilen. Sie wurden für die Dauer der Ermittlungen von Ihrem Chef an uns ausgeliehen, allerdings unter der Voraussetzung, dass Sie bereit sind, sich die Leitung der SoKo mit Hauptkommissar Bellinger zu teilen.« Weigand schaute beide Männer etwas verunsichert an. »Ist diese Kompromisslösung für Sie beide in Ordnung?«

Sie nickten sofort.

»Vielen Dank«, sagte Weigand und atmete erleichtert auf. Einen Augenblick später wirkte er wieder sachlich und distanziert. »Hauptkommissar Wilson, was bringt Sie zu der Annahme, dass wir es mit einer Mordserie zu tun haben?« Weigand platzierte sich jetzt hinter seinen Schreibtisch. Es war das erste Mal, dass er offiziell von einer Mordserie sprach.

Wilson ließ sich Zeit mit seiner Antwort. »Ein Tatmuster zeichnet sich ab. Drei glücklich verheiratete Frauen – die Baronin in Bad Homburg, Fatima in Frankfurt, Anastasia in Wiesbaden – ohne Vorstrafenregister, ohne nachweisliche Feinde – erdrosselt, erschlagen, erschossen – innerhalb von drei Wochen. Der Fundort entspricht jeweils dem Tatort. Der Täter sammelt Trophäen: den Ehering der Baronin, Fatimas Verlobungsring, Anastasias Halskette. Alle Taten wirken wie perfekte Morde. Ist das überzeugend genug?«

»Und wie«, erklang nun Kretschmers Whiskystimme aus der Ecke des Raums. »Das können doch alles keine Zufälle sein.«

»Richtig«, gab Wilson zu. »Wir müssen uns allerdings bis Freitag gedulden, um zu sehen, ob Wertheim die Botschaft des Täters in Form einer Postkarte zugeschickt bekommt.«

Kretschmer legte seinen Stift zur Seite, hob den Kopf und fragte: »Gehen Sie von einem Täter oder zwei Tätern aus?«

Wilson schien nachzudenken. »Mein Instinkt sagt mir, dass wir es mit zwei Täterprofilen zu tun haben. Doch die Fakten lassen noch keine konkrete Aussage zu diesem Thema zu.«

Einen Moment lang herrschte angespannte Stille.

Schließlich wandte sich Weigand Bellinger zu: »Sind Sie immer noch der Ansicht, dass die an den Frauen verübten Morde das Ziel haben, die Männer zu bestrafen und sie – wofür auch immer – leiden zu lassen?«

»Ja, so etwas in der Art.« Bellinger war inzwischen gefasster. Sein Blick glitt durch das Fenster: Der Wolkenbruch ging los. Mit fester Stimme fuhr er fort: »In meinen Augen stellen die Männer – Rixen, Litzinger und Wertheim – die eigentliche Verbindung in der Mordserie dar. Alle drei sitzen im Vorstand des Förderprogramms für jugendliche Straftäter, alle drei haben mit Stiftungsgeldern zu tun. Das sind Fakten.«

»Was ist Ihr nächster Schritt?«, erkundigte sich Kretschmer.

»Ich habe heute einen Termin mit Richter Heinzmann, dem Vorstandsvorsitzenden. Wir wollen gemeinsam die Geldtransaktionen und Bilanzen der letzten Jahre unter die

Lupe nehmen und auf mögliche Unregelmäßigkeiten prüfen.«

»Ein guter Denkansatz«, kommentierte Weigand. Dann schaute er Wilson an. »Und was haben Sie heute vor?«

»Ich will mehr über die Ehe der Wertheims in Erfahrung bringen und habe diesbezüglich ein Gespräch mit der Haushälterin vereinbart.«

»Halten Sie den Ehemann für verdächtig?«, fragte Weigand. »Könnte er ein Mordmotiv haben?«

»Bis jetzt nein«, entgegnete Wilson. »Aber Wertheim hat kein sicheres Alibi, und ich will nichts übersehen.«

Weigand erhob sich steif, aber mit zufriedener Miene von seinem Chefsessel. »Meine Herren, ich möchte Sie nicht länger von Ihrer Arbeit abhalten.«

»Ich wünsche Ihnen viel Erfolg, auf Wiedersehen«, vernahmen sie Kretschmers raue Stimme aus der Ecke, bevor sie nickten und Weigands Büro nacheinander verließen. Langsam begann Bellinger, die alte Bulldogge zu mögen.

*

Während die Mitarbeiter der »SoKo Anastasia« nach ihrer morgendlichen Teambesprechung im Polizeipräsidium der Routine-Arbeit nachgingen – sie befragten die Nachbarn des Ehepaars Wertheim, Freunde und Bekannte, suchten nach möglichen Zeugen der Tat, überprüften Kontobewegungen, Telefonrechnungen, soziale und digitale Kontakte, durchleuchteten Anastasias Lebenslauf – erreichte Wilson in seinem Dienstwagen Mainz-Kastel, einen Ortsbezirk von Wiesbaden. Er blickte aus dem Autofenster: Nachdem es in den letzten Stunden wie aus Eimern geschüttet hatte, verkündete ein Regenbogen das Ende der Sintflut.

Wilson parkte den Wagen in einer Seitenstraße vor einem

Reihenhäuschen, überprüfte die Adresse und stieg aus. Pünktlich um 10:30 Uhr legte er den Finger auf die Klingel neben dem Namenschild *Pauly*, und nur wenige Sekunden später öffnete eine Frau Mitte 50 die Eingangstür.

»Mein Name ist Hauptkommissar Jeff Wilson vom Hessischen Landeskriminalamt Wiesbaden«, stellte er sich vor und zeigte den Dienstausweis. »Sind Sie Frau Ines Pauly?«

Sie nickte.

»Guten Morgen, Frau Pauly. Wir haben miteinander telefoniert. Ich ermittle im Mordfall Anastasia Wertheim und möchte Ihnen ein paar Fragen stellen. Alles reine Routine.«

»Guten Morgen«, antwortete Ines Pauly. »Treten Sie bitte ein.«

Sie führte ihn durch den Flur in ein gemütliches rustikal eingerichtetes Wohnzimmer.

Er ließ seinen Ausweis zurück in die Sakkotasche gleiten und musterte die Haushälterin aus reiner Gewohnheit: Sie war klein und kompakt, trug ein geblümtes Sommerkleid und machte den Eindruck einer warmherzigen Frau.

Nachdem sie Platz an einem Eichenholztisch in der Ecke genommen hatten, begann Wilson ohne Vorrede: »Wie lange arbeiten Sie schon für das Ehepaar Wertheim?«

Sie richtete sich auf und gab zur Antwort: »Herr Wertheim stellte mich vor 15 Jahren als Hausmädchen und Köchin ein. Ich habe 13 Jahre lang auf seinem Anwesen in Königstein gearbeitet. Als er vor knapp zwei Jahren Anastasia, seine zweite Frau, geheiratet hat, kaufte er die Villa in Wiesbaden.«

»Haben Sie auch für Wertheims erste Frau gearbeitet?«

»Nein, ich bin erst nach der Scheidung ins Haus gekommen. Die beiden sind seit 20 Jahren geschieden, soweit ich weiß, und ihre gemeinsame Tochter wohnt im Saarland.«

Wilson erkundigte sich weiter. »Was ist Robert Wertheim für ein Arbeitgeber?«

»Einen besseren kann ich mir nicht vorstellen.«

»Was wissen Sie über seine zweite Frau Anastasia, das Mordopfer?«

Ines Pauly seufzte. »Sie stammte aus einer Kleinstadt in Weißrussland. Sie hatte als Fotomodell gearbeitet, seit der Hochzeit aber nicht mehr gemodelt. Dennoch achtete sie penibel auf ihre Figur und trieb viel Sport. Ansonsten machte sie eher einen gelangweilten Eindruck. Sie hatte ja den ganzen Tag lang nichts zu tun, außer schön auszusehen.«

»Wie würden Sie die Ehe bezeichnen?«, bohrte Wilson nach. »Hat es Konflikte, Streitigkeiten oder sonstige Eheprobleme gegeben?«

Sie seufzte wieder. »Na ja, sie wirkten eigentlich glücklich miteinander, würde ich sagen. Nur manchmal gab es Streit.«

»Streit? Worum ging es dabei? Wissen Sie es?«

Ines Pauly verstummte augenblicklich, ein Schatten huschte über ihr Gesicht. Sie legte die Hände in den Schoß und murmelte schließlich: »Ja …«

»Worum ging es?«

Sie antwortete nicht, senkte die Schultern und schaute weg.

»Beantworten Sie bitte meine Frage!«

Sie flüsterte jetzt: »Immer wieder um das Gleiche: Schulden.«

»Schulden?«

Das Gesicht von Ines Pauly wurde schlagartig um eine Nuance blasser. Ihre Worte kamen stockend: »Anastasia Wertheim war spielsüchtig.«

Wilson staunte. Aha, dachte er, dann war die Ehe der Wertheims also nicht so perfekt, wie es der Witwer gestern geschildert hat. Die Spielsucht der Ehefrau als Mordmotiv kam durchaus in Betracht. Wilson erhob sich: »Haben Sie vielen Dank für Ihre Auskunft, ich finde allein hinaus.«

Sobald er wieder im Wagen saß, rief er Bellinger an und

informierte ihn über Anastasias Spielsucht. Als Nächstes wählte er die Handynummer von Robert Wertheim.

Dieser nahm sich Zeit, bevor er sich meldete: »Wertheim.«

»Wilson, guten Morgen. Im Mordfall Ihrer Frau hat sich eine neue Entwicklung ergeben. Ich würde mich gern mit Ihnen über ein paar Dinge unterhalten.«

»Wann?«

»So schnell wie möglich. Wo sind Sie?«

»Im Moment an einer Tankstelle. Hier in Wiesbaden.«

»Oh, das trifft sich gut. Würde es Ihnen etwas ausmachen, wenn wir uns im LKA treffen?«

»In der Hölderlinstraße?«

»Ja. Und sagen Sie bitte am Empfang, dass Sie einen Termin mit mir haben.« Wilson trennte die Verbindung, ließ den Motor aufheulen und gab ordentlich Gas.

*

35 Minuten später saß Wilson Wertheim gegenüber im Büro. Er musterte den Witwer. Dieser wirkte tieftraurig und gebrochen, ein unglaublicher Kontrast zu dem Erfolgsmenschen, dem er zum ersten Mal am 13. Juni bei Rixens Hochzeit in Bad Homburg begegnet war.

Wilson rief sich die Bilder in Erinnerung. Wertheim war eine eindrucksvolle Erscheinung, wie er aus seinem Maserati vor dem Standesamt ausstieg. Er präsentierte ein sonnengebräuntes Gesicht, volles, vermutlich dunkel gefärbtes Haar, überkronte Zähne mit einem filmreifen Lächeln und trug einen tadellos geschneiderten Sommeranzug.

Wenige Sekunden später war Wilson in der Gegenwart wieder angekommen.

Wertheim, ein Schatten seines früheren Selbst, blickte ins Leere.

»Anastasia war spielsüchtig, nicht wahr?«, fragte Wilson gleich zum Auftakt, auch wenn ihm Wertheim privat leidtat.

»Ich wusste, dass Sie das früher oder später herausbekommen würden.«

Wilson bluffte: »Anastasia hatte in sämtlichen Spielbanken in der Umgebung insgesamt 100.000 Euro in den letzten Monaten verspielt.«

»150.000 Euro«, korrigierte Wertheim und fügte hinzu: »Ich habe alle Spielschulden pünktlich bezahlt.«

Wilson verzichtete auf einen Kommentar.

Wertheim sah ihn an. »Jetzt glauben Sie, dass ich Anastasia wegen ihrer Spielsucht umgebracht habe oder umbringen ließ, habe ich recht?«

»Es wäre ein Motiv«, entgegnete Wilson in sachlichem Tonfall.

»Mag ja sein, aber nicht für mich. Ich kann mir derartige finanzielle Verluste, Gott sei Dank, leisten.«

»Ihre Haushälterin Ines Pauly behauptet, Sie hätten mit Ihrer Frau wegen der Schulden öfter Streit gehabt.«

»Das stimmt. Doch es ging dabei nicht um Geld, sondern um Sucht. Süchte, Zwänge und unkontrollierbare Begierden sind etwas Krankhaftes. Das hat Anastasia endlich eingesehen. Sie wollte Anfang August mit einer Therapie anfangen.«

»Das soll ich Ihnen glauben? Das verspielte Geld war Ihnen egal? Eine Suchtbehandlung kann Jahre dauern.«

Wertheims Augen wurden feucht, vereinzelte Tränen liefen ihm die Wangen herunter. »Ich liebte meine Frau«, flüsterte er jetzt. »Ich hätte alles, wirklich alles getan, um sie glücklich zu machen.« Dann legte er sein Gesicht in beide Hände und ließ den Tränen freien Lauf.

Nach ein paar Augenblicken beugte sich Wilson zu ihm vor. »Sie können jetzt gehen. Ich habe keine weiteren Fragen.«

Wertheim hob den Kopf. »Danke.«

Wilson blickte ihm hinterher, wie er in gebückter Haltung und mit schleppenden Schritten den Raum verließ.

Sobald er draußen war, rief Wilson übers iPhone Bellinger an. »Hi. Ich habe mich gerade mit Wertheim über die Spielschulden seiner Frau unterhalten.«

»Und? Könnte ihre Spielsucht ein Mordmotiv für Wertheim sein?«

Wilson atmete tief durch. »Genauso wenig, wie Eifersucht bei Litzinger und Geldgier bei Rixen es sind.«

»Dann scheint meine ursprüngliche These immer wahrscheinlicher zu sein: Die Frauen, von ihren Männern geliebt, fungieren für den Täter lediglich als Mittel zum Zweck. Die eigentlichen Zielobjekte sind die verliebten Männer. Zu Witwern gemacht, am Boden zerstört, sollen sie, wenn ich die Botschaft des Täters richtig interpretiere, den Rest ihres Lebens leiden.«

Wilson überlegte laut. »Jaja ... Ich glaube, mit deiner These liegst du richtig. Der Täter bestraft die Männer.« Mit dem iPhone dicht am Ohr ging er jetzt im Raum auf und ab. »Doch warum tut er das? Oder sollen wir die Frage andersrum stellen: Was haben die drei Männer einst ihm angetan?«

»Hm ... In meinen Ohren klingt das alles nach einem kollektiven Vergehen in der Vergangenheit. Und jetzt übt das unbekannte Opfer von früher Rache.« Bellinger räusperte sich laut, bevor er weiter sprach. »Doch der Haken ist der: Im Gegensatz zu Rixen sind seine alten Freunde Litzinger und Wertheim seriöse Geschäftsmänner und tragen blütenweiße Westen.«

Wilson blieb mit dem iPhone am Ohr stehen und bemerkte: »Doch vielleicht sind Litzingers und Wertheims Westen nicht immer so blütenweiß gewesen.«

*

Bellinger hätte sich nie träumen lassen, dass er einmal Gefühle für eine Frau entwickeln könnte, die das Gegenteil von blond, langbeinig und vollbusig war. Nun schien ihn Laura, eine 35-jährige Gymnasiallehrerin für Latein und Mathe, allein durch ihre Einfühlsamkeit und die unaufdringliche Art von seiner Sucht nach schnellem und unverbindlichem Sex befreit zu haben.

An diesem späten Dienstagabend saß er allein in seiner spartanisch eingerichteten Küche. Am Bistrotisch knackte er zur Nervenberuhigung Biowalnüsse, trank einen grünen Smoothie und sinnierte über sein Leben. Er hatte ein schlechtes Gewissen, weil er Laura bei ihrem Umzug in das geerbte Haus im Dornbusch wegen seiner Ermittlungen in den letzten Tagen kaum helfen konnte. Doch wenigstens heute nach Feierabend hatte er sich ein bisschen um ihren hübschen kleinen Garten gekümmert. Als Dankeschön hauchte sie ihm einen Kuss auf die Wange und lud ihn zum Abendessen für den kommenden Tag ein.

Allein die Erinnerung an ihren Kuss zauberte ein Lächeln in seinem Gesicht. Laura … Diese Frau hatte ihn mitten ins Herz getroffen.

Nach einer Weile legte Bellinger den Nussknacker zurück in die Schale und stieg von seinem Barhocker herunter. Er öffnete die Kühlschranktür, goss sich ein Glas Riesling aus dem Rheingau ein und ging hinaus auf die Terrasse.

Im Innenhof war es friedlich und still, seine Nachbarn schliefen wohl schon alle. Der Himmel über Frankfurt zeigte sich schwarzblau, von Sternen übersät, nirgends war auch nur die Spur einer Regenwolke zu entdecken. Er legte sich in seine geliebte Schaukel und stellte das Weinglas auf dem Teakholztisch ab. Mit einem Lächeln betrachtete er die funkelnden Lichter der Solarleuchten, die er zum Sommeranfang installiert hatte.

Er griff nach dem Glas, nahm einen kräftigen Schluck, streckte die langen Beine aus und inhalierte den zarten Rosenduft. Doch anstatt in dieser romantischen Stimmung von Laura zu träumen, wanderten seine Gedanken zu den Morden, die ihm von Tag zu Tag unverständlicher schienen. Was als ein harmloser Beweis seiner Freundschaft mit Rixen begann, entwickelte sich in atemberaubendem Tempo zu einer Mordserie.

Er war froh, Wilson mit seinem brillanten Verstand an der Seite zu haben. Zu zweit ermittelten sie nun nach allen Regeln der Kunst und verfügten über ein Team von Spezialisten, dennoch – der Durchbruch ließ auf sich warten.

Bellinger stöhnte auf und nahm einen weiteren Schluck Wein. Er fasste zusammen: drei Frauenmorde und drei Witwer, die seltsamerweise eine alte Freundschaft und die Mitgliedschaft in derselben Stiftung verband, nun gebrochen und leidgeprüft. Eine Botschaft des Täters, die nicht merkwürdiger sein konnte. Was hatte das alles, verflucht noch mal, zu bedeuten? Wo war da der rote Faden?

Was für eine Rolle spielte Rixen in diesem Szenario?

20. KAPITEL

Am drauffolgenden Tag, einem Mittwoch, betrat Bellinger sein Büro und setzte sich mit starrem Blick und griesgrämigem Gesichtsausdruck an den Schreibtisch. Wenige Sekunden später tauchte Wilson in seinem Blickfeld auf. Sie begrüßten sich kurz. In Gedanken versunken blieb Wilson zuerst im Raum stehen, doch dann begann er, auf und ab zu marschieren. Keiner sagte ein Wort, die Stimmung konnte nicht deprimierender sein. Ihre Ermittlungen waren an einem toten Punkt angelangt.

Es war 07:45 Uhr, und sie hatten noch 15 Minuten bis zur Teambesprechung.

Wilson stoppte abrupt und fragte: »Was hat eigentlich die gestrige Überprüfung der Finanzlage der Stiftung ergeben?«

Bellinger hob den Kopf und wandte sich Wilson zu. »Nichts, rein gar nichts von Relevanz. Richter Heinzmann nahm sich erstaunlich viel Zeit für mich. Man merkt sofort, dass die Stiftung für ihn eine Herzensangelegenheit ist. Er stellte mir alle möglichen Dateien im PC zur Verfügung.« Bellinger machte eine kurze Pause, bevor er fortfuhr: »Rixen nimmt seine Aufgabe als Finanzverwalter sehr ernst. Er führt die Buchhaltung akribisch genau, die Bilanzen erfolgen transparent und für jeden nachvollziehbar. Die großzügigsten Sponsoren sind Litzinger und Wertheim. Alle fünf Vorstandsmitglieder arbeiten ehrenamtlich.«

»Was hältst du von Heinzmann? Hast du sein Privatleben überprüft?«, erkundigte sich Wilson und fing wieder an, im Büro auf und ab zu laufen.

Bellinger nickte. Dann runzelte er die Stirn und berichtete: »Mit seinen Manieren wirkt er auf mich etwas steif und antiquiert … Er geht regelmäßig in die Oper und ins Theater, ist Mitglied in der Senckenberg-Gesellschaft für Naturforschung, im Städelschen Museums- und im Frankfurter Tierschutzverein. Seine Frau Caroline, eine Opernsängerin, ist im Frühjahr gestorben, Kinder hatten sie keine … Jedenfalls ist mir der Richter nicht unsympathisch.«

Wilson hörte zu, dann blieb er stehen und warf einen Blick auf seine Armbanduhr. »Wir sollten jetzt gehen.«

Nachdenklich verließen sie das Büro.

Knapp 35 Minuten später war ihre Teambesprechung beendet, und sie kehrten mit finsteren Gesichtern in Bellingers Büro wieder zurück.

»Wann hast du den Termin mit Oscar, Wertheims Leibwächter?«, fragte Bellinger, sobald er sich hingesetzt hatte.

»In fünf Minuten«, antwortete Wilson. »Und was steht bei dir als Nächstes auf dem Programm?«

Bellinger stöhnte auf und verschränkte die Arme hinter dem Nacken. »Na ja, wir haben uns bisher mit dem Inhalt der Botschaft des Täters an die Witwer beschäftigt. Doch warum verschickt er die Postkarten so, dass sie ausgerechnet fünf Tage nach der verübten Tat bei dem Hinterbliebenen ankommen? Hat die Zahl fünf in seiner Vorstellung eine spezielle Bedeutung?«

»Eine interessante Frage«, äußerte sich Wilson und rätselte: »Vielleicht geht es dem Mörder um irgendeine mystische oder religiöse Symbolik? Vielleicht ist die Zahl fünf Teil irgendeines geheimen Rituals?«

»Ich habe keine Ahnung.« Bellinger zuckte mit den Schultern, dann schaltete er seinen Computer ein.

»Also bis später«, rief Wilson, machte auf dem Absatz kehrt und verließ eilig Bellingers Büro.

Eine halbe Stunde verging.

Je mehr Bellinger über die Zahlensymbolik der fünf im Internet nachgelesen hatte, umso weniger konnte er die Absicht des Täters nachvollziehen. Tatsache war, dass die Zahl fünf in allen Weltreligionen, nicht nur in Buddhismus, eine zentrale Stellung innehatte. Die Bezeichnungen lauteten von heilig über magisch bis verhängnisvoll.

Während Bellinger seinen Biokaffee kochte, fragte er sich, ob er nicht etwa zu umständlich dachte. Bezog sich die Zahl fünf auf fünf Frauen? Oder vielleicht auf fünf verwitwete Männer? So gesehen müsste es noch weitere zwei Opfer – und dementsprechend zwei weitere Witwer – geben. Doch irgendwie passte das alles nicht zusammen. Bellinger rechnete nach. Der Vorstand der Stiftung bestand aus fünf männlichen Mitgliedern, zwei von ihnen waren bereits verwitwet. Demnach sollten die letzten zwei – Stern und Heinzmann – nicht im Fokus des Interesses des Mörders stehen.

Bellinger goss den frisch gebrühten Kaffee in seine Porzellantasse und erinnerte sich an das Ergebnis der morgendlichen Teambesprechung: Weder die ballistischen noch die rechtsmedizinischen oder kriminaltechnischen Untersuchungen in allen drei Mordfällen hatten etwas ergeben, was ihrer Ermittlung zu einem Durchbruch verhelfen konnte. Enttäuschung pur!

Bellinger nippte gerade an seinem Kaffee, als Wilson ins Büro stürmte.

»Rat mal«, schrie Wilson vom Türrahmen aus, »wer Wertheim mit Anastasia verkuppelt hat?«

Bellinger drehte den Kopf und zuckte ratlos die Achseln.

Wilson stemmte die Hände in die Hüften. »Dreimal darfst du raten.«

»Mir ist momentan nicht nach irgendwelchen Spielchen.«

»Wie du willst. Rixen.«

Die Nachricht schlug ein wie eine Bombe. Bellinger fiel seine Porzellantasse beinahe aus der Hand. »Rixen? Hat Oscar das ausgesagt?«

»Ja«, bestätigte Wilson und verdrehte die Augen.

»Rixen! Immer wieder Rixen! Ich werde noch wahnsinnig.« Mit zitternder Hand griff Bellinger nach dem Hörer und wählte Rixens Telefonnummer.

*

Die Mittagssonne glühte erbarmungslos auf Frankfurt herunter, doch in den luftigen riesigen Ausstellungshallen des Naturkundemuseums an der Senckenberganlage war es angenehm kühl. Bellinger gab sich Mühe, wie ein durchschnittlicher Museumsbesucher zu wirken. Er fand scheinbar Interesse an dem Original eines versteinerten Dinosauriers im Lichthof. Anschließend betrachtete er die präparierte Anakonda, wie sie ein Wasserschwein verschlang.

Bellinger, verblüfft und extrem gereizt, wie er im Moment war, blickte auf sein eingeschaltetes iPhone: 11:57 Uhr. Rixen müsste gleich antreffen. Bellinger fand es klüger, das Gespräch zuerst unter vier Augen und nicht im Präsidium zu führen. Die Konstellation war mehr als seltsam: Es gab drei weibliche Opfer. Mit der ersten Frau war Rixen verheiratet, mit der zweiten Frau hatte er geschlafen, die dritte Frau hatte er an seinen Freund vermittelt.

Bellinger atmete tief durch und behielt den Museumseingang im Auge.

Punkt 12:00 Uhr.

Rixen kam herein.

Bellinger ging mit schnellen Schritten auf ihn zu. »Hi.«

»Hi«, sagte Rixen. »Was für eine Neuigkeit hast du für mich?«

Bellinger schäumte vor Wut und musste sich beherrschen, um nicht gleich zu explodieren. »Hast du auch mit Anastasia geschlafen?«

»Wie bitte? Nein, niemals! Wie, zum Teufel, kommst du darauf?«

Bellinger antwortete, sobald er sich vergewissert hatte, dass niemand in Hörweite stand: »Oscar hat heute im Präsidium ausgesagt, dass du seinen Arbeitgeber Wertheim mit Anastasia verkuppelt hast.«

»So war das eigentlich nicht …«, stöhnte Rixen.

Bellinger tobte. »Wie war es denn? Und ich hoffe für dich, dass du eine wirklich überzeugende Erklärung für mich parat hast.«

Rixens Gesicht lief rot an. Doch bevor er antworten konnte, wurden sie von einer ganzen Klasse Grundschulkinder umringt. Rixen zeigte plötzlich Interesse an der Ausstellung zur Entwicklungsgeschichte der Erde. Bellinger bestaunte ostentativ den Schädel eines Schwertwals.

Endlich trommelte die Klassenlehrerin die Kinder zusammen, und die Klasse zog in den nächsten Raum weiter.

Jetzt konnte Rixen erklären: »Ich habe Anastasia während einer Wohltätigkeitsveranstaltung im Kurhaus in Wiesbaden kennengelernt. Ich wusste, dass sie ein Fotomodell aus Weißrussland war. Worüber ich aber nichts wusste, das war ihre verzweifelte Lage. Darüber hat sie mir erst später erzählt, als ich sie zufällig in Frankfurt in einem Café am Schweizer Platz getroffen habe.«

»Was hat sie dir denn erzählt?«, zischte Bellinger.

»In Wirklichkeit hatte sie in Deutschland keine Aufträge mehr. Angeblich weil sie zu alt und zu dick für den Job wurde. Ihre Aufenthaltsgenehmigung war abgelaufen. Es blieb ihr nichts anderes übrig, als zurück nach Weißrussland in eine unbedeutende Kleinstadt zu gehen.«

»Und da hast du in deiner Güte beschlossen, sich um ihre Daueraufenthaltsgenehmigung zu kümmern, stimmt's?«

»Ja. Warum auch nicht? Sei doch nicht so sarkastisch. Mein Freund Wertheim war geschieden und einsam, hatte Geld wie Heu und wusste nicht, wohin damit.«

»Gütiger Himmel!«, seufzte Bellinger.

Sie stiegen die breite marmorne Treppe hinauf in den ersten Stock und widmeten dort ihre gespielte Aufmerksamkeit den ausgestopften Papageien. Dann schauten sie sich eine präparierte bengalische Riesentarantel in einer der Vitrinen an.

Rixen fuhr fort: »Es war eigentlich nur ein Versuch. Ich habe Anastasia meinem Freund Wertheim während einer Benefizgala im Hessischen Staatstheater Wiesbaden vorgestellt. Da hat es bei beiden sofort gefunkt.«

»Du behauptest also, du hättest beide wie durch einen Zauberspruch glücklich gemacht?«

»Ganz genau, ja. Es war die sprichwörtliche Liebe auf den ersten Blick. So etwas passiert eben.« Rixen atmete kurz durch. »Ich habe mich für beide gefreut, ich war ihr Trauzeuge. Und glaub mir, ich hätte im Nachhinein nie etwas getan, was ihr gemeinsames Glück zerstören könnte.«

»Na gut, das klingt überzeugend.« Bellinger war wieder ein bisschen beruhigt. »Dennoch muss ich dich noch ins Präsidium vorladen. Fürs Protokoll.«

»Geht klar.«

Sie stiegen die Treppe hinunter.

Rixen fragte im Flüsterton: »Was macht die Sucht?«

»Alles unter Kontrolle. Keine fremden Betten mehr, mein Leben läuft wieder in geordneten Bahnen«, antwortete Bellinger mit gesenkter Stimme, aber hörbar stolz. »Laura ist die Richtige für mich – das spüre ich. Sie hat mich für heute Abend zum Essen eingeladen. Ich habe bloß ein schlechtes Gewissen, weil ich ihr beim Umzug in ihr neues Heim momentan nicht helfen kann.«

Ein herzliches Lächeln erhellte Rixens Gesicht. »Ist doch kein Problem, Oliver. Schreib mir ihre Handynummer auf. Ich organisiere die Jungs und werde mich um alles kümmern, was nötig ist.«

Bellinger atmete erleichtert auf. »Danke Rixen, du bist ein wahrer Freund.«

21. KAPITEL

Am Donnerstagmorgen saß Bellinger wie berauscht im Konferenzraum, wo gerade ihre Teambesprechung stattfand, und dachte mit Herzklopfen an die letzte Nacht. Sein Gesicht glühte. Er hatte heute Morgen Lauras Haus im Dornbusch verlassen in dem Gefühl, endlich angekommen zu sein. Er spürte immer noch die Wärme ihres Körpers, er hörte ihre Stimme, er roch ihren Duft. Sinnlichkeit pur. So etwas hatte er bei keiner seiner Eroberungen in den letzten Monaten erlebt. Im Moment war er wie betäubt, erstaunt über die Intensität und das Ausmaß seiner Gefühle. Von der eigenen Leidenschaft überwältigt, kam es Bellinger vor, als wäre er aus einem 100-jährigen Schlaf erwacht … Laura … Sie war die Frau, die ihn wieder glücklich machen würde.

Im Augenblick war er froh, dass Wilson die Teamleitung übernommen hatte und den heutigen Tagesplan mit Kollegen besprach.

Nach der Sitzung kehrten sie zu zweit zurück in Bellingers Büro.

Bellinger kochte Kaffee, Wilson stellte sich ans Fenster.

Kurze Zeit danach ließen sie sich, jeder mit einer dampfenden Kaffeetasse in der Hand, in ihren Stühlen nieder. Jetzt starrten sie eine Schachtel mit Biokeksen an, die Bellinger auf dem Schreibtisch zwischen ihnen platziert hatte.

Einige Minuten, in denen keiner der beiden ein Wort sagte, vergingen.

Bellingers Gedanken drehten sich nun wieder um die Arbeit.

»Worüber denkst du nach?«, fragte schließlich Wilson.

Bellinger antwortete nicht sofort. »Hm. Mir geht die Art, mit der alle drei Morde verübt wurden, nicht aus dem Sinn: sauber, schnell, steril.«

»Du meinst, da waren Profis am Werk?«

Bellinger konzentrierte sich. »Ich würde noch weiter gehen. Lass uns ein bisschen Sherlock Holmes spielen … Woran erinnern dich Morde an Familienangehörigen?«

Wilson fiel vor Erstaunen fast vom Stuhl. »Wow! Es ist eine altbekannte Mafiamethode.«

Bellinger nickte.

»Lass mich nachdenken«, fuhr Wilson fort. »Bei Rixen ist es kein Geheimnis, dass er einst mit kriminellen Organisationen in Berührung kam. Doch du glaubst wohl nicht im Ernst, dass Männer wie Litzinger und Wertheim etwas mit der Mafia zu tun haben?«

»Jetzt bestimmt nicht – aber in der Vergangenheit?« Plötzlich hatte Bellinger das Gefühl, endlich den richtigen Denkansatz zu verfolgen. »Diese Männer verbindet eine langjährige Freundschaft. Und darüber wissen wir so gut wie nichts.«

»Moment mal!«, protestierte Wilson. »Du bist doch derjenige, der behauptet hat, dass Litzinger und Wertheim blütenweiße Westen tragen.«

Bellinger nahm einen Schluck Kaffee, lehnte sich in seinem Bürostuhl zurück und streckte die Beine von sich. »Tja … vielleicht erwecken die zwei nur deshalb einen so blanksauberen Eindruck, weil Rixen in der Vergangenheit die schmutzige Wäsche für sie gewaschen hat? Ist das nicht erstaunlich, dass Litzinger und Wertheim heute für die Stiftung mehr als großzügig spenden? Stehen sie etwa in Rixens Schuld?«

Wilson erhob sich von seinem Stuhl, stellte die Tasse auf der Schreibtischplatte ab und überlegte laut: »Wow! Wenn ich dich richtig verstanden habe, dann gehst du davon aus, rein spekulativ natürlich, dass sich die drei in der Vergangenheit mit einer kriminellen Organisation angelegt haben.« Er öffnete das Fenster und ließ die frische Sommerluft hineinströmen. »Und nun, nach Jahren, sollen sie in bester Mafiamanier bestraft werden?«

Bellinger atmete tief ein, dachte nach und machte ein ernstes Gesicht. »So unmöglich klingt das gar nicht. Wir sind hier schließlich in Frankfurt.« Er griff nach einem Biokeks. »Es gibt einen einfachen Weg, um das in Erfahrung zu bringen. Wir müssen die drei am besten separat nach einer Mafiaverbindung fragen. Wenn wir Glück haben, nennen sie uns einen Namen als gemeinsamen Nenner.«

Wilson schloss mit Schwung das Fenster. »Ich fahre gleich nach Wiesbaden und spreche mit Wertheim.«

»Ich rufe Rombach an, damit er sich Litzinger zur Brust nimmt. Dann werde ich mit Rixen Klartext reden.« Bellinger fixierte seine leere Kaffeetasse. »Ich bin gespannt, was die Witwer uns so alles über ihre Vergangenheit verraten werden.«

*

Knapp eine Stunde später überquerte Bellinger mit zügigen Schritten die Eingangshalle des Instituts für Forensische Medizin, da schwebte ihm schon Tan Dung entgegen.

»Guten Tag, Hauptkommissar Bellinger«, rief Tan Dung mit seiner sonoren Stimme. »Darf ich etwas für Sie tun?«

»Guten Tag«, rief Bellinger zurück. »Ist dein Chef in seinem Büro?«

»Ja«, antwortete Tan Dung. »Richter Heinzmann ist bei ihm.«

»Danke.«

Bellinger stieg die alte knarrende Holztreppe hinunter, ging den unterirdischen Korridor entlang und klopfte an der Tür, die zu Rixens Büro führte. Nachdem er ein lautes »Herein« vernommen hatte, trat er ein.

Rixen schaute ihn an und rief: »Oh, was für eine Überraschung!«

Bellinger wollte etwas sagen, da kam ihm Heinzmann entgegen und begrüßte ihn: »Hauptkommissar Bellinger, guten Morgen, schön, Sie zu sehen. Ich mache Ihnen gleich Platz.« Der Richter blickte Bellinger bedeutungsvoll an und erklärte: »Rixen und ich sind schon seit zwei Stunden dabei, uns über ein paar finanzielle Angelegenheiten der Stiftung zu unterhalten, und es ist sowieso Zeit, Schluss für heute zu machen.« Er griff nach seinem Aktenkoffer und straffte die Schultern. »Ich darf mich verabschieden.«

»Bernd«, wollte Rixen wissen, »kommst du morgen?«

Heinzmann schien kurz zu überlegen. »Hm, morgen eher nicht, da habe ich eine Urteilsverkündung nach der anderen. Aber ich komme übermorgen bei dir vorbei.«

»Bis dann also«, entgegnete Rixen mit einem matten Lächeln.

»Auf Wiedersehen«, sagte Bellinger zum Abschied.

Heinzmann nickte, verließ den Raum und zog die Bürotür hinter sich zu.

Einen Augenblick lang blieb es still.

»Ich freue mich, dich zu sehen, Oliver. Komm, setz dich bitte«, sagte Rixen schließlich und wies mit der Hand in Richtung des Stuhls, in dem Heinzmann zuvor gesessen hatte.

»Danke.« Bellinger nahm Platz. Seine Gedanken überschlugen sich. Lag er richtig mit seiner Idee einer Mafiavergangenheit der verwitweten Männer?

»Möchtest du etwas trinken?«, fragte Rixen.

»Danke nein. Ich will gleich zur Sache kommen.« Bellingers Ungeduld wuchs. »Es ist ein offenes Geheimnis, dass du einst Verbindungen zur serbischen Mafia gehabt hast. Ich möchte mehr darüber erfahren.«

Rixens Gesichtszüge erstarrten. Seine gewaltigen Nacken- und Brustmuskeln spannten sich dermaßen an, dass der dünne Baumwollstoff seines Kittels aussah, als ob er gleich in Stücke reißen würde. Bellinger beobachtete aufmerksam seinen Freund. Ganz offensichtlich habe ich einen wunden Punkt in Rixens Leben getroffen, schlussfolgerte er.

Rixen schwieg.

Anspannung lag in der Luft.

»Was hast du zu verbergen?« Bellinger richtete sich in dem unbequemen Stuhl auf. »Haben deine Box-Club-Sponsoren Litzinger und Wertheim damals auch etwas mit der serbischen Mafia zu tun gehabt?« Bellinger wurde immer lauter und fordernder. »Du sollst niemanden decken! Was für eine Tragödie hat sich einst abgespielt?«

Rixen saß da wie versteinert.

»So kommen wir nicht weiter, verflucht noch mal!«, brüllte Bellinger und knallte die Faust auf die Schreibtischplatte.

Rixen senkte die Stimme, wie bei einer Beichte. »Es sind über 30 Jahre her … Die serbische Mafia war nicht die einzige, die die Frankfurter Rotlichtbetriebe kontrollierte, aber unbestritten die mächtigste. Damals war noch die seit dem Krieg zerstörte, heruntergekommene Kaiserstraße, die den Hauptbahnhof mit dem Roßmarkt im Stadtzentrum verbindet, das Mekka des Rotlichtmilieus.« Rixen machte eine kurze Pause. »Litzinger und Wertheim waren Visionäre. Sie erkannten, dass die Kaiserstraße, ein ehemals gründerzeitlicher Prachtboulevard, schon bald die internationalen Firmen, Banken, Hotelketten und Versicherungsgesellschaften anlocken und sich in eine Goldgrube verwandeln würde. Sie investierten ihr Geld in Bereiche wie Grundstücksimmobilien, Altbausanierung, Gastronomie, Unterhaltung. Sie spekulierten an der Börse. Sobald die Mafia Wind davon bekam, hatten sie Litzinger und Wertheim auf dem Radar.«

Bellinger zog eigene Schlüsse: »Die Rechnung deiner Freunde ging auf. Handelte es sich um Schutzgelder?«

Rixen deutete ein Nicken an.

»Dann haben Litzinger und Wertheim dich wiederum zu ihrem Schutz engagiert.«

»Tja, es hat mir sogar Spaß gemacht, den Geldantreibern die Knochen zu brechen. Ich sorgte für Gerechtigkeit. Die Polizei machte damals, musst du wissen, Oliver, einen großen Bogen um die Serben.«

»Hm, es klingt nach Selbstjustiz.«

»Zum Teufel! So waren damals die Zeiten.«

»Verflucht! Da muss aber noch mehr kommen.« Bellinger schaute Rixen direkt in die Augen.

Rixen wich dem Blickkontakt aus. Er erblasste. »Ist das denn so wichtig?«

»Rixen, verflucht noch mal! Es geht um eine heiße Spur in einer Mordserie!«

Rixen sah Bellinger immer noch nicht an, während er sagte: »Ich habe den Sohn des Capo ins Jenseits befördert.«

Jetzt war Bellinger verblüfft. »Du wurdest laut Akte nie eines Mordes beschuldigt.«

Rixen atmete schwer. »Es war kein Mord, es war ein Unfall.«

Bellinger blinzelte verwirrt. »Könntest du ein bisschen deutlicher werden?«

Rixen nickte. »Wir veranstalteten damals illegale Wettkämpfe: ohne Handschuhe, ohne Zahnschutz, im freien Stil sozusagen. Es ging immer um Geld, richtig viel Geld. Eines Tages hat mich der Capo herausgefordert: Ich sollte mit seinem Sohn Goran, einer richtigen Kampfmaschine, in den Ring steigen. Der Kampf war hart, aber ich habe Goran, den legitimen Thronerben, besiegt. Dummerweise ist er nach meinem K.-o.-Schlag nicht mehr von den Brettern aufgestanden.«

Bellinger riss die Augen auf. »Habt ihr keinen Notarzt gerufen?«

»Doch, doch. Aber eine halbe Stunde später ist Goran in der Uniklinik gestorben.«

»Was ergab die Obduktion?«

»Eine Hirnblutung verursacht durch einen Aneurysmariss. Mit anderen Worten: Es war eine angeborene Gefäßanomalie, eine tickende Bombe im Gehirn. Diese Erklärung hat der Capo aber nie akzeptiert. Er betrachtete mich als den Mörder seines einzigen Kindes und setzte mich auf die Todesliste der Mafia.«

Bellinger platzte beinahe vor Ungeduld. »Was ist dann passiert? Bist du untergetaucht?«

Rixen schwieg.

Angespannte Augenblicke.

Endlich setzte Rixen fort: »Litzinger und Wertheim haben mich sofort gut versteckt. Wir haben den Capo denunziert und der Polizei präparierte Beweise geliefert. So gelang es uns, ihn aus dem Verkehr zu ziehen. Er landete für Jahre in der JVA Butzbach. Ein blutiger interner Krieg um seine Nachfolge begann, für mich interessierte sich dann keiner mehr.«

Bellingers Geduldsfaden riss endgültig. »Wie heißt der Capo?«

Rixen antwortete nicht. »Wie lautet sein Name, verflucht noch mal?«

Rixen hob den Blick. »Ivo Kovac.«

»Gut. Wann hast du ihn zuletzt gesehen?«

Rixen wirkte verunsichert. »Hm. Es war einen Tag vor meiner Hochzeit, also am 12. Juni. Ich habe Litzinger und Wertheim zum Junggesellenabschied in ein Restaurant am Opernplatz in Frankfurt eingeladen. In der Ecke saß ein Mann, von einem anderen begleitet, und ich hätte schwören können, dass er das war.«

*

»Ich habe den Namen«, verkündete Wilson im Eingang zu Bellingers Büro.

»Ich ebenso«, rief Rombach, der einen Augenblick später im Türrahmen erschien.

Sie traten nacheinander ein. Wilson grinste verschwörerisch, Rombach schloss die Tür.

Erwartungsvolle Stille.

»Ivo Kovac?«, fragte Bellinger von seinem Schreibtisch aus und sah beide an.

Wilson und Rombach nickten, dann nahmen sie Bellinger gegenüber Platz. Es war 14:45 Uhr. Zum ersten Mal hatten sie das Gefühl, kurz vor dem Durchbruch zu stehen.

Bellinger blieb sitzen und eröffnete die Runde. »Die serbische Mafia hat heute so gut wie keine Bedeutung mehr in Frankfurt«, stellte er fest. »Doch vor 30 Jahren war die Lage noch ganz anders.«

Wilson erhob sich von seinem Stuhl und marschierte im Raum auf und ab. »Richtig. Der ehemalige Capo, inzwischen 73 Jahre alt, hat keine Funktion mehr in der Mafia.« Er blieb stehen und zog einen Computerausdruck aus der Jackentasche hervor, um seine Worte zu untermauern. »Schon vor Jahren machte er sich selbstständig und verlagerte seinen Dauerwohnsitz von Frankfurt, wo er in der Fischerfeldstraße lebte, in die Republik Montenegro.«

Rombach schaltete sich ein: »Ich habe über den Capo nachgeforscht. Er soll eine eigene Organisation gegründet haben und aktiv im Drogen-, Waffen- und Frauenhandel mitmischen. Obwohl die Kollegen von der Kriminalinspektion 60, zuständig für Organisierte Kriminalität, ihn schon seit längerer Zeit im Verdacht haben, ist es ihnen nie gelungen, ihm etwas Illegales nachzuweisen. Jetzt kommt der Clou: Er wird von seinen Knastfreunden als außergewöhnlich intelligent und wissbegierig beschrieben.« Rombach konnte sich ein triumphierendes Lachen nicht verkneifen. »Ratet mal, wessen Werke er damals im Gefängnis studiert hat?«

Bellinger schwang die Füße auf den Schreibtisch und hob die Augenbrauen. »Ich vermute Schopenhauers?«

»Volltreffer«, bestätigte Rombach mit äußerst zufriedener Miene. »Während andere Gefängnisinsassen auf ihrem Selbstfindungstrip die Bibel, die Thora oder den Koran in der Gefängnisbibliothek für sich entdeckten, entstaubte unser Mafioso Schopenhauers ›Die Welt als Wille und Vorstellung‹ und erklärte das Werk zu seinem heiligen Buch. Somit ergibt sich eine klare Verbindung zu der Botschaft auf den anonymen Postkarten.«

»Tja, auch wenn das stimmt«, sagte Wilson, »erklärt das immer noch nicht, warum er erst nach so vielen Jahren zuschlägt. Was sollte denn der Auslöser für den Rachefeldzug gewesen sein?«

Ein Lächeln umspielte Bellingers Lippen. »Auch ich habe recherchiert. Am 13. Juni dieses Jahres war der 30. Todestag seines einzigen Sohnes. Da beschließt unser Ex-Mafiaboss, das Glück seiner Erzfeinde, die ihn einst der Polizei ausgeliefert haben, auf altbewährte Art zu zerstören.«

»Na ja«, gab Wilson zu und setzte sich wieder hin, »das klingt logisch.«

»Auch in meinen Ohren klingt das durchaus überzeugend«, sagte Rombach.

Bellinger verspürte auf einmal eine Art Jagdfieber in seinem Inneren. Er fühlte sich gut wie seit langer Zeit nicht mehr. In seinem Leben schien es nun endlich sowohl beruflich wie auch privat aufwärtszugehen! Er blickte auf die Zeitanzeige seines iPhones und nahm mit einem Ruck die Füße vom Schreibtisch. »Da wir jetzt eine heiße Spur haben, sollen wir den Termin für unsere abendliche Teambesprechung vorverlegen. Wir müssen unverzüglich eine neue Strategie ausarbeiten. Und wir brauchen Hintergrundinformationen von den Kollegen, die für die OK zuständig sind.« Bellingers grüne Augen leuchteten vor Aufregung. »Diesen pseudointellektuellen Mafioso kreisen wir langsam, aber sicher ein.«

22. KAPITEL

Die Stille war überwältigend. Tan Dung betrachtete die silbernen Rauchspiralen, wie sie von den angezündeten Räucherstäbchen emporstiegen und sich in der Luft allmählich auflösten. Der Duft, der sich in der Hausmeisterwohnung ausbreitete, war betörend.

Tan Dung saß mit Leon, Marcus und Ralf im Lotossitz auf dem Teppich und gab sich alle Mühe, seinen Geist von unnötigem Ballast zu befreien. Hugo Lamberts Anweisungen folgend, versuchte er, eine transparente Sicht der Dinge zu erlangen, anstatt sich von trüben, verzerrten Bildern der Scheinwelt treiben zu lassen.

Es war ein früher Freitagmorgen, noch vor dem Schichtbeginn.

Tan Dung schloss die Augen.

Obwohl von meditativer Entspannung keine Rede sein konnte, so war es ihm gelungen, wenigstens ein bisschen in sich zu gehen. Er stellte sich Fragen und versuchte – in Erwartung einer Art Erleuchtung – klare, unverfälschte Antworten zu finden. Rixens und somit auch ihre Zukunftsaussichten hingen am seidenen Faden. In der sogenannten feinen Gesellschaft sprach sich inzwischen herum, dass Rixen möglicherweise etwas mit dem Mord an seiner vermögenden Frau zu tun hatte. Man konnte Rixen im juristischen Sinn zwar nichts nachweisen, doch das war angesichts der Schwere des Vorwurfs nicht genug, um Rixens angeknacksten Ruf wiederherzustellen. Die meisten Spender hatten Zweifel an Rixens Glaubwürdigkeit und hielten sich mit ihren Zuwendungen zurück. Sie befürchteten, Rixen würde die Stiftungsgelder aus Geldgier, wie im Fall seiner Frau, für private Zwecke unterschlagen. Tan Dung wusste, dass Richter Heinzmann alles nur Mögliche unternahm, um die finanzielle Misere zu retten, doch zaubern konnte er schließlich nicht.

Jetzt war die Situation noch undurchschaubarer geworden. Tan Dung fasste im Geist zusammen: Rixens Frau war am 19. Juni ermordet worden. Die Frauen seiner Freunde Litzinger und Wertheim folgten am 29. Juni und am 6. Juli. Nein, überlegte Tan Dung, Rixen konnte unmöglich mit diesen Morden zu tun haben. Und auch wenn es bizarr klang, so war Rixen – obwohl am Leben geblieben – das eigentliche Opfer in dieser Konstellation. Auch Litzinger und Wertheim waren als Leidtragende aus dieser Geschichte hervorgegangen.

Es war an der Zeit, Bilanz zu ziehen. Die Kripo schien versagt zu haben, dachte Tan Dung, obgleich er Bellinger für einen cleveren Ermittler, einen Mann mit Ehrgeiz und Scharfsinn hielt.

Tan Dung war sich nun absolut sicher, dass sich der Schlüssel zur Lösung der Mordserie in dem Satz »*Alles Leben ist Leiden*« verbarg. Er müsste bloß den Text richtig deuten und seinem Instinkt folgen, dann würde er die Spur, die zum Mörder führt, früher oder später entdecken. Und seine innere Stimme sagte ihm im Moment, dass die Interpretation des geheimnisvollen Satzes im buddhistischen Kontext die richtige war, wohl wissend, dass es noch eine zweite, eine philosophische Auslegung in den Schriften Schopenhauers gab.

Tan Dung öffnete die Augen.

Lambert, Leon, Marcus und Ralf sahen ihn entgeistert an.

»Junge«, fragte Lambert mit besorgter Miene, »geht es dir gut? Du hast die ganze Zeit laute Selbstgespräche geführt, auch wenn wir kein Wort davon verstanden haben.«

»Danke, mir fehlt nichts.«

»Das freut mich«, sagte Lambert und reichte Tan Dung eine Schale Buttertee. »Und was soll ich euch heute erzählen?«

Tan Dung nahm einen tiefen Schluck, wischte sich die Schweißtropfen von der Stirn und war wieder gefasst. Er brauchte nicht lange zu überlegen. »Könnten Sie uns bitte die Dritte Edle Wahrheit erklären?«

»Ja gern.« Lambert blickte alle an, die Gebetskette in der Hand, und begann: »Die Dritte Edle Wahrheit lehrt, dass durch das Erlöschen der Ursache des Leidens das Leiden selbst beendet werden kann. *Dies, ihr Mönche*, verkündete der Buddha, *ist die edle Wahrheit von der Aufhebung des Leidens: Die Aufhebung durch die restlose Vernichtung der Gier.*«

Nachdenkliche Augenblicke vergingen.

Die Azubis schwiegen.

»Habt ihr noch weitere Fragen, Jungs?«, wollte Lambert wissen und schaute mit einem Lächeln in die Runde.

»Nein, vielen Dank«, antwortete Tan Dung mit seiner sonoren Stimme wie üblich im Namen der Jungs. Zeitgleich analysierte er in seinem Gehirn alles, was ihnen Lambert über Leben und Leiden bisher gesagt hatte.

Auf einmal fühlte er sich wieder viel, viel besser.

*

Um 11:25 Uhr war Bellinger gerade dabei, sich nach der langen und turbulenten Teambesprechung den ersehnten Biokaffee im Büro zu kochen, als sein Diensttelefon auf dem Schreibtisch klingelte. Genervt trat er näher heran, warf einen Blick auf das Display, erkannte die Nummer der Zentrale und nahm den Hörer ab. »Bellinger.«

»Voss. Da ist ein Anruf für Hauptkommissar Wilson. Dieser hat aber soeben das Präsidium verlassen«, sagte der Beamte vom Dienst. »Ein Herr Robert Wertheim ist am Apparat.«

Verflucht, das würde passen, ganz klare Sache, die anonyme Postkarte – schossen Bellinger plötzlich mehrere Gedanken quer durch den Kopf. Was sollte es denn sonst sein, fünf Tage nach Anastasias Ermordung? Bellinger beherrschte sich augenblicklich und entgegnete in ruhigem Ton: »Danke. Stellen Sie bitte durch.«

Bellinger vernahm ein Klickgeräusch in der Leitung und ein paar schwere Atemzüge. Er meldete sich mit: »Bellinger.«

»Guten Tag, Wertheim hier. Eigentlich wollte ich Hauptkommissar Wilson sprechen.«

»Guten Tag. Er ist wegen einer dringenden Angelegenheit außer Haus. Wie kann ich Ihnen weiter helfen?«

Wertheim zögerte ein paar Sekunden. »Ich möchte Ihnen etwas zeigen, was für die Aufklärung des Mordes an meiner Frau mit Sicherheit von Bedeutung ist.«

»Was soll das sein?«, fragte jetzt Bellinger scheinheilig.

Wertheims Antwort war eine Frage: »Würden Sie bitte zu mir nach Königstein, wo ich momentan wohne, kommen?«

Bellinger hatte keine Lust, um die Mittagszeit auf dem Weg dorthin im Stau zu stecken. »Und warum können Sie nicht zu mir ins Präsidium nach Frankfurt kommen?«

»Weil ich im Moment damit beschäftigt bin, einige wichtige Erbschaftsangelegenheiten zu regeln. Außerdem findet die Beerdigung meiner Frau auf dem Russischen Friedhof in Wiesbaden um 14:00 Uhr statt.«

»Verstehe. Ich fahre gleich los.« Bellinger legte auf.

Der Kaffee musste warten.

Als Bellinger dank den Anweisungen der Navigationsstimme in der Rekordzeit von 50 Minuten den Dienstwagen vor einem Eisentor zum Stehen brachte, kurbelte er die Scheibe herunter und schaute sich um. Wertheims parkähnliches Anwesen in Königstein, einer der reichsten Wohngegenden im gesamten Hochtaunuskreis, sah geradezu majestätisch aus. Bellinger bemerkte eine digitale Überwachungskamera, und noch bevor er die Gelegenheit hatte, den Knopf der Sprechanlage zu drücken, schwangen die Flügel des Eisentors schon auf.

Bellinger gab Gas.

Vor sich sah er eine geschwungene, mit Steinen gepflasterte Einfahrt. Das Wetter übertrifft sich heute selbst, dachte Bellinger, nicht eine einzige Wolke scheint diese Taunusidylle zu trüben.

Bellinger parkte den Dienstwagen zwischen einem Bentley und einem Ferrari Testarossa, stieg aus und ging an einem ausgeschalteten Springbrunnen vorbei auf Wertheims Villa zu. Er erklomm die wenigen Treppenstufen und war kaum oben angekommen, als die Eingangstür von innen aufgerissen wurde.

Nicht einmal der Hauch eines Lächelns zeigte sich in Oscars Gesicht. »Guten Tag, Hauptkommissar Bellinger. Folgen Sie mir bitte.«

Bellinger nickte. »Guten Tag.«

Von Oscar geleitet registrierte er die Details im Inneren der Villa: hohe Decken mit Stuck, erlesene Antiquitäten, Kronleuchter, Perserteppiche auf Parkettböden. Architektur und Einrichtung waren perfekt aufeinander abgestimmt. Ästhetik pur.

Nun lotste Oscar Bellinger durch die Schiebetür hinaus in den Garten.

Wertheim saß reglos an einem Teakholztisch im Schatten eines gigantischen Rhododendrons. »Hauptkommissar Bellinger, ich grüße Sie«, sagte er, allerdings ohne aufzustehen, und deutete auf einen Stuhl ihm gegenüber.

»Guten Tag, Herr Wertheim«, erwiderte Bellinger und nahm Platz.

»Zunächst haben Sie vielen Dank, dass Sie nach meinem Anruf so schnell nach Königstein gekommen sind«, eröffnete Wertheim. »Das Haus in Wiesbaden-Sonnenberg steht ab sofort zum Verkauf. Ich ertrage es nicht mehr, dort allein zu leben.«

»Verstehe«, kommentierte Bellinger etwas reserviert.

»Kann ich Ihnen etwas anbieten, einen nichtalkoholischen Drink vielleicht?«

»Im Moment nichts, danke.«

Schweigen trat ein.

Bellinger blickte sich um. Heimlich bewunderte er die blühenden englischen Rosen mit ihrem zarten Duft. Vor seinem geistigen Auge tauchte Lauras Bild auf. Laura – sinnlich und sanft, die Konstante in seinem neu geordneten Leben … Laura – sie hatte seine Seele berührt … Genug geträumt, ermahnte er sich und fragte sogleich: »Herr Wertheim, was ist das nun für ein Notfall, weswegen ich zu Ihnen fahren sollte?«

»Oscar war heute Vormittag in meiner Villa in Wiesbaden, um sich dort mit einer Immobilienmaklerin zu treffen. Er hat eine anonyme Postkarte in meinem Briefkasten gefunden.«

»Und wo befindet sich die Karte jetzt?«

Wertheim machte Oscar, der in einem Korbsessel am Teich mit Wasserlilien saß, ein Zeichen. Dieser trat nun an den Tisch, beugte sich vor und legte die Karte, in eine Klarsichthülle verpackt, auf die Holzplatte. Dann richtete er sich auf und entfernte sich ohne ein Wort.

Mit einem prüfenden Blick taxierte Bellinger die – vermutlich aus einer Wiesbadener Tageszeitung – ausgeschnittenen Druckbuchstaben und las laut vor: »*Alles Leben ist Leiden.*« Dann sah er Wertheim an und fragte: »Sagt der Text Ihnen etwas? Wissen Sie, von wem der Satz stammt?«

Wertheims Miene verdüsterte sich schlagartig, seine Augen füllten sich mit Tränen. Nach einem Moment des Schweigens antwortete er mit brüchiger Stimme: »Alles, was ich weiß, ist, dass Rixen und Litzinger jeweils fünf Tage nach der Ermordung ihrer Frauen auch so eine Postkarte erhalten haben.«

»Erlauben Sie, dass ich die Postkarte mitnehme? Ich lasse sie auf Fingerabdrücke und sonstige Spuren von unseren Kriminaltechnikern untersuchen.« Noch während Bellinger die letzten Worte aussprach, dachte er schon: Sie werden vermutlich auch dieses Mal nichts Brauchbares finden können.

Wertheims Blick wanderte zu Bellinger. »Aber ja, selbstverständlich.«

Bellinger erhob sich. »Auf Wiedersehen.« Dann blieb er noch einen Moment stehen und sagte: »Mein aufrichtiges Beileid zum Tod Ihrer Frau.«

»Danke … auf Wiedersehen«, verabschiedete sich Wertheim mit einem tieftraurigen Ausdruck in den Augen. Alle Farbe war aus seinem Gesicht gewichen. »Oscar bringt Sie zur Tür.«

Wenige Minuten später entriegelte Bellinger mit der Fernbedienung den Dienstwagen, setzte sich auf den Fahrersitz, doch er fuhr nicht los. Er nahm sein iPhone in die Hand und rief Wilson an. »Hi. Die anonyme Postkarte ist heute bei dem Witwer Nummer drei in seiner Villa in Wiesbaden angekommen.«

»Hi. Dann ist es so, wie wir es längst vermutet haben«, erwiderte Wilson. »Wo bist du jetzt?«

»Noch in Königstein. Warum?«

»Weil ich endlich gute Nachrichten habe!«, schrie nun Wilson mit einem unüberhörbaren Enthusiasmus in der Stimme. »Ich traf mich gerade im Europaviertel mit einem Kollegen von der KI 60, der verdeckt in der Szene operiert. Stell dir vor: Unser philosophierender Mafioso soll in Frankfurt in einem Club in den letzten Tagen gesichtet worden sein.«

»Na so was!«, rutschte es Bellinger heraus.

»Eine Razzia ist geplant. Ich spreche mit Weigand und kümmere mich darum, dass auch wir von der KI 10 dabei präsent sind. Den Rest erzähle ich dir später«, rief Wilson in seiner Euphorie. »Wir sehen uns im Präsidium ... Jetzt kommt endlich Schwung in die Sache!«

»Oh! Wenn das nicht nach einem Wendepunkt in der Ermittlung klingt? Dann bis gleich!«, rief Bellinger zurück, bevor er sein iPhone ausschaltete, den Motor des Wagens startete und mit voller Kraft auf das Gaspedal trat.

*

Tan Dung, das Hirn der »Operation Buddha«, kam als Erster in die Umkleide, seine unterirdische Operationszentrale. Leise zog er die Tür hinter sich zu.

Mit einem winzigen Schlüssel öffnete er die Metalltür zu seinem Spind, in dem er neben Schminkartikeln seine elektronischen Schätze wie Smartphones und Tablets, eine Auswahl an winzigen Abhörgeräten und Wanzen, Headsets, Digitalkameras und vieles mehr aufbewahrte.

Jetzt kramte er einen Laptop hervor.

Tan Dung setzte sich auf die Bank, platzierte den Laptop auf seinem Schoß und schaltete ihn ein. Zuerst las er die E-Mails mit aktuellen Berichten, die ihm Achmad geschickt hatte, dann schaute er sich das Video von Anastasias Beerdigung in Wiesbaden an. Zu seiner Zufriedenheit stellte er fest, dass sein Netzwerk hervorragend funktionierte und Achmad sich als ein ausgezeichneter Teamplayer erwiesen hatte.

Um 15:15 Uhr traten Leon, Marcus und Ralf nacheinander ein und ließen sich auf der Bank nieder.

Von niemandem beobachtet oder gestört, begannen sie ihre konspirative Sitzung.

Leon wirkte neugierig, warf Tan Dung einen Blick zu und erkundigte sich: »Hast du das Video von Anastasias Beerdigung schon gesehen?«

»Ja«, antwortete Tan Dung, »aber ich muss dich enttäuschen. Die Bilder vom Friedhof zeigen nichts Ungewöhnliches. Wertheim, der Witwer, steht weinend an Anastasias Grab, wirkt gebrochen und todunglücklich. Er wird von Rixen, Litzinger, Stern und Heinzmann flankiert. Ansonsten befinden sich dort einige Weißrussen sowie ein paar dürre Mädchen, vermutlich Anastasias Fotomodell-Freundinnen.« Tan Dung legte seinen Laptop zur Seite, dann fügte er mit einem Grinsen hinzu: »Der Einzige, der sich auffällig verhält, ist der Mann von der Kripo: Rombach.«

»Hm«, stöhnte Leon, »und ich dachte immer, der Täter würde zur Beisetzung seines Opfers auftauchen. Doch wahrscheinlich ist das doch nur ein Klischee.«

Anschließend schauten sich Leon, Marcus und Ralf das Beerdigungsvideo an, das Achmad heimlich gedreht hatte.

Währenddessen verfiel Tan Dung in eine kontemplative Stimmung.

Sobald sie das Video zu Ende gesehen hatten, wandte sich

Leon an Tan Dung und fragte: »Wie verläuft die Observation draußen? Wie schaut es aus mit Rixen, dem Witwer Nummer eins? Was macht er nach Dienstschluss, wenn wir ihn nicht mehr zu Gesicht bekommen?«

Tan Dung atmete tief durch und referierte: »Den externen Berichten und Videoaufnahmen zufolge fährt der Chef in seinem Porsche quer durch den Taunus. Er besucht fast täglich das Grab seiner Hannelore in Bad Homburg und bringt frische Blumen mit. Niemand scheint sich im Moment für ihn zu interessieren.«

»Was macht Litzinger, der Witwer Nummer zwei?« Die Frage kam von Marcus.

Tan Dung gab zur Antwort: »Er verbringt die meiste Zeit auf seinem Anwesen in Kronberg. Wenn er ausgeht, dann nur in die Praxis eines Kardiologen, oder er lässt sich von Boris zum Friedhof bringen, wo er stundenlang an Fatimas Grab sitzt. Auch er scheint bis jetzt von keiner verdächtigen Person beschattet worden zu sein.«

»Wie sieht es aus mit Wertheim, dem Witwer Nummer drei?«, fragte nun Ralf.

»Wertheim wohnt jetzt auf seinem Landsitz in Königstein. Er hat sich von der Welt abgewandt, verlässt kaum seine Villa. Anastasias Beerdigung war heute die Ausnahme. Niemand scheint ihn zu verfolgen oder zu beobachten.«

Leon, Marcus und Ralf dachten über die Ergebnisse der Rund-um-die-Uhr-Beschattung nach.

Nach einer Weile blickte Leon Tan Dung mit einem skeptischen Gesichtsausdruck an und fasste zusammen: »Die bisher gewonnenen Erkenntnisse sind nicht gerade weltbewegend.« Dann stellte er die alles entscheidende Frage: »Bist du dir denn sicher, dass wir in die richtige Richtung recherchieren?«

Tan Dung legte seine Hände in den Schoß und fixierte mit halb geöffneten Augen einen Moment lang die gegenüberliegende Wand. Er war vollkommen ruhig und gelassen, während er sprach: »Ich bin mir absolut sicher, dass mein Denkansatz stimmt. Aber wir brauchen Geduld. Viel Geduld.«

Marcus grinste. »Daran werden wir wohl noch arbeiten müssen.«

Tan Dung nickte mit dem Anflug eines Lächelns. Dann rekapitulierte er: »Irgendjemand, warum auch immer, will unserem Chef und seinen alten Freunden Leid zufügen. Irgendwann wird er, von seiner unstillbaren *Gier* getrieben – so wie die Zweite Edle Wahrheit uns lehrt –, im Umfeld der drei Witwer aufkreuzen, um sie live leidend zu sehen. Diesen Genuss lässt er sich nicht entgehen, deswegen bringt er die Ehefrauen schließlich um.«

»Und wo genau würde er dann auftauchen?«, wollte Ralf wissen und starrte Tan Dung an.

Tan Dung überlegte nicht lange. Er war mit sich und der Welt um sich herum im Einklang. Seine Antwort lautete: »Auf den Friedhöfen – den Orten der Trauer und des Leides. Eben da, wo die Opfer begraben liegen, und da, wo die Witwer in ihrer Einsamkeit vor den Gräbern sitzen und Tränen vergießen.«

*

Weigand musterte Bellingers Gesicht und fragte: »Können Sie mir bitte erklären, wie Sie dazu gekommen sind, den Satz von den anonymen Postkarten in einem philosophischen Kontext zu interpretieren?«

Bellinger war angespannt. Er saß Weigand gegenüber in dessen Büro und sollte nun Bericht erstatten; es war 15:55 Uhr. Wilson besprach zur gleichen Zeit mit den Kollegen von der KI 60 die Vorgehensweise für die am Abend geplante Razzia, mit dem Ziel, Ivo Kovac zur Strecke zu bringen.

Kretschmer hockte wie üblich in der Sitzecke und beschäftigte sich im Moment mit seinem Smartphone.

Bellinger warf einen raschen Blick auf einen seiner mitgebrachten Computerausdrucke, um nichts Falsches zu sagen. »›*Alles Leben ist Leiden*‹ entspricht einem uralten buddhistischen Glaubensgrundsatz. In der westlichen Kultur wurde der Satz erst im 19. Jahrhundert wiederentdeckt und neu gedeutet – und das von keinem anderen als Arthur Schopenhauer.«

Weigand hob die Augenbrauen. »Schopenhauer? Hm, wissen Sie, ich bin nicht unbedingt der Kenner der Materie, aber …«

Kretschmer ließ ihn nicht ausreden. »Aber ich weiß Bescheid!«, rief er aus der Ecke des Raums wie ein Vorzeigeschüler. »Es ist eine Schande für die Stadt Frankfurt, dass sie es bis heute nicht zustande gebracht hat, das im Zweiten Weltkrieg zerstörte Schopenhauerhaus, wo der Philosoph in seiner gemieteten Erdgeschosswohnung starb, nach alten Plänen wieder aufzubauen und dort, wie noch vor dem Krieg vorgesehen, ein Schopenhauermuseum zu errichten.«

Bellinger drehte den Kopf zur Seite und sah Kretschmer im neuen Licht an. Oh! So viel Allgemeinbildung hätte er der alten Bulldogge gar nicht zugetraut. »Sie haben absolut recht«, bestätigte er mit Blick auf sein Notizblatt. »Der weltberühmte Philosoph verbrachte fast 30 Jahre seines Lebens in Frankfurt. Doch alles, was neben dem Schopenhauer-Archiv in der Stadt- und Universitätsbibliothek in der Bockenheimer Landstraße daran erinnert, sind eine Bronzebüste in der Obermainanlage und eine Grabstätte auf dem Hauptfriedhof.«

Kretschmer seufzte, dann bemerkte er mit seiner Whiskystimme: »Da hat sich der Philosoph wahrhaft mehr Respekt verdient.«

Bellinger griff zu einem weiteren Notizblatt. »Ich bin ganz Ihrer Meinung. Nachdem Schopenhauer vor einer drohenden Cholera-Epidemie aus Berlin floh, hat er auf der Suche nach einem neuen Wohnort gezielt Frankfurt gewählt. Später titulierte er die Mainmetropole sogar als ›den eigentlichen Mittelpunkt von Europa‹.«

Kretschmer nickte mit seinem Bulldoggenhaupt. »So ist es, so ist es.«

Bellinger löste seinen Blick von dem Blatt und schaute ihn an. »Woher haben Sie all die Informationen?«

Kretschmer schüttelte sich plötzlich vor Lachen. »Ach wissen Sie, manche Prozesse ziehen sich dermaßen in die Länge, dass ich mir im Gerichtsaal die Zeit mit Googeln zu allen möglichen Themen vertreibe.« Ein verschwörerisches Grinsen umspielte seine Mundwinkel. »So kommt es vor, dass ich hin und wieder auch die Website der Schopenhauer-Gesellschaft lese.«

»Sind Sie Mitglied?«, fragte Bellinger.

»Ich nicht, aber meine Frau.«

Kretschmer wird mir immer sympathischer, dachte Bellinger und musste lachen.

»Meine Herren!«, machte jetzt Weigand auf sich aufmerksam, »wir müssen weiter arbeiten.« Er wandte sich an Bellinger. »Wie passt der Mafioso ins Bild?«

Bellinger holte tief Luft, streckte sich und referierte: »Wir haben herausgefunden, dass er nach dem Tod seines Sohnes Goran schwer depressiv wurde. Er saß im Gefängnis, hatte viel Zeit zum Nachdenken und durchsuchte die Gefängnisbibliothek nach Literatur, die ihm Antworten auf seine existenziellen Fragen liefern würde. Schopenhauers Hauptwerk ›Die Welt als Wille und Vorstellung‹ wurde für ihn zu einer Art Bibel. Eine ganze Abhandlung zu dem Satz ›Alles Leben ist Leiden‹ findet sich in diesem Werk.«

»Verstehe, verstehe, und nun verwendet Ivo Kovac diesen Satz als seine Botschaft«, murmelte Weigand. »Doch wie passt das alles in die heutige Zeit?«

»Unsere These lautet folgendermaßen: Der Vater dreht zum Todestag seines Sohnes durch. Er hat eine glorreiche Idee. Diejenigen, die einst sein Glück zerstört haben und heute so ungeniert glücklich und zufrieden leben, will er bluten lassen. Sie sollen erfahren, wie es sich anfühlt, zu trauern und zu leiden, wenn der Verlust eines geliebten Menschen ein schwarzes Loch in der Seele hinterlässt. Da Rixen, Litzinger und Wertheim keine Söhne haben, nimmt er ihnen das weg, was sie aktuell am meisten glücklich macht: die Frauen.«

Weigand und Kretschmer schwiegen und schienen nachzudenken.

»Die Angelegenheit ist verflucht kompliziert«, fasste Bellinger zusammen und legte die Stirn in Falten. »Wir haben – außer Hypothesen – nichts in der Hand, was Ivo Kovac direkt mit den Morden in Verbindung bringen würde. Seine Fingerabdrücke waren auf keiner der drei Postkarten nachzuweisen.«

Eine Zeit lang sprach niemand.

»Klingt fast aussichtslos«, brummte irgendwann Kretschmer aus der Ecke und schnaufte schwer. »Einen richterlichen Haftbeschluss bekommen wir auf dieser Grundlage nie.«

»Ich weiß, ich weiß«, sagte Bellinger mit ernster Miene. »Umso wichtiger wird der Überraschungszugriff heute Nacht sein.«

*

Rombach stoppte den VW-Transporter mit den dunkel getönten Fensterscheiben am Baseler Platz in der Innenstadt von Frankfurt bei Rot und nutzte den Augenblick, um sich umzudrehen. »Na, wie geht es euch zwei da hinten?«, rief er über die Schulter.

»Gut, gut«, riefen Bellinger und Wilson mit wenig Begeisterung vom Rücksitz.

Bellinger ließ sich nicht ablenken. Er betrachtete die Fotos – die Frontalansicht, das Profil von links und von rechts – eines älteren südeuropäisch aussehenden Mannes mit pockennarbigem Gesicht und stahlhartem Blick. Ivo Kovac. Verflucht, so sah also Rixens alter Todfeind aus, tobte Bellinger innerlich, der ihn aus Rache zum Witwer gemacht hat. Und in kurzen Zeitabständen hat er sowohl Litzingers Frau als auch Wertheims Frau getötet. Auch diese alten Feinde sollten bestraft werden, an ihrer Trauer und Einsamkeit zerbrechen und für immer und ewig leiden.

Auch Wilson war hoch konzentriert und nachdenklich. Er schaute sich Bilder einer anderen verdächtigen Person an. Auf den Schnappschüssen konnte er einen kräftigen Mann mittleren Alters erkennen, der sich in auffälliger Rockermontur gegen ein schweres Motorrad lehnte und dabei war, sich den Schutzhelm aufzusetzen. Wilson drehte eines der Bilder um und las den Namen: Manfred »Rocky« Metzler.

Alle drei schwiegen.

Sobald die Verkehrsampel auf Grün umgesprungen war, bog Rombach, der nun seine Brille gegen Kontaktlinsen ausgetauscht hatte, in die Gutleutstraße ein und fuhr weiter Richtung Griesheim. Es war später Freitagabend.

Mit prüfendem Blick taxierte Wilson die Aufnahmen des Mannes mit dem Motorrad, dann wandte er sich an Bellinger: »Du hast Manfred ›Rocky‹ Metzler verhört, behauptet jedenfalls der Kollege von der KI 60. Wann war das? Mir sagt der Name nichts.«

Bellinger strich mit den Fingern sein inzwischen viel zu lang gewordenes Haar nach hinten und antwortete: »Hm, ich glaube, es war kurz nachdem er aus Stuttgart kam und Präsident des ›Fallen Angels Motorradclub Frankfurt‹ geworden ist, also vor etwa vier Monaten. Da warst du schon längst in Wiesbaden. Gegen ihn lag der Verdacht des Totschlags an einem nordafrikanischen Asylbewerber vor, aber wir konnten ihm nichts beweisen. Er landete 24 Stunden später wieder auf freiem Fuß.«

»Und seit wann gehört ihm der Club ›Easy Rider‹, wo unser Einsatz stattfinden soll?«

Bellinger runzelte die Stirn. »Lass mich überlegen … Erst seit drei Monaten, früher hieß der Club anders.«

»Wie kommt es eigentlich, dass sich die Kollegen von der KI 60 für Rocky Metzler interessieren und die heutige Razzia planen?«, wollte Rombach wissen.

Wilson klärte ihn auf: »Metzler soll Waffenhandel in großem Stil betreiben. Rechtsradikale Gruppierungen, die Flüchtlingsheime überfallen, sollen seine besten Kunden sein.«

»Tja«, meinte Rombach, »dann ist es kein Wunder, dass Kovac im ›Easy Rider‹ seine Geschäfte abwickelt. Übrigens: Was genau ist über seine Transaktionen bekannt?«

Bellinger warf einen Blick auf den Computerausdruck, den er in der Hand hielt. »Kovac betreibt eine Art Import-Export-Handel. So steht es jedenfalls im Protokoll eines Agenten, der verdeckt operiert. Es heißt dort, Kovac würde die Ware den Händlern aus den Ländern des ehemaligen Ostblocks abkaufen und sie dann an die meistbietenden Käufer im Rhein-Main-Gebiet mit hohem Gewinn weiter verkaufen.« Bellinger hielt inne. »Er koordiniert die Abläufe über ein undurchsichtiges Netzwerk von Lieferanten. Die Kuriere, die Kovac' wahre Identität kennen, werden regelmäßig ausgetauscht.«

»Ha!«, rief Rombach. »Also werde ich – der falsche Kurier – seine heutige Transaktion auffliegen lassen.«

Bellinger stöhnte auf. »Thorsten, Thorsten, spiel bloß nicht den Superhelden, auch wenn du zufällig eine frappierende Ähnlichkeit mit dem echten Kurier hast!«

Momente der Stille.

»Wir sind da!«, meldete Rombach hinter dem Steuer und stoppte den VW-Transporter.

Bellinger schaute aus dem Seitenfenster. Zwischen leer stehenden renovierungsbedürftigen Häusern befand sich eine offene Baulücke, die zu einem Parkplatz umfunktioniert worden war. Die Motorräder waren auf Hochglanz poliert. Die Rocker und ihre Bräute strömten in schwarzer Lederkluft in den Club.

Schließlich drehte Bellinger sich um und musterte Rombach in seinem Rocker-Outfit. Dieser wirkte aufgeregt.

Wenige Sekunden später setzten Bellinger und Wilson ihre Kopfhörer auf. Sie nahmen Kontakt auf mit den Kollegen vom mobilen Einsatzkommando, die in ihrem Einsatzwagen in einem Hinterhof Stellung bezogen hatten, und gaben ihre Position durch. Ein verdeckt operierender Kollege befand sich bereits im Club.

Die Anspannung im Wagen wuchs von Minute zu Minute.

Rombach rekapitulierte im Geiste die Spielregeln. Die Bilder seiner Zielpersonen Kovac und Rocky Metzler hatte er sich vorhin eingeprägt, er würde sie ohne Probleme wiedererkennen. Nun begutachtete er sein Äußeres im Seitenspiegel, dann prüfte er die Uhrzeit: 23:45 Uhr. Nach einer Weile fragte er: »Ist Kovac im Club aufgetaucht?«

Bellinger rückte seinen Kopfhörer zurecht. »Unser verdeckter Ermittler da drin hat es weder bestätigt noch dementiert.«

»Eines verstehe ich nicht«, sagte Rombach und drehte sich zur Rückbank um, »wie ist es möglich, dass Rocky Metzler, der bekanntlich mit den Neo-Nazis sympathisiert, Geschäfte mit einem Ausländer abwickelt?«

»Ha!« Bellinger konnte sich ein Lächeln nicht verkneifen und blickte auf einen Stapel Notizen, die am Nebensitz lagen. »Der Buddha würde sagen: Es ist die *Gier*, im vorliegenden Fall die Geldgier, die ihn treibt, seinen klaren Geist blendet und ihn seine Prinzipien vergessen lässt. Schopenhauer würde von blindem, drängendem *Willen* zum Geldvermehren sprechen.«

Es folgten ein paar schweigsame Augenblicke.

Rombach sah erneut auf seine Armbanduhr: 23:55 Uhr. Dann meldete er sich wieder zu Wort. »Der Kurier, den die Kollegen kurz vor Aschaffenburg an der Tankstelle überrumpelt haben, meinte, er solle die Ware im Club genau um Mitternacht abliefern, korrekt?«

Bellinger und Wilson nickten zur Bestätigung.

Rombach verfiel in Schweigen.

Bellinger sagte schließlich: »Thorsten, sei bitte vorsichtig da drin. Handle strikt nach Plan. Du heißt ab sofort Uwe Lorenz, bist neu im Geschäft, hast laut Vereinbarung die Ware von einem Kurier namens Milos aus Karlsbad in Würzburg in Empfang genommen und in deinen Transporter verladen. Über Einzelheiten habe man dich nicht informiert, du möchtest noch heute Nacht zurück nach Bayern fahren. Alles klar?«

Rombach nickte.

»Noch etwas«, instruierte ihn Wilson. »Die Typen im Club könnten bewaffnet sein. Sollte die Situation eskalieren, dann weißt du, wie das Codewort lautet?«

»Ja. *Misanthrop*. So wurde Schopenhauer in Frankfurt von seinen Zeitgenossen beschrieben.«

Wilson fuhr in ruhigem Ton fort: »Vergiss bitte eines nicht – das Entscheidendste ist, Kovac aus dem Club heraus zu locken. Ohne Blutvergießen! Nur wenn wir ihn auf frischer Tat ertappen, haben wir etwas Konkretes gegen ihn in der Hand. Dann können wir ihn zu unserem laufenden Fall ausquetschen und der Mordsache auf den Grund gehen.«

Rombach warf einen flüchtigen Blick aus dem Fenster, bevor er fragte: »Und wie geht es dann weiter, sobald ich Kovac hier draußen habe?«

Wilson antwortete: »Wir haben mit den Kollegen abgesprochen, dass ihn Oliver wegen illegaler Transaktionenen festnimmt, ins Präsidium fährt und ihn nach Vorschrift verhört. Sobald das Feld hier geräumt ist, starten die Kollegen von der KI 60 ihre seit Wochen geplante Razzia im Club. Ich werde dabei sein. Wir sollen unbedingt Rocky Metzler als Kovac' mutmaßlichen Komplizen unter die Lupe nehmen.«

Bellinger fügte hinzu: »Thorsten, pass bitte gut auf dich auf.«

Angespannte Stille.

Um die Lage zu entschärfen, zeigte Rombach auf das winzige drahtlose Mikrofon unter dem obersten Knopf der Lederjacke, die dem echten Kurier gehörte, und brachte ein Lächeln zustande. »Wünscht mir Glück.«

Bellinger und Wilson lächelten zurück.

Rombach griff nach dem Autoschlüssel. »Die ›Operation Schopenhauer‹ kann beginnen!« Er stieg aus dem Wagen und warf die Fahrertür zu.

Es war Punkt Mitternacht.

Wenige Minuten später stellte sich Rombach vor die Eingangstür zum Club »Easy Rider«. Der Durchgang war durch eine rote Samtkordel abgesperrt.

Der Türsteher, ein Hüne von einem Mann, trug eine Pilotenbrille mit verspiegelten Gläsern und schwere Rockerkluft. Er musterte Rombach mit betont langsamen Blicken von oben bis unten, dann schob er seinen Kaugummi von der einen in die andere Backentasche. »Hi. Dich habe ich hier noch nie gesehen. Hast du dich in der Adresse geirrt?«

Rombach straffte die Schultern und richtete sich zu voller Größe auf. »Damit das klar ist – ich bin nicht zum Vergnügen hier. Ich habe einen wichtigen geschäftlichen Termin zwecks Warenübergabe.«

»Warte. Ich rufe meinen Boss an«, knurrte der Hüne und verschwand mit seinem Handy hinter dem Vorhang.

Rombach schwebte in Ungewissheit, blieb aber äußerlich cool. Wenige Augenblicke später hörte er den Türsteher fragen: »Kannst du dich ausweisen?«

Rombach zeigte ihm den Personalausweis, der dem echten Kurier gehörte.

»Alles klar«, brummte der Hüne, nachdem er einen flüchtigen Blick auf den Ausweis geworfen hatte. »Du darfst jetzt rein. Man wird dich kontaktieren.«

Der Türsteher löste die Kordel.

Rombach marschierte durch den Flur und betrat einen riesigen Saal. Hier schien die Party in vollem Gang zu sein. Die Musik war ohrenbetäubend laut. Das Publikum zuckte zu Heavy-Metal-Klängen wie in Trance auf der Tanzfläche herum. Rombach ging weiter, setzte sich an die Bar und bestellte ein Bier.

Eine Rothaarige im Look einer Rockerbraut schwang sich auf den Barhocker neben ihn und schenkte ihm ein Lächeln. »Ich bin die Süße-Träume-Verkäuferin«, stellte sie sich vor.

Rombach blickte sie an.

Sie legte eine Pille von undefinierbarer Farbe und Konsistenz in seine Hand. »Für dich, mein Hübscher, gibt es einen Sonderrabatt.«

Wortlos gab er ihr die Pille zurück. Achselzuckend zog sie ab.

Die Zeit verging. Rombach bestellte ein zweites Bier.

»Möchtest du mir ein Glas Champagner spendieren?«, hörte er plötzlich eine weibliche Stimme mit osteuropäischem Akzent hinter sich.

Er drehte sich um und erblickte eine Brünette mit einer zentimeterdicken Schicht Make-up im Gesicht und hauchdünner Bekleidung. »Ein anderes Mal vielleicht.«

Sie rauschte davon. Noch mehr Zeit verging. Nichts passierte.

Schließlich erhob sich Rombach von seinem Barhocker. In Erwartung seiner Zielperson schritt er zurück ins Treppenhaus und stieg die Treppe hinunter. Hier befand sich eine viel kleinere Tanzfläche. Er blieb stehen und spähte durch die Laserstrahlen hinauf zu den Sitzecken auf dem Podest, doch die Stroboskope und Basslautsprecher versperrten ihm die Sicht. Er war gerade im Begriff, weiter zu gehen und den Bereich etwas genauer unter die Lupe zu nehmen, als plötzlich eine von außen unsichtbare Tür in der schwarz tapezierten Wand geöffnet wurde.

Rocky Metzler trat einen Schritt heraus und blickte ihm direkt in die Augen. Noch bevor Rombach reagieren konnte, legte sich von hinten ein eiserner Arm um seinen Hals.

»Kommen Sie mit in die VIP-Lounge!«, rief Rocky Metzler, um die Musik zu übertönen, während Rombach durch die Tür geschoben wurde. »Privatparty. Seien Sie mein Gast.«

Die VIP-Lounge entpuppte sich als ein düsterer Kellerraum.

Der Würgergriff löste sich. Rombach schnappte nach Luft, registrierte dennoch jedes Detail. Boden und Wände waren aus nacktem Beton. Über dem Tisch in der Mitte hing eine einzige Glühbirne. In der Ecke prangte ein supermoderner Fernseher. Der Mann, der auf einem Klappstuhl saß und einen Boxkampf auf dem Bildschirm verfolgte, war Ivo Kovac. Er trug einen hellen Leinenanzug, dazu ein schwarzes Poloshirt, und schien in seiner momentanen Begeisterung für den Boxkampf in der Schwergewichtsklasse Rombachs Anwesenheit gar nicht wahrzunehmen.

Jetzt stand Rombach schwer atmend da, flankiert von Rocky Metzler und dem Türsteher, der ihn vorhin in den Würgergriff genommen hatte.

Rocky Metzler blickte in Richtung des Türstehers und sagte: »Danke, du kannst gehen.«

Nachdem dieser aus dem Raum verschwand, setzte sich Rocky Metzler auf einen Klappstuhl. Er zündete sich ostentativ einen Joint an und inhalierte langsam und genüsslich. Rombach schaute sich diesen Mann, den er bisher nur von Fotos kannte, genauer an: groß, muskelbepackt, um die 40, langer Zopf, Tattoos mit geflügelten Totenköpfen an den Armen, ein Stahlschlagring mit Nieten an den Fingergelenken der linken Hand.

Wenige Augenblicke später hörte Rombach Rocky Metzlers Stimme: »Wir haben Sie hier in der Gegend noch nie gesehen. Was führt Sie zu uns?«

Rombach roch seine gewaltige Alkoholfahne. »Ich komme wegen einer geschäftlichen Angelegenheit.«

»Soso …«, vernahm jetzt Rombach eine raue, tiefe Stimme aus der Ecke. Mit einem Mal schien ihn Kovac bemerkt zu haben. Na endlich, dachte Rombach und ließ Kovac nicht aus den Augen. Dieser schaltete mithilfe der Fernbedienung den Fernseher aus, erhob sich von seinem Klappstuhl, baute sich breitbeinig vor ihm auf und durchbohrte ihn mit einem messerscharfen Blick.

Eine Weile herrschte eiskaltes Schweigen.

»Schöne Grüße von Milos aus Karlsbad«, bluffte Rombach. Er sah, wie Kovac zuerst eine Runde im Raum drehte und sich dann auf eine ramponierte Couch setzte.

Jetzt verschränkte Kovac die Arme im Nacken und lehnte sich nach hinten. »Verzeihen Sie bitte die unsanfte Begrüßung, aber die Zeiten sind unsicher geworden, und wir müssen wachsam bleiben. Die Bullen infiltrieren den Club und wollen uns die Geschäfte versauen.«

Rombach nickte. »Verstehe.«

»Haben Sie meine Bestellung dabei?«

»Ja«, antwortete Rombach. »Es ist erstklassige Ware aus Moldawien. Drei Stück davon.«

»14, 15 und 16?«

»Ja, wie gewünscht.« Mit diesen Worten übergab Rombach Kovac die konfiszierten Pässe der minderjährigen Mädchen, die die Polizei dem echten Kurier abgenommen hatte.

Rombach registrierte, wie Kovac die Dokumente mit einer arroganten Miene überprüfte. »Ich würde jetzt gern die bestellte Ware begutachten.«

»Oh, ich bin mir sicher, dass die gelieferte Ware Ihrer Vorstellung entspricht. Oder sie sogar übertrifft! Links hinten auf dem Parkplatz steht ein brauner Lieferwagen mit der Aufschrift: *Bauer – Installationen aller Art.*«

Kovac reagierte vorsichtig. Er blickte Rocky Metzler an: »Geh du bitte raus und prüf die Lage auf dem Parkplatz.«

Metzler nickte und verließ mit dem Joint im Mundwinkel den Raum.

Kovac und Rombach blieben alleine. Beide schwiegen.

Nach wenigen Minuten kehrte Metzler zurück und berichtete: »Der Lieferwagen mit einem Würzburger Kennzeichen steht hinten an der Hausmauer. Die Luft ist rein.« Mit diesen Worten setzte er sich wieder hin und schaltete demonstrativ den Boxkampf im Fernseher ein.

Rombach sah, wie Kovac' Augen funkelten, während dieser zu ihm sprach: »Soso … dann gehen wir beide jetzt hinaus. Sie können mir ihre Lieferung präsentieren. An der 14-Jährigen hätte ich unter Umständen persönlich Interesse.«

23. KAPITEL

Die Morgendämmerung brach über Frankfurt ein. Die Skyline im Osten der Stadt trat allmählich hervor, den Hintergrund bildeten bizarre Wolkenformationen in zarten Pastellfarben. Bellinger warf sich im Bademantel in seine Schaukel auf der Terrasse, er fühlte sich gleichermaßen erschöpft wie erregt. In seinem Bett versuchte er davor mindestens eine Stunde lang einzuschlafen – vergeblich.

Der Rosenduft stieg ihm in die Nase, die sanfte Morgenbrise kitzelte seine Haut.

Mit verbittertem Gesichtsausdruck dachte Bellinger über seine nächtliche Blamage nach. So ein Desaster hatte er als Mordermittler seit einer halben Ewigkeit nicht erlebt! Als er Kovac in dem VW-Transporter kurz vor ein Uhr wegen Frauenhandels festgenommen hatte, verweigerte dieser jede Aussage. Im Polizeipräsidium zeigte er sich erst kooperativ, nachdem das Thema »Frauenmord in Serie« gefallen war. Kovac' Alibis zu Tatzeiten in allen drei Mordfällen erwiesen sich als bombenfest. Er selbst schien die Trauer um seinen Sohn Goran längst überwunden zu haben. Auch Wilson hatte kein Erfolgserlebnis. Er lieferte sich mit Rocky Metzler sogar einen verbissenen Zweikampf während der Razzia im Club. Im Nachhinein kam heraus, dass Metzlers Alibis ebenfalls wasserdicht waren.

Natürlich mussten sie noch überprüfen, ob die zwei einen Auftragskiller engagiert hatten, doch daran glaubte Bellinger nicht wirklich.

Sie hatten die Falschen geschnappt. Verflucht!

Bellingers Laune sank in den Keller. Während er die Ereignisse der letzten Nacht zum wiederholten Mal analysierte, hatte er das Gefühl, dass sein Gehirn gleich explodieren würde. Er stemmte sich von seiner Schaukel hoch, schleppte sich in die Küche, nahm eine Kopfschmerztablette aus einer der Schubladen und schluckte sie mit Leitungswasser hinunter. Nach wenigen Minuten kehrte er in den Innenhof zurück. Wie ein Automat goss er die Blumen und kehrte den Hof. Schließlich ließ er sich wieder in die Schaukel sinken, gähnte mehrfach, rieb sich über die Bartstoppeln und schloss die Augen. Wenigstens privat ging es aufwärts, dachte er mit einem Anflug von Freude. Und auf Rixen war immer Verlass, stellte er fest, denn Rixen hatte mit seinen Jungs Lauras Umzug perfekt organisiert. Für einen Augenblick vergaß Bellinger die Mordserie und malte sich aus, wie er in Lauras Garten im Dornbusch die allerschönsten Rosen züchten würde. Seine quälende Sexsucht war verflogen, sein Leben bekam wieder Sinn. Nie wieder würde er sich von seinen niederen Begierden treiben lassen! Jetzt sehnte er sich nach Laura, nur nach Laura. Mit ihr hatte er die Freude am Leben neu entdeckt. Seine Ex-Frau, die ihm mit ihrer Perfektion stets das Gefühl der eigenen Unzulänglichkeit vermittelt hatte, gehörte der Vergangenheit an.

Alles war so, wie Rixen es ihm prophezeit hatte.

Irgendwann schlief er ein.

Als er aufwachte, stand die Sonne hoch am Himmel.

Bellinger sprang von der Schaukel auf und steuerte seine Wohnung an. In der Küche entschied er sich für einen bunt gemixten Smoothie und fing an, das Bioobst zu waschen und klein zu schneiden. Und während er das tat, kehrten seine Gedanken zurück zu der Mordserie. Er hatte drei ungelöste Mordfälle, aber keinen einzigen Verdächtigen. Frustration pur. Stopp!, kam ihm plötzlich in den Sinn. Vielleicht war sein bisheriger Denkansatz einfach völlig falsch gewesen? Tatsache war, dass alle drei Witwer Vorstandsmitglieder in derselben Stiftung waren. Lief da etwas schief? Richtete sich der Zorn des Täters erst gar nicht gegen die Mitarbeiter als *Personen*, sondern gegen die Stiftung als *Organisation*? Ging es um Imageverlust in der Öffentlichkeit? Doch wer konnte etwas gegen das Förderprogramm junger Krimineller haben? War es ein Boykott, ein Rufmord? Bellinger fiel niemand ein, der dahinter stecken mochte, doch wenigstens hatte er einen Programmpunkt für die kommende Krisenkonferenz.

*

Am Abend des gleichen Tages traf Bellinger als Ester im »Blue Note Jazz Club« ein. Jetzt saß er wie üblich in der Nische, und da er Laura versprochen hatte, nach dem Treffen mit seinen Freunden noch bei ihr vorbeizukommen, bestellte er nur ein Mineralwasser. Seinen Chrysler hatte er im Parkhaus an der Hauptwache abgestellt. Insgeheim wünschte er sich, den Clubbesuch so schnell wie möglich hinter sich zu bringen und nach Dornbusch zu Laura zu fahren. Sie fehlte ihm jetzt schon.

Wenige Augenblicke später erschien Rixen in der Nische mit Heinzmann im Schlepptau. »Ich grüße dich, Oliver. Ich habe Bernd in unseren Tempel mitgebracht, damit er sich ein bisschen entspannt und den Samstagabend nicht mit seinem Pudel als Gesprächspartner im Arbeitszimmer verbringt.«

»Richter Heinzmann«, sagte Bellinger und erhob sich von seinem Sessel zur Begrüßung, »schön, dass Sie gekommen sind.«

»Hauptkommissar Bellinger«, entgegnete Heinzmann in seiner gewohnt distinguierten Art, »ich freue mich sehr, hier im Club in Ihrer Gesellschaft sein zu dürfen. Zugleich hoffe ich, Ihnen mit meiner schlechten Laune nicht den Abend zu verderben.«

»Ach, deswegen brauchen Sie sich wirklich keine Gedanken zu machen«, beteuerte Bellinger. »Nach dem Fiasko letzte Nacht kann meine Laune nicht noch tiefer sinken. Nehmen Sie doch bitte Platz.«

Heinzmann bedankte sich.

Rixen blieb stehen, sah sich in der Nische um und sagte: »Ich organisiere nur noch schnell einen fünften Sessel, dann bin ich gleich wieder da.«

Bellinger nickte.

Kurze Zeit später erschien Rixen mit dem Sessel und setzte sich hin.

Heinzmann blickte ihn an und lachte kurz auf. »Bei eurem nächsten Treffen in der Loge bringst du bitte Litzinger und Wertheim mit. Dann trösten wir uns alle gegenseitig und lassen den Schmerz erträglicher werden.«

Rixen grinste. »Mache ich! Wir gründen den ›Club der leidenden Witwer‹.«

Jetzt folgten Wilson und Stern.

Nach der Begrüßung bestellten alle ihre Getränke.

Schließlich zog Rixen die blauen Samtvorhänge zusammen. Zu fünft unterhielten sie sich über die Mordserie und das Tatmuster. Fragen, wie: Wer steckt hinter den Morden an Hannelore, Fatima und Anastasia? Handelt es sich um einen oder zwei Mörder? Was hat Schopenhauers Zitat mit dem Mordmotiv zu tun?, waren Anlass zu einer heftigen Diskussion, doch sie blieben nach wie vor unbeantwortet.

An Rixens Unschuld zweifelte niemand.

Minuten verstrichen.

Nachdem die Stimmung in der Nische merklich eisiger wurde, zog Wilson die Vorhänge wieder auseinander und hielt Ausschau nach der Bedienung. »Ich glaube, der Auftritt der Solistin aus Chicago fängt gleich an. Ich brauche jetzt einen Cognac.«

»Ich auch, einen doppelten bitte«, sagte Heinzmann.

»Dann gehe ich an die Theke und hole noch schnell eine Runde Getränke für uns alle«, schlug Wilson vor.

»Ich komme mit«, erbot sich Stern.

Wilson und Stern verließen die Nische.

Während sie sich den Weg im überfüllten Club erkämpften, wandte sich Bellinger an Rixen: »Danke, dass du Laura bei ihrem Umzug geholfen hast.«

»Nicht der Rede wert. Übrigens: Ich hoffe, dass auch Jeff in Bianca die Richtige gefunden hat.«

»Doch, doch«, sagte Bellinger und grinste. »Er ist total in sie verliebt, aber wie du ihn kennst – über Gefühle redet er so gut wie nie.«

»Ich freue mich für euch zwei von Herzen, ihr Glückspilze!« Rixen lächelte zum ersten Mal an diesem Abend.

Wilson und Stern erschienen mit Getränken am Tisch.

Bellinger war gerade dabei, nach seinem Mineralwasser zu greifen, als das iPhone in der Brusttasche seines Sakkos vibrierte. »Verflucht!«, sagte er, sobald er die Rufnummer auf dem Display erkannte. Dann entschuldigte er sich bei den anderen und ging nach draußen, um den Anruf entgegenzunehmen.

Jetzt stand Bellinger neben der hell erleuchteten Vitrine eines Juweliergeschäfts am Goetheplatz und rief Weigand zurück.

Dieser meldete sich nach dem ersten Klingelton. »Guten Abend, Weigand hier. Hauptkommissar Bellinger, ich muss Sie um einen Gefallen bitten.«

»Hm … Ich habe heute Abend frei.«

»Ich weiß, dass es außerhalb Ihrer Dienstzeit ist, aber es handelt sich um einen Notfall. Ein Mord in der Moselstraße ist vor wenigen Minuten gemeldet worden. Und ich habe keinen Ermittler frei.« Weigand stöhnte laut auf. »Die eine

Hälfte Ihrer Kollegen vom KDD ist gerade im Einsatz, die zweite Hälfte hat sich wegen Grippe krankgemeldet.«

Mit wütendem Blick fixierte Bellinger das Goethedenkmal, welches zwischen mustergültig geordneten Platanenreihen vor seinen Augen stand, und sagte: »Verstehe.«

»Hauptkommissar Bellinger, Sie sollen bloß einspringen für die Erstbearbeitung. Morgen werde ich Sie von dem Fall erlösen.«

»Alles klar«, entgegnete Bellinger.

Weigand nannte die Adresse und legte auf.

Es war eine traumhaft schöne Sommernacht mit romantischem Sternenhimmel, und Bellinger hatte momentan etwas ganz anderes im Sinn als eine Mordaufklärung in der Moselstraße. Doch es wäre nicht fair, sagte er zu sich selbst, Weigand im Stich zu lassen.

Bellinger blieb noch ein paar Augenblicke in der klaren Nachtluft stehen. Er schaute zum mit Scheinwerfern angestrahlten Goethedenkmal hinauf und stellte auf einmal fest, dass er in Zusammenhang mit Frankfurt immer nur an Goethe, doch nie an Schopenhauer gedacht hatte. Dabei war Ersterer im Großen Hirschgraben 23 geboren, der Zweite in der Schönen Aussicht 16 gestorben. Und wenn er nicht im Zuge der Mordermittlungen gezielt im Internet nachgeforscht hätte, dann hätte er auch nie erfahren, dass Schopenhauer in Goethe eine Zeit lang eine Vaterersatzfigur sah, oder dass Schopenhauers früh verwitwete Mutter eine enge Freundin Goethes in Weimar war. Bellinger stöhnte, steckte sein iPhone in die Sakkotasche, drehte sich um und stieg die Wendeltreppe hinab in den Club.

Sobald er wieder in die Nische trat, verkündete er mit enttäuschter Miene: »Ich muss gleich gehen, ich werde dienstlich gebraucht.«

Rixen hob den Blick. »Oh, das tut mir leid, Oliver ... Kommst du wieder? Sollen wir auf dich warten?«

»Nein, nein, nicht nötig. Die Morduntersuchung wird ganz sicher einige Stunden dauern.« Bellinger hielt kurz inne. »Verflucht! Jetzt muss ich auch noch Laura absagen.«

»Oh, zum Teufel, das nenne ich Pech!«, rutschte es Rixen heraus. »Dann bis bald!«

Stern, Wilson und Heinzmann nickten verständnisvoll zum Abschied.

Im Parkhaus an der Hauptwache rief Bellinger Laura an und erklärte ihr mit Bedauern in der Stimme, warum sie nicht auf ihn warten sollte. Dann stieg er in seinen Chrysler und fuhr mit quietschenden Reifen los. Vor dem außerplanmäßigen Einsatz musste er noch schnell die Dienstwaffe aus dem Tresor in seiner Wohnung holen.

Bellinger tat es im Herzen weh, Laura wegen seines Jobs zum wiederholten Mal zu versetzen. Doch morgen würde er die verlorenen Stunden nachholen, ganz sicher.

24. KAPITEL

Laura Auerbach lag im Bett in ihrem neuen frisch gestrichenen Schlafzimmer. Ihre Augen fixierten die leuchtend roten Zahlen an der Zimmerdecke. 01:55 Uhr zeigte der Projektionsfunkwecker an. Irgendwann drehte sie sich auf die Seite.

Enttäuscht, wie sie nun war, konnte sie nicht einschlafen. Oliver hatte sie schon wieder versetzt. Allmählich glaubte sie ihm die ständigen Ausreden nicht mehr. Immer häufiger wirkte Oliver bei ihren Treffen angespannt und nervös. Seine laufende Mordermittlung schien außergewöhnlich kompliziert zu sein. Doch vielleicht war es gar nicht sein Job, sondern eine andere Frau, die ihn in Gedanken beschäftigte? Du entsprichst nicht gerade dem gängigen Schönheitsideal, schoss es Laura selbstkritisch durch den Kopf. Tränen traten in ihre Augen. War sie für Oliver nur die zweite Wahl? Ein Ersatz? Das Trostpflaster?

Laura war nicht nur verwirrt, sie war vor allem wütend – wütend auf sich selbst: Wo blieb denn ihre Selbstachtung? Doch die Wahrheit war: Sie fühlte sich so ungemein glücklich und geborgen in Olivers Nähe. Und sie durchschaute ihn – auch wenn er sich nach außen hin als supercool gab, war er in seinem Inneren doch ein gefühlsvoller Mensch.

Laura kannte Olivers Vergangenheit. Sie wusste, dass er nach seiner Scheidung einen immensen Konsum an Frauen gehabt hatte. Warum? Auch wenn sie keine Psychologin war, hatte sie eine Vermutung: Er litt an einem klassischen Verlassene-Männer-Komplex. Wie konnte bloß eine Frau – seine Frau – es wagen, ihn, den erfolgsverwöhnten, ehrgeizigen und gut aussehenden Mann von heute auf morgen zu verlassen? Und dazu erwies sich der Kontrahent nicht als ein anderer Mann, sondern war eine Frau. Der Kompensationsmechanismus hieß: Sex, Sex, Sex. Sein Verhalten fiel in die Kategorie: verletzte Männergefühle, verletzter Männerstolz, gekränkte Männereitelkeit. Seine nächtlichen Eroberungen waren allesamt blond, blauäugig, langhaarig, langbeinig und sehr sexy. Sinnbilder seiner Ex, stellvertretend für seine Ex, Projektionsflächen. Vor seiner Ex musste er sich immer wieder neu beweisen, ihr musste er es heimzahlen. Das männliche Ego musste aufpoliert werden. Dass die Frauen ihn interessant, attraktiv und begehrenswert fanden, nahm er als Selbstverständlichkeit. Allerdings dauerte sein

Interesse an der jeweiligen Frau nie länger als bis zum Morgen danach. Waren ihm diese Mechanismen bewusst? War er zur Selbstkritik fähig?

Verunsichert, wie sie nun war, grübelte Laura über ihr Liebesleben und ihre Zukunft mit Oliver nach, als das kurze Läuten ihres Smartphones, das neben ihr auf dem Nachttisch lag, sie aus ihren Gedanken riss. Laura setzte sich abrupt auf.

Mit Neugier las sie die gerade eingegangene SMS: *Hier ist Oliver. Bist du noch wach?*

Die Nachricht versetzte ihr einen Stich ins Herz. Sie erkannte die Nummer auf dem Display nicht wieder, doch sie wusste, dass Oliver im Einsatz verschiedene Mobiltelefone benutzte.

Schlagartig war ihre Frustration vergessen. *Ja. Ich bin wach.*

Er schrieb zurück: *Die Arbeit hat kürzer gedauert, als ich dachte. Möchtest du, dass ich noch vorbeikomme?*

Laura holte tief Luft und antwortete: *Ja.*

Einen Augenblick später konnte sie lesen: *Ich freue mich, Laura, bin gleich bei dir.*

Dann bis gleich, tippte sie.

Ihr fiel ein Stein vom Herzen, ihre Wangen glühten vor Freude. Wunder über Wunder – Oliver war also doch noch zu ihr gekommen! Er liebte sie, er hatte Sehnsucht nach ihr. Ihre inneren Werte waren ihm wichtiger als ihr Äußeres. Ein Mann mit Tiefgang! Ein Mann, der imstande war, sich emotional weiterzuentwickeln.

Laura war überglücklich. Aufgeregt wie ein Teenager schlug sie die Decke zurück und sprang aus dem Bett. Sie schaltete das Licht ein, ging in den Flur hinaus und entriegelte die Haustür. Gleich am Montag würde sie ein zweites Paar Hausschlüssel für Oliver anfertigen lassen. Jetzt musste sie nur noch drei Dinge tun: ihr sexy Nachthemd anziehen, etwas Parfüm aufsprühen und sich die Zähne putzen.

Eilig lief Laura ins Badezimmer und ließ die Tür halb offen. Sie musterte ihr ovales Gesicht mit dem Pagenhaarschnitt im Spiegel und griff nach dem Parfümflakon. Wenige Sekunden später zog sie ihr T-Shirt aus, um es gegen ein schwarzes seidenes Nachthemd auszutauschen.

Laura spülte sich gerade den Mund aus, als sie hörte, wie die Eingangstür im Flur aufging und wieder geschlossen wurde. »Setz dich schon mal in die Küche, Oliver!«, rief sie. »Ich bin gleich da.« Sie spritzte sich kaltes Wasser ins Gesicht, trocknete es ab und richtete ihre Frisur.

Eine knappe Minute verstrich.

»Die Flasche Riesling steht im Kühlschrank«, sagte sie, als sie das Badezimmer verließ. »Du weißt ja, wo die Gläser sind und …«

Laura erstarrte zur Salzsäule, als sie die Gestalt mit der grünen Teufelsmaske – wie der Hölle direkt entsprungen – vor sich sah. Sie wollte schreien, laut schreien, aber eine doppelt behandschuhte Faust brachte sie augenblicklich zum Schweigen.

25. KAPITEL

Mit einem verträumten Lächeln um die Lippen und Sehnsucht in den Augen bog Bellinger am Sonntagmorgen nach seinem nächtlichen Einsatz in die Einbahnstraße, die zu Lauras Haus führte. Ihm war es gelungen, noch vor dem Sonnenaufgang den Täter zu fassen und ihm ein Geständnis zu entlocken. Der Mordfall von der Moselstraße war so gut wie gelöst. Nun unterdrückte Bellinger ein Gähnen und verwarf seine Gedanken an die Arbeit. Auf dem Beifahrersitz lagen tiefrote langstielige Baccara-Rosen, eine Flasche Champagner und Schokocroissants, die er kurz zuvor in der Einkaufspassage am Hauptbahnhof besorgt hatte. Ein romantisches Frühstück zu zweit im Bett an einem dienstfreien Sonntag war genau das, was er sich die ganze letzte Woche ausgemalt hatte. Ob Laura schon wach war?

Die Luft im Dornbusch war kühl, es roch nach Gartenblumen und frisch gemähtem Gras, die Einfamilienhäuser in der Straße wirkten zwar alt, aber gepflegt.

Bellinger stoppte vor Lauras Haus.

Er spürte sofort, dass etwas nicht stimmte.

Mit hämmerndem Herzen und der Dienstpistole im Achselholster stieg er aus seinem Chrysler und rannte durch den Vorgarten. Die Eingangstür zum Haus war unverschlossen.

Die Pistole in der Hand, stürmte er in Lauras Domizil. Überblick behalten, Fluchtweg sichern, darauf war er trainiert. Im Eingang lauschte er auf Stimmen oder Bewegungen, hörte aber nichts. Lautlos und schnell wie ein Panther schlich er an der Wand entlang, wo er erneut wartete und lauschte.

Die Stille im Haus hatte etwas Unheilvolles an sich.

Er ließ seinen Blick durch den Flur gleiten. Die Zimmertüren standen halb offen.

Jetzt durchsuchte er wie in einem Sondereinsatz die Räume. Die Küche war unberührt. Das Wohnzimmer, abgesehen von den noch nicht ausgepackten Umzugskisten, wirkte ebenfalls normal. Auch das Bad erschien unauffällig.

Es blieb das Schlafzimmer am Ende des Flurs.

Bellinger starrte auf den Durchgang. Sein Herz klopfte zum Zerspringen. Widerstrebend schnupperte er: Blutgeruch lag in der Luft. Sein Magen drehte sich um.

Einen Moment lang stand die Welt um ihn herum still.

»Laura!«, brüllte er in Panik.

Seinem Instinkt folgend, stieß er die Tür mit der Schuhspitze auf und betrat mit der Pistole im Anschlag Lauras Schlafzimmer. Mit wenigen geübten Blicken scannte er den Raum. Die Fenstervorhänge waren zugezogen, die Nachttischlampe brannte.

Was er auf dem Bett sah, raubte ihm für einige Sekunden den Atem.

Die Pistole fiel aus seiner Hand zu Boden und landete mitten in einer Blutlache. Wie betäubt trat er an den Bettrand näher heran – und begann, in dem verzweifelten Versuch, Laura wiederzubeleben, mit Beatmung und Herzdruckmassage. Vergebens. Schließlich sank er auf die Knie und vergrub sein Gesicht in den blutverschmierten Händen. Habe ich ihr eigentlich gesagt, dass ich sie liebe, fragte er sich mit Tränen in den Augen. Doch er konnte sich nicht erinnern.

Sekunden verstrichen.

Aus Sekunden wurden Minuten.

Bellinger, immer noch kniend wie zum Gebet, zitterte am ganzen Körper und spürte, wie sein Herz raste. Irgendwann hob er den Blick. Vor ihm lag die Frau, die ihn aus der tiefsten Krise seines Lebens herausgeholt hatte – die Augen vor Todesangst weit aufgerissen, das Spitzennachthemd blutüberströmt.

Langsam, sehr langsam wandte er das Gesicht von Laura ab. In seiner Schockstarre, unfähig, aus eigener Kraft aufzustehen, kramte er das iPhone aus der Sakkotasche hervor und rief Wilson an.

Es dauerte ziemlich lange, bis Wilson sich meldete: »Hi,

Oliver.« Er klang verschlafen. »Was gibt es denn so Aufregendes am frühen Sonntagmorgen?«

»Jeff, wo bist du?«

»In Biancas Bett.«

»Jeff, hör mir jetzt gut zu! Bitte! Lass Bianca sofort den Koffer packen. Sofort! Bring sie zum Rhein-Main-Flughafen. Und zu niemandem – hörst du? – niemandem ein Wort. Sie soll sich in das erste Flugzeug setzen, das nach Rio fliegt.«

»Geht nicht. Sie hat heute Abend ihren Auftritt in einem brandneuen Musical.«

Bellinger schrie wie von Sinnen: »Es geht um Leben und Tod, verflucht noch mal!«

»Oliver, ist bei dir alles in Ordnung?« Wilson schien endlich wach geworden zu sein. »Was ist passiert?«

»Das erkläre ich dir später.« Schweißgebadet und stoßweise atmend unterbrach Bellinger die Verbindung. Das Blut rauschte in seinen Ohren.

Wenige Sekunden später rief er Weigand an.

Dann wurde ihm schwarz vor Augen.

26. KAPITEL

Tan Dung hatte seine Mitazubis zu einer außergewöhnlichen Konferenz einberufen. Jetzt saßen sie komplett versammelt in der Umkleide des Instituts, es war 06:45 Uhr am Montagmorgen.

Tan Dung hob das Kinn. Auch wenn seine Gedanken im Augenblick etwas durcheinander waren, so war es ihm doch gelungen, vor den anderen einen beherrschten und souveränen Eindruck zu vermitteln. Er verzichtete auf einleitende Worte, schaute in die Runde und fragte: »Hat schon einer von euch die Liste mit den Namen der Leichen gelesen, die heute von Professor Stern obduziert werden?«

Sie wirkten überrascht und schüttelten ihre Köpfe.

Damit hatte Tan Dung gerechnet. »Laura Auerbach kommt als Erste dran.«

»Wie bitte? Wir haben ihr doch erst vor wenigen Tagen beim Umzug geholfen«, rief Leon entsetzt. »Bist du sicher?«

»Todsicher«, bestätigte Tan Dung. »Und es war ausgerechnet Hauptkommissar Bellinger, der sie gestern ermordet in ihrem Haus im Dornbusch fand. Der Mörder muss auf sie wie auf eine Stoffpuppe mit dem Messer eingestochen haben. Bellinger hat einen Schock erlitten und wurde vom Polizeiarzt krankgeschrieben. Hauptkommissar Wilson leitet ab sofort die Ermittlungen.«

Marcus schaltete sich ein: »Besteht ein Zusammenhang zwischen Lauras Ermordung und den bisherigen drei Morden? Weißt du, was die Polizei dazu meint?«

»Ja. Ich hatte am Sonntag Frühdienst und wurde Zeuge eines Gesprächs zwischen Professor Stern und Hauptkommissar Wilson bei der Einlieferung der Leiche. Die Polizei tendiert wohl zu der Annahme, dass alle vier Morde in Verbindung zueinander stehen.«

»Das verstehe ich aber nicht«, meldete sich Ralf zu Wort und machte ein verblüfftes Gesicht. »Laura passt so gar nicht in das Beuteschema des Mörders. Sie war unverheiratet. Sie hatte die Baronin, Fatima und Anastasia nur ein einziges Mal auf Rixens Hochzeit getroffen, soweit ich weiß. Außerdem verkehrte sie als Lehrerin in ganz anderen Kreisen.« Er atmete tief durch, dann fuhr er fort: »Auch Bellinger ist aus einem ganz anderen Holz geschnitzt als die alten Freunde Rixen, Litzinger und Wertheim. Er hat keine spektakuläre Vergangenheit und ist deutlich jünger als die drei.«

»Doch das Entscheidende ist«, warf Marcus ein, »dass Bellinger im Gegenteil zu den anderen Witwern nichts mit dem Förderprogramm und den Stiftungsgeldern zu tun hat.«

»Vielleicht war es ein Trittbrettfahrer, der Laura tötete?«, suggerierte Leon.

Tan Dung schüttelte energisch den Kopf, bevor er sagte: »Laura passt hervorragend ins Schema!«

»Wie das denn?«, fragte Ralf. »Wo liegt da der rote Faden?« In seiner Stimme schwang ein Hauch von Zweifel.

Tan Dung stemmte sich von der Sitzbank hoch, dann ging er im Umkleideraum mit nachdenklicher Miene auf und ab. »Wenn wir davon ausgehen, dass die Zielsetzung des Mörders das Leid der Männer ist, dann erscheint alles, zumindest aus der Sicht des Mörders, ganz logisch. Bellinger liebte seine Freundin nicht weniger, als Rixen, Litzinger und Wertheim ihre Frauen liebten, ergo macht ihn der Verlust der Liebe seines Lebens zwangsläufig zu einem leidenden, gebrochenen und unglücklichen Mann.« Tan Dung hielt kurz inne, bevor er weiter sprach: »Übrigens, anders als die Polizei glaube ich nicht, dass diese Morde etwas mit der Vergangenheit zu tun haben. Meiner Meinung nach hängt das Mordmotiv mit einem Schlüsselerlebnis des Mörders in der Gegenwart zusammen.«

Spannungsvolle Minuten.

»Was schlägst du jetzt vor?«, fragte Leon und richtete seinen Blick auf Tan Dung. »Wie sollen wir vorgehen? Soll auch Bellinger als neue Zielperson beschattet werden?«

»Jaja, auf jeden Fall«, antwortete Tan Dung voller Überzeugung. »Aber ich habe noch eine Idee.«

»Und die wäre?«, wollte Marcus wissen.

Tan Dung lehnte sich an die weiße Kachelwand. Seine Emotionen waren inzwischen abgekühlt. In ruhigem Ton erklärte er: »Wir sollen die schon seit Längerem verwitweten Männer Richter Heinzmann und Professor Stern zusätzlich observieren.«

»Wieso das denn?«, entfuhr es Ralf.

»Auch die zwei Witwer leiden unter dem Tod ihrer Ehefrauen. Sie verströmen um sich herum eine Aura aus Trauer, Schmerz und Melancholie und können dadurch unbewusst das Interesse des Mörders an sich ziehen. Achmad möchte ab sofort das Observationsnetzwerk erweitern und zusätzliche Kräfte mobilisieren«, befand Tan Dung.

Plötzlich sprang Leon von der Bank auf und rief: »Und was machen wir? Ich habe es satt, hier nur herumzusitzen und irgendwelche Denkaufgaben zu lösen.« Jetzt ballte er seine Hände zu Fäusten und ging in eine Kampfstellung wie im Boxring. »Wir müssen endlich durchgreifen! Wir müssen wie echte Männer kämpfen!«

Tan Dung stockte der Atem. Doch er wusste, er durfte keine Schwäche zeigen, sonst würde die Situation außer Kontrolle geraten. Er holte tief Luft, hob den Kopf, fixierte Leon mit scharfen Blicken und sagte: »Setz dich hin! Hier wird nicht mit Fäusten gekämpft! In unserem Kampf werden ausschließlich Gehirne eingesetzt.«

Leon rührte sich nicht.

»Setz dich wieder hin!«, wiederholte Tan Dung mit fester Stimme, aber in ruhigem Ton. Er durfte jetzt bloß nicht die Nerven verlieren. »Wir sind nicht in der Position, uns offene Kämpfe zu leisten. Solange ich hier das Kommando habe und die Verantwortung für uns alle trage, wird nur aus dem Hinterhalt agiert. Hinsetzen!«

Leon, Tan Dung körperlich deutlich überlegen, gehorchte immer noch nicht.

Die Anspannung vibrierte buchstäblich im Raum.

Marcus und Ralf beobachteten mit neutralen Gesichtern die Szene und mischten sich nicht ein.

»Hinsetzen!«, forderte Tan Dung Leon erneut auf.« Ich verstehe deine Bedenken, ich schätze dein Engagement, aber glaube mir, dein Aktivismus ist im Moment für uns alle viel zu riskant. Wir sollen taktisch wohlüberlegt und klug vorgehen, den Mörder überlisten und erst dann zuschlagen, wenn der richtige Zeitpunkt gekommen ist.«

Nun schien sich Leon beruhigt zu haben. Er atmete mehrmals tief ein und aus, lockerte die Muskeln und öffnete die Fäuste. Mit entspannter Miene setzte er sich wieder hin, blinzelte und sagte: »Entschuldige bitte meinen Ausraster, Tan Dung.«

»Entschuldigung angenommen«, entgegnete Tan Dung. Ein Stein fiel ihm vom Herzen. Es war eine große Herausforderung, diese Jungs im Griff zu halten.

Nun atmeten alle im Raum erleichtert auf.

Ein paar Augenblicke des Schweigens verstrichen.

Als ob nichts Außergewöhnliches vorgefallen wäre, setzte Tan Dung wieder an: »Meine These basiert auf dem Kausalitätsprinzip von Ursache und Wirkung. Sie lautet nach wie vor: Der Mörder schaltet die Frauen aus – Frauen als Lichtgestalten und Quelle positiver Energie – weil er ihren Männern ihr Liebesglück nicht vergönnt.«

Marcus bemerkte: »Wie abartig!«

»Ja … Aber es kann wirklich was dran sein«, warf Ralf nach einer Weile ein.

Tan Dung sah auf die Uhr, schritt auf seinen Spind zu und kramte ein Smartphone hervor. »Jetzt sollten wir Schluss machen, um nicht aufzufallen. Ich kontaktiere nur noch schnell Achmad. In erster Linie sollen alle Friedhöfe, wo die Frauen – Anastasia, Fatima, Hannelore sowie Caroline und Sophie – begraben wurden, observiert werden. Lauras Leiche soll, soweit ich informiert bin, erst in den nächsten Tagen von der Rechtsmedizin freigegeben werden.«

Leon, Ralf und Marcus nickten ihre Zustimmung.

Tan Dung blinzelte, dann resümierte er mit funkelnden Augen: »Die Atmosphäre aus Trauer und Melancholie wird der Mörder sich nicht entgehen lassen – sie zieht ihn geradezu magisch an.«

27. KAPITEL

»Wie geht es Bellinger nach seinem Zusammenbruch?«, erkundigte sich Weigand am frühen Dienstagmorgen von seinem Chefsessel aus und blickte Wilson mit besorgter Miene an. »Haben Sie ihn gestern zu Hause besucht?«

Wilson saß Weigand gegenüber in dessen Büro. Er nickte, ließ sich aber Zeit mit der Antwort. Bellingers Bild erschien vor seinem inneren Auge: verzweifelt, verletzt, verwirrt. So hatte er ihn noch nie erlebt. Wilson tat es in der Seele weh, seinen Freund in diesem Zustand zu sehen. Schließlich sagte er: »Bellinger ist nur mehr ein Schatten seiner selbst. Nach seiner turbulenten Scheidung hatte er sich endlich eine neue Welt aufgebaut – mit Laura an seiner Seite. Nun liegt diese Welt in Trümmern. Er hat sich in seiner Wohnung verkrochen, spielt Miles Davis rund um die Uhr und redet kaum. Außerdem raucht er nach Jahren Abstinenz wieder Kette.«

»Lässt er sich wenigstens von unserem Polizeipsychologen betreuen?«

Wilson nickte.

»Sprechen Sie ihm bitte mein aufrichtiges Beileid aus, wenn Sie ihn das nächste Mal sehen.«

»Selbstverständlich.«

Ohne sichtbare Begeisterung griff Weigand zu der Akte mit der Aufschrift »Laura«, die mitten auf seinem Schreibtisch lag. »Na ja, jetzt sollten wir aber die Einzelheiten des Falls durchgehen. Ist Lauras Nachbarn im Dornbusch in der fraglichen Nacht etwas Besonderes aufgefallen – ein Fremder, ein Fahrzeug, Ruhestörung?«

Wilson schüttelte den Kopf. »Ich muss Sie enttäuschen. Nein.«

Weigand verfiel automatisch in den polizeilichen Fachjargon. »Lässt sich der Tathergang rekonstruieren?«

»Ja. Vermutlich wurde sie zuerst im Flur vor der Badezimmertür überfallen, dann ins Schlafzimmer geschleift, dort erstochen und zuletzt wie eine Stoffpuppe auf die Bettdecke geworfen.«

»Hat der Mörder Kampfspuren – Kratzer, Bisse, Haarpartikel, Hautfetzen – am Tatort hinterlassen?«

»Negativ. Eine Fremd-DNA ließ sich nicht isolieren.«

Weigands Miene verfinsterte sich. »Todeszeitpunkt?«

»Zwischen zwei und drei Uhr am Morgen.«

»Sonst noch irgendwelche Spuren? Finger- oder Schuhsohlenabdrücke?«

»Tja …«, murmelte Wilson und kniff die Augen zusammen, »bei Lauras Umzug in das Haus haben viele Personen mitgeholfen. Die registrierten Abdrücke von Bellinger, Rixen und seinen Azubis ließen sich ohne Probleme identifizieren, die übrigen konnte die Kriminaltechnik anhand der Datenbank nicht abgleichen.«

Weigand sah mit verblüfftem Gesichtsausdruck auf. »Rixen – haben Sie gesagt? … Was hat er schon wieder mit der Sache zu tun? Haben Sie ihn befragt?«

»Ja. Rixen gab zu Protokoll, zur Tatzeit in seiner Wohnung in der Bethmannstraße tief und fest geschlafen zu haben. Allein.«

Es klopfte an der Tür.

Wilson atmete erleichtert auf. Er war dankbar für diese Unterbrechung, die vom Thema Rixen abgelenkt hatte. Er sah zum jetzigen Zeitpunkt keinen Grund, Weigand von Bellingers und seiner Freundschaft mit Rixen in Kenntnis zu setzen. Dies hätte seine Ermittlungen nur noch komplizierter gemacht, als sie ohnehin schon waren.

»Herein!«, brüllte Weigand.

Oberstaatsanwalt Kretschmer betrat mit einem dicken Ordner unter dem Arm den Raum. »Guten Morgen«, grüßte er. »Entschuldigen Sie bitte meine Verspätung. Ich steckte in der Miquelallee im Stau.«

»Guten Morgen«, grüßten Weigand und Wilson unisono zurück.

Kretschmer fixierte Wilson: »Sagen Sie mal, wie geht es Ihrem Partner Bellinger? Der Tod seiner Freundin muss ihn wohl hart getroffen haben.«

»Oh ja, Bellinger ist nicht wiederzuerkennen.«

»Sprechen Sie ihm bitte mein aufrichtiges Beileid aus, wenn Sie ihn sehen … Nun lassen Sie sich aber durch meine Anwesenheit nicht weiter stören und fahren Sie fort.« Mit diesen Worten nahm Kretschmer seinen gewohnten Platz in der Ecke und fing sogleich an, sich Notizen zu machen.

Weigand wandte sich wieder Wilson zu. »Die Tatwaffe?«

»Ein ›Balisong‹, das Butterflymesser. Mittelscharf, Klingenlänge etwa 20 cm, Klingenbreite unter 10 mm. Lässt sich über das Internet bestellen. Wir überprüfen noch die dunklen Kanäle.«

»Die Todesursache?«

»Eine Messerstichverletzung mit tödlicher Folge. Es zeigen sich zwei tiefe parallel verlaufende Stichwunden unter der fünften Rippe links. Die Messerspitze ist jeweils gekonnt nach oben zur linken Herzkammer hin gezogen worden.«

»Waren da Profis am Werk?«

»Ja, wobei, wie Sie wissen, derartige Details werden heutzutage im Internet beschrieben.«

Weigand klappte die Akte zu. »Noch etwas Interessantes?«

»Ja! Wir haben Lauras Smartphone untersucht. Der Mörder schrieb ihr eine SMS und gab vor, Bellinger zu sein. Deswegen fanden wir auch keine Einbruchsspuren im Haus. Sie hat ihm wohl selbst die Eingangstür geöffnet.«

»Ließ sich die SMS zurückverfolgen? Handypeilung? Fingerabdrücke?«

Wilson stöhnte auf. »Fehlanzeige. Das Prepaid-Handy, von dem aus die SMS gesendet wurden, ließ sich orten – wir haben es in einem Abfallkorb am nördlichen Mainufer in der Nähe des Eisernen Stegs gefunden – doch es galt bereits als vermisst. Die Fingerabdrücke auf dem Gerät ließen sich lediglich seinem rechtmäßigen Besitzer, einem Asylbewerber aus Nordafrika, zuordnen.«

Weigand warf Wilson einen düsteren Blick zu. »Es sieht für die Ermittlungen wirklich nicht gut aus … Parallelen zu unseren anderen Fällen?«

»Ja. Der Täter hat wieder ein Schmuckstück als Trophäe mitgenommen: ein Silberarmband mit Schmetterlingen, Bellingers Geschenk.«

Weigand stieß einen Seufzer aus. »Tja … damit wir Lauras Tod der laufenden Mordserie endgültig zuordnen können, fehlt uns also praktisch nur die anonyme Postkarte.«

»Exakt. Bis Freitag müssen wir uns aber gedulden.«

Plötzlich mischte sich Kretschmer in den Dialog ein. »Hm, vier Frauenmorde – erdrosselt, erschlagen, erschossen, erstochen – innerhalb von vier Wochen warten auf Aufklärung«, fasste er zusammen. Er bedachte Wilson mit einem herausfordernden Blick. »Was sagen Sie als Experte zum Täterprofil?«

Wilson richtete sich in seinem Stuhl auf und straffte die Schultern. »Ich bin nach wie vor davon überzeugt, dass wir es hier mit zwei Tätern zu tun haben.«

»Die Begründung bitte!«

Wilson überlegte nicht lange. »Der eine – ein Psychopath – ist dominant, spielt den aktiven Part. Er sucht die Opfer gezielt aus. Er ist von seiner Gier getrieben und tut alles, um seinen Willen durchzusetzen. Der zweite – ein Soziopath – ist passiv, folgsam. Er ist derjenige, der im Vorfeld der Morde die Opfer ausspioniert, ihre Gewohnheiten und ihren Tagesablauf studiert.«

»Bitte weiter«, ermutigte ihn Kretschmer aus der Ecke.

»Beide, obwohl ihre Bewusstseinsstrukturen nicht unterschiedlicher sein können, betrachten Schopenhauer als ihren Propheten und halten sich für seine Jünger. Sie sind vom Thema ›Leid‹ geradezu besessen. Wenigstens einer ist gebildet genug, um Schopenhauers ›*Die Welt als Wille und Vorstellung*‹ gelesen und verstanden zu haben.«

Die nachfolgende Pause dehnte sich über mehrere Minuten.

»Danke«, beendete Kretschmer mit seiner Whiskystimme das Schweigen. »Ich habe genug gehört.« Dann hob er sein Bulldoggenhaupt und sah Wilson lang und tief in die Augen. »Ich glaube, es ist höchste Zeit, dass Sie sich dieses Mörderduo schnappen und es Weigand und mir vor die Füße werfen. Schließlich sind die Täter keine Erscheinungen aus einer Geisterwelt. Ihre Taten sind ja real genug.«

Kretschmers Worte hallten in der Stille nach.

28. KAPITEL

Wenn es irgendetwas gab, was Bellinger an diesem Mittwochabend wenigstens ein bisschen tröstete, dann war es der Duft der Rosen im Innenhof. Im Dämmerlicht ließ er sich in seine Schaukel fallen, dann starrte er wie versteinert vor sich hin. Sollte es die Absicht des Täters sein, dachte er, mich diesen unbeschreiblichen Seelenschmerz spüren zu lassen, hatte er sein Ziel spätestens jetzt erreicht.

Mit zittrigen Händen zündete er sich eine Zigarette an und inhalierte tief.

Seine Augenlider zuckten, seine Sinne waren wie betäubt. Von einem Gefühl der absoluten Leere beherrscht, nahm er seine Umgebung kaum wahr.

Eine Stunde verging.

Es wurde Nacht, eine atemberaubend schöne Sommernacht. Ein Firmament voller funkelnder Sterne spannte sich über Frankfurt.

Eine weitere Stunde verging.

Irgendwann stemmte sich Bellinger aus seiner Schaukel hoch. Wie in Trance steuerte er seine Wohnung an. In der Küche schenkte er sich einen Riesling ein, dann tappte er mit dem Weinglas in der einen und einer Schachtel Zigaretten in der anderen Hand ins Arbeitszimmer. Dort setzte er sich vor seinen Schreibtisch und schaltete den Laptop ein. Seine Nackenmuskeln verspannten sich, seine Augen brannten, er blinzelte. Eines war ihm klar geworden: Wenn er jemals die Identität Lauras Mörders herausbekommen wollte, bliebe ihm eine einzige Chance – er musste die Botschaft der anonymen Karten lüften. Doch wie sollte er diesen seltsamen

Satz enträtseln? Er war schließlich Polizist und kein Philosoph. Bellinger schluckte schwer, seine Kehle schnürte sich zusammen. War er denn momentan überhaupt in der Lage, klar und logisch zu denken? Egal, verflucht noch mal, er durfte keine Zeit verlieren.

Wenig später fixierte er den Bildschirm, googelte und las:

»*Alles Leben ist Leiden* – behauptet Arthur Schopenhauer in seinem Hauptwerk ›*Die Welt als Wille und Vorstellung*‹. Damit begründet er ein durch und durch pessimistisches Weltsystem. Die Erfahrung, die seine Philosophie später prägen sollte, hat er in jungen Jahren gemacht: *In meinem 17.ten Jahre, ohne alle gelehrte Schulbildung, wurde ich vom Jammer des Lebens so ergriffen wie der Buddha in seiner Jugend, als er Krankheit, Alter, Schmerz und Tod erblickte. Die Wahrheit, welche laut und deutlich aus der Welt sprach, überwand bald die mir eingeprägten Dogmen. Mein Resultat war, dass diese Welt kein Werk eines allgütigen Wesens sein könnte, wohl aber das eines Teufels, der Geschöpfe ins Dasein gerufen hat, um sich am Anblick ihrer Qual zu weiden.*

Der Vergleich der Philosophie Schopenhauers – insbesondere seines Pessimismus – mit Buddhismus ist durchaus angebracht. Auch in der Lehre des Buddhas ist die Erfahrung des irdischen Leides von zentraler Bedeutung. Buddhas Vier Edlen Wahrheiten beginnen mit der Wahrheit vom Leiden.«

Bellinger zündete sich eine Zigarette an, blies die blaue Rauchwolke in die Luft und überlegte: War der Mörder ein psychopathischer *Pessimist*, der sich von Schopenhauers Texten zu mörderischen Taten verleiten ließ? Verflucht! War so etwas vorstellbar? Konnte er, von Schopenhauers Gedankenwelt besessen, die entgegengesetzte Grundhaltung, den Optimismus, in seiner Nähe nicht ertragen? Mutierte er deswegen zu einem Serienmörder?

War es seine Absicht, die Optimisten psychisch und physisch zu brechen?

Tränen rannen über Bellingers Gesicht.

Nach einer Weile nahm er einen Schluck Riesling und loggte sich in die Website der Schopenhauer-Gesellschaft ein. Er las hintereinander mehrere Artikel, bis er irgendwann das Gefühl hatte, sein Gehirn würde gleich explodieren. Mental und körperlich völlig erschöpft erhob er sich vom Stuhl und marschierte ins Wohnzimmer. Dort lief er wie ein Tiger im Käfig auf und ab und versuchte, seine Nerven zu beruhigen.

Es dauerte lange, bis er endlich stehen blieb. Im Halbdunkel griff er nach seinem Tenorsaxofon, das auf der Couch im Futteral lag, und begann, das Instrument, das er seit seiner Scheidung nicht mehr gespielt hatte, mit einem Seidentuch zu polieren. Er dachte an Laura. Ein zerronnener Traum! Er erinnerte sich an ihre Stimme, an ihr Lächeln, an ihren Geruch. An ihre Herzlichkeit, ihre Fröhlichkeit – und die positive Einstellung zum Leben. War ihr Letzteres zum Verhängnis geworden?

Er sammelte all seine Kraft und war bereit, ein vor langer Zeit einstudiertes Bluesstück zu spielen, als es an seiner Wohnungstür klingelte. Überrascht legte Bellinger sein Saxofon auf der Couch ab, ging in den Flur hinaus und öffnete die Tür.

»Hi«, grüßte ihn Wilson und überreichte ihm einen Karton mit einer vegetarischen Pizza und eine Packung Bioerdbeeren. »Ich dachte mir, dass du vielleicht Hunger hast oder ein bisschen reden möchtest.«

»Echt nett von dir, komm rein«, bedankte sich Bellinger mit einem matten Lächeln, geröteten Augen und dunklen Augenringen.

Wilson schloss die Tür hinter sich und folgte Bellinger in Richtung Küche. Dabei musterte er seinen trauernden Freund: gebeugte Haltung, hängende Schultern, mühsame

Schritte, schwarze Jeans, schwarzes T-Shirt, zerzaustes Haar. Solange er ihn kannte – in derartig niedergeschlagener Verfassung hatte er Bellinger noch nie erlebt, musste er sich eingestehen. Was für ein Kontrast zu dem Mann, den er bis vor Kurzem gekannt hatte: gepflegt, diszipliniert und auf gesunde Ernährung in Bioqualität beinahe obsessiv fixiert.

Geistesabwesend deponierte Bellinger die noch warme Pizza und die Erdbeeren auf der Anrichte.

Sie schwangen sich auf die Barhocker.

Auf dem Bistrotisch zwischen ihnen bemerkte Wilson einen vollen Aschenbecher, eine leere Weinflasche sowie eine Gemüse-Lasagne, kalt und nicht angerührt.

»Die Lasagne hat mir Rixen während seiner Mittagspause vorbeigebracht«, erklärte Bellinger, als er Wilsons irritierten Blick bemerkte.

»Na ja«, sagte Wilson und zeigte ein betroffenes Gesicht, »wir machen uns eben Sorgen um dich ... Oliver, kann ich etwas für dich tun? Dafür sind Freunde ja da.«

Bellinger war gerührt. »Ich danke dir. Ich komme schon klar. Der Polizeiarzt hat mich noch bis Freitag wegen posttraumatischer Belastungsreaktion krankgeschrieben ... Möchtest du etwas trinken? Einen extratrockenen Riesling vielleicht?«

»Ein Glas Mineralwasser genügt.«

Bevor Bellinger etwas entgegnen konnte, hatte sich Wilson in der übersichtlich angeordneten Küche bedient.

Eine Weile saßen sie schweigend am Bistrotisch.

Wilson nippte an seinem Glas und fragte: »Was hast du denn heute so alles gemacht?«

Bellingers Gesicht wurde noch blasser, als es ohnehin war. »Um ehrlich zu sein, ich habe nicht die leiseste Ahnung. Ein Filmriss. Ich kann mich bestenfalls daran erinnern, dass ich im Internet recherchiert habe.«

»Worüber denn?«

Bellinger strich das viel zu lange Haar nach hinten. »Über Schopenhauer und seine Frankfurter Jahre. Über seine Überzeugung, dass der Welt ein irrationales Prinzip zugrunde liegen würde, über Pessimismus und Atheismus. Über sein ambivalentes Verhältnis zu Frauen im Allgemeinen und zu seiner Mutter und seiner Schwester im Speziellen … Diese Botschaft geht mir einfach nicht aus dem Sinn.«

Wilson stöhnte auf. »Und – hattest du einen Geistesblitz?«

Bellinger schüttelte den Kopf.

Eine Weile sagte Wilson nichts und schaute durch das halb geöffnete Küchenfenster in die Nacht hinaus.

Bellinger wechselte das Thema. »Ist Bianca gut bei ihrer Familie in Rio angekommen?«

Wilsons Augen blitzten, ein Lächeln umspielte seine Lippen, seine Gesichtszüge wurden weicher. Er schien an seine wunderschöne Freundin, eine Musicalschauspielerin, zu denken. »Jaja.«

»Wenigstens etwas Positives«, räumte Bellinger ein. »Sie soll dort solange bleiben, bis der Mörder hier gefasst und verurteilt ist.«

Wilson räusperte sich. »Warum glaubst du, dass Bianca das nächste Opfer in der Mordserie sein könnte?«

»Es ist eine logische Schlussfolgerung … Was verband die Opfer: die Baronin, Fatima, Anastasia und Laura miteinander? So gut wie nichts, abgesehen davon, dass sich ihre Männer kannten. Wann haben sich die vier Frauen zuletzt gesehen? Am 13. Juni bei Rixens Hochzeit. Wer war der fünfte weibliche Gast? Bianca.«

Es wurde still in der Küche.

Wilson wurde von Minute zu Minute nervöser.

Bellinger rieb sich die Augen mit beiden Händen, fuhr sich dann über das unrasierte Gesicht und fragte schließlich: »Wie weit bist du mit deinen Ermittlungen?«

Wilson legte die Stirn in Falten. »Ich muss dich enttäuschen. Es ist so, als ob ich einem Trugbild, einer *Illusion* hinterher jagen würde. Wir haben de facto keine relevanten Spuren, keine Zeugen, keine Hinweise und keinen Tatverdächtigen«, zählte Wilson auf. Dann fügte er mit veränderter Stimme hinzu: »Mir geht Rixen in dieser Konstellation nicht aus dem Kopf … Vielleicht sollen wir endlich der Wahrheit ins Gesicht sehen, Oliver. Natürlich kennen wir Rixen, doch was wissen wir denn in Wirklichkeit von ihm?« Wilson hielt inne, dann sagte er mit bitterem Unterton: »In unserer Wunschvorstellung mag ja Rixen unschuldig sein, doch die Vorstellung ist immer subjektiv. Die Indizien sind eindeutig. Wir dürfen im Namen der Freundschaft keinen Mörder decken!«

Bellinger widersprach vehement: »Rixen ist kein Mörder!«

Wilson funkelte ihn an. »Rixen war damals im Club dabei, als du uns mitgeteilt hast, dass dich Weigand mit der Klärung des Mordfalls in der Moselstraße beauftragt hat. Rixen wusste also Bescheid, dass Laura alleine und schutzlos in ihrem Haus bleiben würde.«

»Dann kommen Stern und Heinzmann, die im Club auch anwesend waren, als Mörder genauso gut in Betracht!«, explodierte Bellinger. Sein cholerisches Temperament ging mit ihm durch.

»Traust du etwa Stern oder Heinzmann einen Mord zu? Jetzt lässt du dich aber gewaltig von deiner Fantasie treiben!«, polterte Wilson zurück.

Ein paar angespannte Augenblicke verstrichen, bis sich beide wieder gefasst hatten.

Bellinger warf Wilson einen finsteren Blick zu. »Kannst du mir bitteschön erklären, aus welchem Motiv heraus Rixen die Frauen ermorden sollte? Bei Hannelore könnte man vielleicht noch von Geldgier ausgehen. Aber wir haben es hier mit einer verfluchten Mordserie zu tun.«

»Okay, okay.« Wilson wandte sich nun zum Gehen und sagte zum Abschied: »Ich gebe mich geschlagen, du hast mich überzeugt. Rixen kommt als Mörder nicht infrage.«

Doch sein Gesichtsausdruck sprach eine andere Sprache.

29. KAPITEL

Am frühen Donnerstagmorgen saßen Tan Dung und seine jungen Kollegen in der Hausmeisterwohnung auf dem nepalesischen Teppich. Jetzt, nach ihrer Meditationsübung, tranken sie einen besonderen Kräutertee und inhalierten irgendwelche berauschenden Substanzen aus Lamberts Schatzkästchen, das er stets unter seiner Bettmatratze versteckte. Auch wenn sie sich körperlich unterfordert fühlten und sich seit knapp sechs Wochen nach einem ordentlichen schweißtreibenden Boxtraining sehnten, konnten sie nichts daran ändern. Rixen hatte seine Stunden aus ihrem Unterrichtsplan bis auf Weiteres gestrichen.

Im Raum brannten fünf Butterlämpchen; Ruhe und Harmonie breiteten sich aus. Die Stimmung hatte etwas Erhabenes und Spirituelles an sich. Tan Dung liebte diese Atmosphäre.

Lambert hob den Blick, sah die Azubis, die buddhistische Gebetskette in der Hand, an und fragte: »Worüber soll ich euch heute erzählen?«

Wie üblich antwortete Tan Dung im Namen der Jungs: »Über die Vierte – die letzte – Edle Wahrheit, bitte.«

»Aber gern. Die Vierte Wahrheit lehrt, dass es einen Weg gibt, der zum Beenden des Leidens führt.« Ein Lächeln huschte über Lamberts Lippen. »*Dies, ihr Mönche*, offenbarte der Buddha, *ist die edle Wahrheit von dem Weg, der zur Aufhebung des Leidens hinführt – der edle achtfache Pfad: rechte Ansicht, rechtes Denken, rechte Rede, rechtes Tun, rechter Lebenserwerb, rechte Anstrengung, rechte Konzentration und rechte Achtsamkeit.*«

Nachdenkliche Minuten folgten.

Bewegungslos betrachtete Tan Dung eine tibetische feuervergoldete Buddhastatue, die auf Lamberts Marmorkonsole im Lichtschein der Butterlämpchen glänzte. Es war Amitabha, der Buddha der westlichen Himmelsrichtung. Tan Dung fragte sich, ob diese Statue jener glich, die einst in Schopenhauers Arbeitszimmer stand – wie er gestern im Internet gelesen hatte. Als Nächstes stellte er sich die Frage, ob er die Botschaft des Mörders vielleicht doch lieber im Kontext der westlichen Philosophie interpretieren sollte, wie Bellinger es tat.

*

Bis zum morgendlichen Rapport blieben noch 15 Minuten Zeit, die Tan Dung nutzen wollte, um mit Leon, Ralf und Marcus die aktuellen Ergebnisse der »Operation Buddha« zu besprechen. Nach Lamberts Lehrstunde war er nun davon überzeugt, dass es in seiner Macht lag, das Leid – mit anderen Worten: die Mordserie – zu beenden, doch er musste sein Gehirn noch mehr anstrengen, konzentrierter und achtsamer werden.

Zu viert betraten sie jetzt die Umkleide, ihre Operationszentrale.

Leon zog die Tür hinter sich zu.

Tan Dung ging direkt zu seinem Spind und überprüfte die letzten eingegangenen Nachrichten in einem seiner zahlreichen Mobiltelefone. Ihm war es wichtig, die Berichte der an vielen Zielorten zeitgleich eingesetzten Jungs zu lesen, um Zusammenhänge herzustellen und richtige Schlüsse zu ziehen. Nicht weniger wichtig war ihm die Auswertung der Videos, auch wenn die aus großem Abstand aufgenommenen Bilder zumeist unscharf waren. Währenddessen fingen Marcus und Ralf an, sich für die Arbeit umzuziehen.

Leon nahm eine abwaschbare grüne Schürze aus Gummi in die Hand, dann wandte er sich Tan Dung zu. »Was berichtet Achmad? Was macht Hauptkommissar Bellinger?«

Tan Dung sah von seinem Mobiltelefon auf und gab zur Antwort: »Er hat sich in seiner Wohnung verbarrikadiert, liegt die meiste Zeit in seiner Schaukel auf der Terrasse, raucht Kette und starrt vor sich hin. Rixen und Hauptkommissar Wilson sind die Einzigen, die ihn besucht haben.«

»Was macht Richter Heinzmann?«, wollte Marcus wissen.

»Er hat einen strukturierten Tagesablauf. Nach der Arbeit geht er mit seinem Pudel spazieren, außerdem besucht er täglich das Grab seiner Frau auf dem Friedhof, wo er Selbstgespräche führt«, referierte Tan Dung. »Scheint ein Einzelgänger zu sein. Bisher ist keine verdächtige Person in seinem Umfeld gesichtet worden.«

Jetzt wurde Ralf neugierig und fragte: »Was unternimmt Professor Stern in seiner Freizeit?« Dann bemerkte er: »Er wirkt immer so traurig, manchmal richtig geistesabwesend.«

»Na ja, auch er fährt nach dem Feierabend zum Friedhof ans Grab seiner Frau. Jedenfalls scheint er trocken zu bleiben. Ansonsten führt er außerhalb des Instituts ein sehr zurückgezogenes Leben.«

»Neuigkeiten von Rixen, Litzinger und Wertheim?«, erkundigte sich Leon.

Tan Dung schüttelte den Kopf, setzte sich hin und schaltete sein Mobiltelefon aus. »Auch sie besuchen regelmäßig die Gräber ihrer Frauen auf den Friedhöfen in Bad Homburg, Frankfurt und Wiesbaden. Manchmal treffen sie sich zu dritt in einem Café auf dem Römerberg und unterhalten sich. Auch in ihrer Nähe haben unsere verdeckt eingesetzten Jungs keine verdächtigen Personen entdecken können.«

Inzwischen waren Leon, Ralf und Marcus für den Rapport fertig umgezogen. Sie setzten sich hin.

Eine Pause entstand.

Schließlich sagte Leon: »Hm, irgendwie klingt das alles ziemlich frustrierend. Wir kommen unter deinem Kommando keinen Schritt voran!«

Tan Dung reagierte gelassen. »Es mag ja sein, dass unsere Operation im Moment etwas stagniert ... Willst du einen Rückzieher machen?«

»Im Gegenteil!«, rief Leon. Unerwartet stemmte er sich mit geballten Fäusten von der Bank hoch. »Wir sollen endlich etwas unternehmen!«

Jetzt stand Marcus auf und fletschte die Zähne. »Wir sollen wie echte Männer handeln und nicht ewig irgendwelche Überlegungen in der Umkleide anstellen!«

Ralf tat es den beiden nach und knurrte: »Diese seit Wochen abwartende Haltung führt zu Nichts!« Er blickte Tan Dung vorwurfsvoll an. »Deine ›Operation Buddha‹ liefert doch keine Ergebnisse!«

Die Jungs nahmen eine Kampfstellung wie im Boxring ein.

»Setzt euch wieder hin!«, forderte Tan Dung sie auf.

Die drei großgewachsenen, muskelbepackten und offensichtlich aufgebrachten Jungs gehorchten nicht. Ihre Augen schleuderten Blitze.

»Hinsetzen!«

Keine Reaktion.

Eine Meuterei, begriff Tan Dung. Nun war also der Moment gekommen, vor dem er sich schon die ganze Zeit gefürchtet hatte. Auch wenn er innerlich zitterte, sagte er mit fester Stimme: »Nicht der Kampf sondern die Gelassenheit ist unsere Stärke. Wir dürfen nur über das Observationsnetzwerk aus sicherer Distanz agieren und nie in den Vordergrund treten. Ansonsten kann ich das Risiko, von Bullen erwischt zu werden, nicht mehr kalkulieren.«

Sie blieben immer noch stehen und funkelten ihn an. Ihre Aggressivität war im Raum spürbar.

Tan Dung hielt inne. Er wusste, wie unberechenbar und aufbrausend sie sein konnten. Ihnen fehlte eindeutig Rixens hartes Boxtraining als Ventil für ihre angestaute, potenziell kriminelle Energie. Sie mussten noch lernen, wie destruktiv brachiale Gewalt und unüberlegter Aktionismus waren. Auch wenn sie in Rixens Fall gute Absichten hatten, so wählten sie den falschen Weg. Tan Dung durfte nicht zulassen, dass die Situation in der Umkleide eskalierte. Jetzt sprach er betont langsam: »Unsere Bewährungszeit liegt bei 2 Jahren, bei Achmad und seinen Jungs sind es sogar 3 Jahre. Sollten wir als Verurteilte gegen die Bewährungsauflagen verstoßen oder eine weitere Straftat begehen, wird unsere Bewährung widerrufen und wir haben unsere Strafe in voller Länge zu verbüßen. Ist euch das bewusst?«

Sie nickten nach ein paar Sekunden Verzögerung.

Tan Dung sah sie an. »Nur um es klarzustellen: Falls wir im Knast sitzen, ist Rixen damit auch nicht geholfen. Es ist durchaus möglich, dass er ohne unsere heimliche Unterstützung selbst bald in der JVA landet.«

Sie zeigten nicht die geringste Reaktion.

Tan Dung holte tief Luft, hob den Blick und setzte erneut an: »Wer würde sich schon für Bewährungsversager interessieren? Niemand. Wer würde noch Geld in unsere Zukunft investieren? Niemand.«

Nach diesen Worten schienen sie sich allmählich beruhigt zu haben. Sie lockerten die Muskeln, lösten die Fäuste und holten sich nacheinander kaltes Wasser aus dem Spender. Dann setzten sie sich wieder hin, zeigten friedliche Gesichter und murmelten eine kaum hörbare Entschuldigung.

Tan Dung war erleichtert. Er hatte die explosive Situation in letzter Sekunde beherrschen können. Doch er wusste, dass ihm das ein weiteres Mal nicht mehr gelingen würde. Die Jungs erwarteten von ihm Erfolgserlebnisse. Und die musste er ihnen so schnell wie möglich liefern. Er sollte sich nun einen superschlauen nächsten Schritt überlegen, wenn er die »Operation Buddha« bald erfolgreich zu Ende bringen wollte.

30. KAPITEL

Es war Freitagabend, kurz vor 21:00 Uhr, und sie sollten sich beeilen, weil der Friedhof gleich schließen würde. Sie gehörten zu den letzten Besuchern, um sie herum herrschten Ruhe und Frieden.

Im Schatten alter Eichen und Kastanienbäume saßen sie schweigend und wie angenagelt auf einer Bank.

Endlich fragte Atman: »Wo ist die fünfte von ihnen?« Er drehte den Kopf nach links und rechts, um sich zu vergewissern, dass ihn niemand hörte.

»Wenn ich das bloß wüsste …«, seufzte Brahman und fixierte die Inschrift auf der Marmortafel.

»Sie ging uns durch die Lappen!«, rief Atman zornig.

Brahman entgegnete nichts.

Atman hakte nach: »Hast du auch genau ihre Wohnung in Niedernhausen beobachtet?«

»Ja klar. Dort ist sie seit Anfang der Woche nicht mehr aufgetaucht.«

»Was ist mit ihren Freundinnen?«

»Ich habe alles überprüft. Sie erscheint auch nicht mehr im Theater zu den Proben.«

»Na toll! Wo hat er sie versteckt? Meinst du, er ließ sie zurück nach Brasilien fliegen?«

»Ich fürchte, ja.«

Atman packte die eiskalte Wut. »Der schwarze Hurensohn hat uns alles vermasselt. Sonst wäre alles perfekt gelaufen … Dafür wird er büßen!«

»Oh ja, ja, er wird büßen«, pflichtete ihm Brahman wie ein Echo bei.

Der Juliabend war wunderschön, doch der Anblick dieser Schönheit tat ihnen im Herzen weh. Nicht einmal den Blumenduft und das Vogelgezwitscher konnten sie ertragen. Ihre fünf Sinne waren längst ausgebrannt. Unfähig, positive Gefühle zu empfinden und sich an ihnen zu erfreuen, verfluchten sie im Geiste die Sonnenstrahlen und das Licht. Sie sehnten sich nach Schatten, Regen und ewiger Dunkelheit.

Doch sie sollten nicht allein in ihrem Leid sein.

»Es ist noch nicht vorbei«, murmelte Atman vor sich hin.

»Ganz richtig, ganz richtig«, stimmte Brahman ihm zu.

»Schon bald holt er seine schwarze Hure aus Brasilien zurück«, setzte Atman nach ein paar Sekunden wieder fort. »Er liebt sie, sie macht ihn glücklich, er braucht ihre Nähe. Und genau das wird ihm zum Verhängnis.«

»So ist es, so ist es«, bestätigte Brahman. »Da sie ihm viel bedeutet, kann man ihm so richtig wehtun. Dafür werden wir sorgen – ganz gewiss … Noch ist der letzte Vorhang in diesem Spiel nicht gefallen.«

Atman erhob sich schweigend von der Bank.

Brahman tat es ihm nach, stolperte aber aus Versehen über einen Blumentopf, stürzte zu Boden und verletzte sich am Kopf.

Irgendwann später schritten sie geistesabwesend an einer Reihe von Gruften und Grabsteinen mit uralten Inschriften vorbei.

Die Totenstille war omnipräsent.

*

Bellinger drehte die Musik, ein Jazzstück von Miles Davis, in seinem Wohnzimmer leiser, um die Nachtruhe seiner Nachbarn nicht zu stören. Es war 22:15 Uhr am Freitagabend. Mit Unbehagen dachte er an den heutigen Tag zurück und warf sich auf die Couch. Halb liegend zündete er sich eine Zigarette an und ließ die Ereignisse Revue passieren.

Nachdem er am Vormittag die anonyme Postkarte mit dem bewussten Satz in seinem Postfach – wie erwartet – vorgefunden hatte, informierte er darüber Wilson. Als Nächstes ließ er die Karte von einem Kriminaltechniker abholen, auch wenn er davon überzeugt war, dass der Täter auch dieses Mal keine Fingerabdrücke hinterlassen hatte. In der sicheren Erkenntnis, dass es sich in Lauras Mordfall jetzt eindeutig um ein weiteres Opfer in der Mordserie handelte, machte er sich auf den Weg zum Friedhof. Wenn ihm Rixen keinen Beistand geleistet hätte, wäre er während Lauras Bestattung zusammengebrochen. Am Grab überfiel ihn das eigentümliche Gefühl, beobachtet zu werden, doch vermutlich bildete er sich das nur ein.

Nun plagten Bellinger Kopfschmerzen. Seine Körperverfassung befand sich in desolatem Zustand, sein Kreuz tat weh, sein Magen rebellierte, der Kreislauf schwankte. Mit Empörung dachte er daran, dass Wilson mittlerweile Rixen als mutmaßlichen Täter in Betracht gezogen hatte. Auch Stern, Heinzmann, Litzinger und Wertheim hatten angeblich ihr Misstrauen geäußert. Wie konnten die fünf bloß an Rixens Unschuld zweifeln?, ärgerte sich Bellinger und verstand die Welt nicht mehr. Mit zitternder Hand griff er nach dem Aschenbecher, da fing sein iPhone auf dem Couchtisch an zu klingeln. Bellinger warf einen vernebelten Blick auf die Rufnummer auf dem Display, dann hob er das iPhone ans Ohr. »Jeff, was gibt's?«

»Hi. Was weißt du über Hugo Lambert?«, schoss Wilson seine Frage hervor.

»Oh! Du meinst den selbst ernannten Guru, der auf Rixens Initiative hin die Azubis in Buddhismus unterrichtet? Der ist zwar etwas verrückt, aber harmlos.«

»Harmlos? Rombach fand ihn von Anfang an suspekt. Ich überlege im Moment, ob du ihn nicht etwa zu früh aus dem Kreis der Verdächtigen ausgeschlossen hast.«

»Jeff, was soll das?«

»Es ist ein anonymer Anruf mit dem Hinweis auf die Identität unseres mysteriösen Serientäters auf der Hotline eingegangen.«

»Konnte der Anruf zurückverfolgt werden?«

»Ja. Eine öffentliche Telefonzelle, ein Relikt aus dem vorigen Jahrhundert in der Düsseldorfer Straße, leider sind keine Überwachungskameras in der Nähe.«

Bellingers Nacken versteifte sich augenblicklich. »Wer soll dem Anrufer nach der Mörder sein?«

»Na eben Hugo Lambert.«

Bellinger drückte das iPhone ans Ohr. Sein Puls raste. »Das kann nicht sein.«

»Das kann nicht sein?«, explodierte Wilson. »Lambert wurde in der Fremdenlegion ausgebildet, er hat gelernt, wie man Menschen tötet und Spuren beseitigt.«

Bellinger brüllte jetzt, gleichermaßen verwirrt wie entsetzt, zurück: »Das ist aber lange her. Heute ist er Buddhist und lebt nach dem Gebot der Gewaltlosigkeit!«

Wilson schien den letzten Satz überhört zu haben. »Ich muss dem Hinweis nachgehen und Lambert unter die Lupe nehmen.« Ein tiefes Atemholen. »Wir sollen die Sache sowieso in einem … einem neuen Licht betrachten … Vielleicht hast du ganz am Anfang etwas von Bedeutung für die späteren Ermittlungen übersehen.«

»Das glaube ich nicht … Wo bist du?«

»Im Auto in der Kennedyallee, auf dem Weg ins Institut mit Rombach auf dem Beifahrersitz.« Damit beendete Wilson das Telefonat.

Bellingers Herz schlug jetzt wie wild. In seinem Wutausbruch knallte er den Aschenbecher gegen die Wand und fragte sich, ob er in seinen Ermittlungen wohl tatsächlich einen gravierenden Fehler begangen hatte.

Hätte er Lauras Ermordung verhindern können? Er spürte, wie sich sein Magen verkrampfte und Übelkeit in ihm aufstieg.

Hatte er Laura auf dem Gewissen?

*

Zehn Minuten später klopfte Wilson an der Tür der Hausmeisterwohnung im Untergeschoss des Instituts. Rombach, die Dienstpistole im Anschlag, stand neben ihm.

»Polizei!«, rief Wilson. »Machen Sie die Tür auf!«

Keine Regung, keine Geräusche, keine Reaktion.

»Sollen wir hineingehen?«, fragte Rombach voller Tatendrang.

Wilson nahm seine Dienstpistole aus dem Schulterholster in die Hand. »Ja.«

Rombach drückte auf die Klinke. Die Tür war unverschlossen.

Wilson streckte den Rücken durch und lauschte.

Sie traten ein und blickten sich um. Ein Wohnraum, eine Kochnische, eine Nasszelle. Ansonsten ein buddhistischer Altar, Rollbilder, Klangschalen. Von Hugo Lambert keine Spur.

Sie steckten ihre Polizeipistolen wieder ein.

Wilson ging einen Schritt vor. Ein ganz besonderer Duft stieg ihm in die Nase. Wow! Bin ich hier etwa in einer Opiumhöhle gelandet?, fragte er sich.

Rombach blieb angespannt.

»Es könnte nicht schaden, sich hier genauer umzusehen«, sagte Wilson und holte zwei Paar Latexhandschuhe und Asservatentütchen aus seinen Hosentaschen. »Vielleicht finden wir etwas von Relevanz für die Ermittlung. Wenn schon keine heiße, dann wenigstens eine lauwarme Spur.«

»Wir haben keinen richterlichen Durchsuchungsbeschluss«, gab Rombach zu bedenken und rührte sich nicht. »Kriminaldirektor Weigand warnt immer wieder davor, einen Formfehler im Dienst zu begehen«, wandte er ein.

»Um Gottes willen, sei doch nicht so kleinkariert, Thorsten!«

Rombach rückte seine Brille zurecht. »Wie du meinst. Es ist deine Entscheidung.«

Wilson verdrehte die Augen.

Sie zogen die Latexhandschuhe an.

Die Durchsuchung der Hausmeisterwohnung dauerte nicht einmal fünf Minuten, da rief Rombach: »Jeff! Schau, was ich unter der Bettmatratze gefunden habe!«

Wilson drehte sich um und trat näher heran. Rombach überreichte ihm mit Vorsicht eine kleine Schatulle. »Ich bin der Meinung, dass wir dieses verdächtige Objekt erst im Präsidium aufmachen sollen. Die Jungs von der SpuSi werden …«

»Geh mir nicht auf die Nerven, Thorsten!«, unterbrach ihn Wilson mitten im Satz und hob den Deckel mit der Fingerspitze an.

Zum Vorschein kamen: ein Ehering aus Platin, ein Brillantring, eine goldene Kette mit einem Turmalinanhänger, ein silbernes Bettelarmband mit Schmetterlingen.

»Jetzt bin ich baff …«, stöhnte Rombach auf.

»Wow! Ich aber auch«, gab Wilson zu.

»Wenn das kein belastendes Material ist? Diese Schmuckstücke bringen Lambert mit den Opfern in Verbindung.« Rombachs Stimme hatte einen triumphierenden Unterton.

Wilson fixierte das Schatzkästchen einen Augenblick lang und murmelte: »Soso … Lambert ist also der Trophäensammler.«

Rombach kam jetzt richtig in Fahrt. »Wir müssen sofort nach ihm suchen!«

»Jaja, ganz klar«, stimmte Wilson ihm zu und verstaute das Beweisstück in der Asservatentüte. Wenige Sekunden später sagte er: »Ich schlage vor, Rixen in der Bethmannstraße einen Überraschungsbesuch abzustatten. Vielleicht ertappen wir Rixen und Lambert gerade dabei, wie sie zu zweit ihren fünften Mord planen.«

Rombachs Augen begannen zu leuchten. »Oha! Es ist, wie ich ursprünglich vermutet habe: Rixen und Lambert machen gemeinsame Sache. Doch Bellinger wollte nie auf mich hören.«

Auf diese Bemerkung ging Wilson nicht ein. »Ich rufe Weigand an und informiere ihn über den aktuellen Stand der Ermittlung. Er soll uns einen Haftbefehl für Lambert besorgen. Wir müssen ihn so schnell wie möglich hinter Gitter bringen.«

In Gedanken fügte er hinzu: Jetzt wird es nicht mehr lange dauern, bis ich Bianca aus Rio zurückholen kann. Der Fall ist so gut wie abgeschlossen. Wow!

31. KAPITEL

Endlich erreichte Wilson in seinem Privatwagen die Einfahrt zu der schmalen Straße am Stadtrand von Wiesbaden, wo er in einem unscheinbaren Mehrfamilienhaus aus der Vorkriegszeit zur Miete wohnte. Das Haus sollte nächste Woche frisch verputzt werden, das Gerüst vor der Fassade war bereits aufgestellt. Im Moment herrschte in der Gegend eine wohltuende Ruhe.

Wilson kurbelte die Fensterscheibe herunter; es war 03:45 Uhr am Samstagmorgen. Wilsons Optimismus, wie noch vor wenigen Stunden, Lambert bei Rixen anzutreffen und die zwei auf einen Schlag in die U-Haft zu verfrachten, war zerplatzt wie eine Seifenblase.

Lambert blieb nach wie vor unauffindbar. Rixen ließ sich bereitwillig von Rombach im Präsidium befragen – so etwas hätte Wilson sich im Namen der Freundschaft nie zugetraut – und seine Wohnung erneut durchsuchen. Er stellte sogar seinen Porsche der SpuSi zur Verfügung. Doch auch dieses Mal ergab die kriminaltechnische Untersuchung nichts von Relevanz für die Mordermittlung. Sie konnten tun, was sie wollten, schlagkräftige Beweise, wie etwa Tatwaffen oder Blutspuren vom Tatort, ließen sich nicht durch einen Zaubertrick herbeischaffen. Im Klartext: Sie hatten nach wie vor nichts gegen Rixen in der Hand. Doch war der Mangel an Beweismaterial mit Rixens Unschuld gleichzusetzen?, fragte sich Wilson. Rixen war schließlich ein rätselhafter Mann mit zwielichtiger Vergangenheit und zweifelhaften Talenten, und die Indizienlage sprach für sich. Wilson war hin und her gerissen zwischen der Pflichterfüllung als Polizeibeamter und der Loyalität seinem Freund gegenüber und überlegte, wie er nun in seiner Ermittlung künftig vorgehen sollte.

Erschöpft, verärgert und in destruktiver Geistesverfassung hielt er seinen Wagen auf der Straße vor dem Hauseingang an. Doch statt auszusteigen, blieb er am Lenkrad sitzen. Ihm wurde plötzlich warm ums Herz. Bianca ... Die Erinnerung an ihre zarte Haut, ihren Duft, ihre katzenhaften Bewegungen zauberte ein Lächeln auf seinen Lippen und beflügelte seine Sinne. Bianca, sie fehlt mir so sehr, stöhnte er und schloss die Augen. Muss eine geliebte Person erst einmal abwesend sein, um sich im Klaren darüber zu werden, wie sehr man an ihr hängt, was sie einem bedeutet?

Irgendwann kehrte Wilson in die Realität zurück, öffnete die Augen und war dabei, das Fenster auf der Fahrerseite zu schließen, da vernahm er ein metallisches Geräusch.

»Die Hände aufs Armaturenbrett, du schwarzer Hurensohn!«

Wilson erkannte nicht gleich die Stimme, doch an dem Lauf der Pistole, die ihm gegen die Schläfe gerammt wurde, bestand kein Zweifel.

»Den Blick geradeaus, den Kopf nicht drehen!«

Um Gottes willen, ging es Wilson blitzartig durch den Kopf, war das etwa Lamberts künstlich verzerrte Stimme? Hat er sich mich vorgeknöpft aus Rache und Wut, weil ich ihn daran gehindert habe, an Bianca, sein potenziell fünftes

Opfer, heranzukommen? Oder war das Lamberts unbekannter geheimnisvoller Komplize? … Wer war das?

»Den Schlüssel aus dem Zündschloss ziehen, die Fahrertür öffnen und langsam, ganz langsam aus dem Wagen steigen!«

Irgendwie seltsam, überlegte Wilson, für gewöhnlich weichen die Serienmörder von ihrem Tatmuster nicht ab. Bisher hat der Täter ausschließlich Frauen umgebracht und ihre Männer am Leben gelassen.

Widerwillig folgte Wilson dem Befehl, stieg aus und trat auf die schlecht beleuchtete und menschenleere Straße hinaus.

Wilson riskierte einen verstohlenen Seitenblick. Im Zwielicht sah er ein grünes Monster mit Teufelsgesicht – oder vielmehr eine maskierte Gestalt mit der Statur eines Schwergewichtboxers.

»Hast du eine Vermutung, wer ich sein kann?«

Um Gottes willen, dachte jetzt Wilson völlig perplex, von der Statur her könnte es … Rixen sein.

*

Immer wieder bäumte sich Bellinger in seinem Bett auf, um dann in einen unruhigen schweißtreibenden Schlaf zu verfallen. Er träumte von grün gekachelten Leichenhallen, bösen Geistern und dunklen Mächten. Schließlich wurde er wach. Wie betäubt legte er sich auf den Rücken und starrte die Zimmerdecke mit der üppigen Stuckverzierung an.

Er kam sich vor wie ein Versager. Seine Freundin war ermordet worden, und er, der erfolgreiche Ermittler vom Kriminalkommissariat 11, Tötungsdelikte, war nicht in der Lage, ihren Mörder zu fassen.

Mit klopfendem Herzen und schlechtem Gewissen stieg er aus seinem Bett und tappte mit bleischweren Füßen ins Wohnzimmer. Dort trat er in Shorts und T-Shirt an das bodentiefe Fenster heran und sah hinaus: Die Morgendämmerung brach über dem Innenhof herein, und die Umrisse des Gartens schälten sich aus den Schatten.

Er drehte sich zurück. Aus einem Impuls heraus griff er nach seinem Saxofon, das im Futteral auf der Couch lag, und begann, ein Bluesstück zu spielen. Es dauerte ein paar Sekunden, da fiel ihm ein, welche Uhrzeit es war, und er hörte abrupt mit der Musik auf.

Bellinger setzte sich hin. Er dachte an Laura und den wie eine Seifenblase zerplatzten Traum von einer gemeinsamen Zukunft. Laura … Sie hatte seine Seele entgiftet und ihn im entscheidenden Moment vor dem drohenden Abgrund bewahrt. Was war Lauras Geheimnis? Sie hatte nie versucht, ihn mit einer scheinheiligen Perfektion zu blenden und zu erdrücken, gab er sich zur Antwort.

Sein Blick verschwamm, seine Muskeln zitterten. Er trat gebeugt wie ein alter Mann wieder ans Fenster.

Laura war tot. Und was bedeutet der Tod? Das Ende? Oder vielmehr den Beginn einer Reise in eine andere Dimension, in eine Welt der Antimaterie? Würde er Laura – jenseits von Raum und Zeit – noch einmal begegnen? Bellinger hatte das Gefühl, als ob sein Schädel gleich platzen würde. Ihm war bewusst, dass es niemand auf dieser Welt mit Gewissheit vermochte, diese Fragen zu beantworten. Was ihm blieb, war die Kraft seiner Vorstellung, doch diese schien momentan wie paralysiert.

Wer war es, der ihm seine Liebe und die wieder gewonnene Freude nicht vergönnte? Wer wollte sein Leben ruinieren? Wer wollte ihn ins Unglück stürzen?

Rixen? Nein, niemals!

*

In Wiesbaden nahm die Gestalt ihre Maske, die sich als ein grüner Motorradhelm entpuppt hatte, ab, ohne die Position der Pistole zu verändern. »Ha! Jetzt weißt du, wer ich bin, nicht wahr?«

Ja, das wusste Wilson.

»Nachdem du es gewagt hast, mich in meinem Laden vor meinen Leuten zu blamieren, wurde mir dann noch die Konzession entzogen!«, rief Manfred »Rocky« Metzler. »Und dafür wirst du jetzt bezahlen, du schwarze Sau! Niemand legt sich ungestraft mit mir an.« Er schien sich kaum auf den Beinen halten zu können und roch penetrant nach Alkohol.

Oh ja, natürlich, erinnerte sich Wilson. Die Kollegen von der KI 60 hatten damals, als sie noch Ivo Kovac der Morde verdächtigten, im Club »Easy Rider« in Frankfurt-Griesheim jede Menge Waffen beschlagnahmt. Nun machte ihn der Anführer des zweifelhaften Motorradclubs für diese Razzia verantwortlich. Vermutlich wurde er heute vom Haftrichter gegen Kaution auf freien Fuß gesetzt, betrank sich aus gegebenem Anlass und schwor Rache.

»Du hebst die Hände hoch und gehst vor!«, verlangte Rocky Metzler. »Und keine Tricks!«

Wilson nickte widerstrebend. Im Rücken spürte er den Lauf der Pistole. Erst jetzt bemerkte er Metzlers Harley-Davidson neben einer Mülltonne stehen.

Nach wenigen Schritten rief Rocky Metzler: »Stopp!« Im gleichen Moment griff er nach Wilsons Schulterholster, nahm ihm die Dienstwaffe ab und steckte sie in die Seitentasche seiner grünen Motorradjacke. »Geh weiter … Siehst du den Stapel mit Gerüstmaterial hinten an der Mauer? Dort machen wir kurzen Prozess. Mir ist es wichtig, dass du dein Vergehen begreifst, bevor du stirbst.«

»Metzler«, sagte Wilson in beruhigendem Ton, »was soll

das Theater? Wozu die harte Tour? Willst du ein Exempel statuieren? Ich verstehe, dass du sauer auf die Polizei bist. Aber wir können vernünftig miteinander reden, und ich sorge dafür, dass die Sache mit deinem Laden wieder in Ordnung kommt.«

»Halt die Klappe! Versuch bloß nicht, mich zu verarschen! Und merk es dir – wer sich mit mir anlegt, der wird es bereuen. Für immer.«

»Du bist ja betrunken!«

»Knie dich hin!«

Wilson bewegte sich nicht.

»Auf die Knie!«, polterte Metzler von hinten.

Dieses Mal gehorchte Wilson. Gleichzeitig sprach er: »Metzler, hör auf damit! Du bist nicht bei Sinnen!«

»Wen kümmert es?« Metzler wechselte seine Position und tauchte jetzt in Wilsons Blickfeld auf. »Hände hinter den Rücken! Mund auf, Augen zu!«

Wilson erschauderte. Eine Exekution!

Rocky Metzler trat vor. Mit der zittrigen Hand eines Alkoholikers begann er, den Lauf seiner Pistole in Wilsons Mund zu schieben.

Plötzlich starrte Wilson Rocky Metzler mit einem unglaublich durchdringenden, herausfordernden Blick an.

Das Ergebnis war eine Pause, die nur den Bruchteil einer Sekunde dauerte.

Wilson schloss die Augen. Mit einem Ruck drehte er den Hals und neigte den Kopf ganz tief nach links, sodass die Mündung der Pistole jetzt nicht gegen das Gehirn, sondern die Innenseite seiner Wange drückte, während Rocky Metzler den Abzug betätigte. Die Kugel riss ein kleines Loch in seiner linken Wange, wobei ein Fleischfetzen durch die Luft flog. Ein glatter Durchschuss!

Vor Schmerz fast verrückt warf sich Wilson mit seinem gesamten Körpergewicht gegen Rocky Metzler, der, nun völlig überrascht, in der schweren Motorradkluft zu Boden stürzte und seine Pistole fallen ließ.

Geistesgegenwärtig schnappte sich Wilson Metzlers Pistole und atmete durch. Mit der anderen Hand tastete er seine blutende Wange ab. Auch sein linker Oberarm schien durch einen Streifschuss verletzt worden zu sein.

Währenddessen rappelte Rocky Metzler sich auf, ging in die Hocke und griff in seine Jackentasche, wohin er davor Wilsons Dienstwaffe gesteckt hatte. Im Alkoholrausch zielte er auf Wilsons Herz.

Wilson reagierte mit der Schnelligkeit eines verwundeten Tigers. Er gab einen Schuss ab.

Wenige Sekunden später lag Rocky Metzler am Boden, den Arm weit von sich gestreckt, Wilsons Dienstwaffe noch in der Hand. Seine Augen zuckten, sein Brustkorb bewegte sich, er lebte.

Wilson, kurz bevor er das Bewusstsein verlor, zerrte sein iPhone aus der Hemdtasche und wählte den Notruf.

*

Bellinger wusste nicht, wie lange er Saxofon gespielt hatte. Er legte das Instrument behutsam auf die Couch, öffnete die Terrassentür und inhalierte den zarten Rosenduft. Das Zwielicht passte zu seiner inneren Stimmung.

Bellinger blieb auf der Schwelle stehen wie ein Schatten seines früheren Selbst.

Er versank in Gedanken und verlor jedes Zeitgefühl. Wenn er sich etwas sicher war, dann waren es drei Dinge. Erstens: Rixen war kein Mörder, spielte dennoch eine entscheidende Rolle in der Mordserie. Zweitens: Das Mordmotiv hatte nichts mit Rixens Vergangenheit zu tun, sondern stand mit einem dramatischen Ereignis aus der Gegenwart in Zusammenhang. Drittens: Der Mörder rekrutierte sich aus Rixens unmittelbarem Freundes- oder Bekanntenkreis und nahm an Rixens Leben teil. Letzteres könnte theoretisch auf Lambert zutreffen, doch an der Unschuld des Gurus zweifelte Bellinger keinen Augenblick.

Rixen und Lambert waren keine Mörder! Wilson irrte sich.

Bellinger zog sich ins Wohnzimmer zurück. Eine kurze Zeit später ging er in die Küche. Dort sammelte er die leeren Weingläser ein, stellte sie in die Spülmaschine und trank ein Glas kaltes Wasser zur Nervenberuhigung. Schließlich machte er sich auf den Weg in sein kleines Arbeitszimmer.

Er setzte sich vor den Schreibtisch, fuhr seinen Laptop hoch und googelte zum wiederholten Mal Begriffe wie Schopenhauer und die Freie Reichsstadt Frankfurt von 1833 bis 1860, oder Schopenhauer und sein Essay »Über die Weiber«. Er las, wie sich Schopenhauer im Alter von 43 Jahren in eine 17-Jährige verliebte, die ihn aber ziemlich unsanft abgewiesen hatte. Oder, dass er es sich aufgrund seines geerbten Vermögens leisten konnte, ein unabhängiges Dasein als Gelehrter zu führen und nicht »von der Philosophie«, sondern »für die Philosophie« zu leben. Und wie er, genauso wie seine einzige Schwester Adele, zeitlebens unverheiratet und kinderlos blieb. Schließlich fand Bellinger einen Bericht, in dem erwähnt wurde, wie Schopenhauers Philosophie im Nachhinein berühmte Männer fasziniert hatte, Männer wie Richard Wagner, Sigmund Freud, Albert Einstein, Hermann Hesse und Thomas Mann. Und Friedrich Nietzsche, bevor dieser das Konzept des Willens zur Macht entwarf und den »Übermenschen« schuf.

Bellinger beschlich das seltsame Gefühl, ein wichtiges Detail übersehen zu haben. Vielleicht hätte ich mich mehr auf den *Menschen* als auf das *Werk* konzentrieren sollen, sinnierte er und wurde von Minute zu Minute angespannter.

Irgendwann fiel sein Blick auf einen Artikel mit der Überschrift »*Schopenhauers Persönlichkeit*« und blieb dort haften.

Jetzt las er jeden einzelnen Abschnitt des Artikels so oft, bis er Schopenhauers Bild in Frankfurt klar vor Augen hatte. In seinem Kopf rasten die Gedanken. Er kombinierte und assoziierte, zerlegte jeden Satz in seine Einzelteile, aktivierte sein Vorstellungsvermögen. Doch auch wenn der ersehnte Geistesblitz sich nicht einstellen wollte, so war er weit davon entfernt, zu kapitulieren. Er würde diesen Fall knacken! Es gab keine perfekten Morde, es gab nur unfähige Ermittler. Er würde es schaffen, die verfluchte Mordserie aufzuklären und seinen Freund Rixen reinzuwaschen, wie er es ihm versprochen hatte! Die Täter waren schließlich keine übersinnlichen Wesen, die sich in einer anderen Dimension hätten auflösen können. Es war an der Zeit, den Fall zu *entmystifizieren*!

Bellingers Finger trommelten auf der Tischplatte. Schopenhauer war seine einzige Spur, diktierte ihm sein neu erwachter Jägerinstinkt, und dieser Spur musste er folgen. Jetzt, sofort! Bellinger zog sich im Eiltempo an, steckte das iPhone in die Hosentasche und verließ seine Wohnung in der Schopenhauerstraße.

Er bog um die Ecke in die Berger Straße, ging nur wenige Schritte hinunter, nahm die quer verlaufende Schellingstraße, und schon befand er sich im Sandweg. Wie auf Autopilot bewegte er sich in Richtung Friedberger Anlage, am Uhrtürmchen vorbei, dann marschierte er den östlichen Teil der Zeil entlang und stoppte erst an der Konstablerwache.

Hier erst gönnte er sich eine kurze Atempause und schaute sich um. An einem Samstagmorgen, in der Übergangsphase von Nacht zu Tag, versprühte die Innenstadt einen eigenartigen Charme, wirkte kühl und verlassen. Bis auf Bellinger und die Straßenreinigungskräfte waren nur wenige Passanten unterwegs.

Jetzt bog Bellinger mechanisch in die Kurt-Schumacher-Straße ein, lief am Museum Judengasse am Börneplatz vorbei, und nach nur wenigen Minuten sah er vor sich die Alte Brücke. Ihre mit rotem Main-Sandstein verkleideten Gewölbebögen erhoben sich majestätisch aus dem Schleier des Morgendunstes.

Hier in der Nähe muss einst das Schopenhauerhaus gewesen sein, sagte Bellinger zu sich selbst, und wich nach links in die Schöne Aussicht ab, um nach der heutigen Hausnummer 16 zu suchen. Oh nein!, rief er entsetzt, als er das hässliche Eckhaus aus der Nachkriegszeit wiedererkannte. Hier, in diesem Restaurant, hatte er doch erst vor wenigen Wochen mit Laura zu Abend gegessen. Plötzlich ertönte ein lautes Geräusch über ihm. Reflexartig hob er den Kopf hoch – es war ein vorbeifliegender Rettungshubschrauber. Doch was war da noch? Er hielt inne. Über dem Hauseingang stand in goldenen Buchstaben: *In diesem Haus starb am 21.09.1860 Arthur Schopenhauer.* Kein Wunder, fluchte Bellinger, dass ich diese Inschrift übersehen hatte, und ging mit verbissenem Gesichtsausdruck die Schöne Aussicht entlang Richtung Obermaintor. Unterwegs warf er den Blick nach rechts: Die ersten Sonnenstrahlen spiegelten sich im Main wider, Möwen saßen auf Pfählen, Schwäne dümpelten im Wasser.

Hinter dem »Schwesternwohnhaus« zweigte er links in die Obermainanlage ab. Schon seit dem Schulunterricht wusste er, dass die historischen Wallanlagen, die die Idee eines Volksparks rund um die Innenstadt repräsentierten, in sieben Abschnitte unterteilt waren, die die Namen der ehemaligen Stadttore trugen. Wie in Trance schritt er geradeaus Richtung Rechneigrabenweiher, zur linken Hand das »Hospital zum heiligen Geist«, das älteste Krankenhaus Frankfurts, wo er vor 40 Jahren das Licht der Welt erblickt hatte. Und dann sah er ihm schon ins Gesicht: wilde Haarpracht, hohe Stirn, tief liegende Augen, schmale Lippen, markante Züge.

Mit gemischten Gefühlen betrachtete Bellinger Schopenhauers bronzene Büste, die auf einem Sockel aus Basalt stand. Schon seltsam, dachte er, wie häufig bin ich hier vorbeigegangen, doch nie habe ich das Denkmal unter dem Blätterdach der Bäume bewusst wahrgenommen. Er blinzelte, dann drehte er sich um und bewegte sich wie ferngesteuert auf eine einsam stehende Bank zu. Fragen über Fragen schossen durch seinen Kopf. Fast automatisch zog er sein iPhone aus der Hosentasche hervor, schaltete das Internet ein und nahm Platz.

Ein Artikel über Schopenhauer und seine Ansichten zum Thema »Tod und sein Verhältnis zur Unzerstörbarkeit unseres Wesens an sich« weckte sein Interesse. Er stöhnte, scrollte hinauf und hinunter, dann las er die Zusammenfassung: »In seinem Hauptwerk ›*Die Welt als Wille und Vorstellung*‹ stellt Schopenhauer die Frage: Was ist die über den Tod des Individuums hinaus wirksame Kraft?« Bellingers Finger wischten nervös über das Touchscreen des iPhones. »Seine Antwort: Es sei der Wille, der mit dem altindischen Begriff Brahman – das kosmische Bewusstsein – gleichzusetzen sei. Während Atman – das individuelle Bewusstsein – dem Tod unterworfen sei, sei Brahman zeitlos. Unter der Voraussetzung, dass sich Atman nach dem Tod in Brahman auflöst – somit Brahman und Atman identisch sind –, gäbe es etwas, was man als Unsterblichkeit bezeichnen könne.«

Was für eine schöne Vorstellung von Unsterblichkeit, seufzte Bellinger und dachte an Laura. Wie beruhigend, wie tröstend und irgendwie romantisch.

Der Sonnenschein, nun wie pures Weißgold, brach durch das taufrische Blätterwerk und entfaltete seine strahlende Wirkung … Atman … Brahman … Identität … Bellinger kam eine Idee: Vielleicht hatten sie doch mit einer Einzelperson als Mörder zu tun? Sein nächster Artikel im Internet handelte von Schopenhauer und seinen alltäglichen Gewohnheiten. Er runzelte die Stirn und verbiss sich regelrecht in den Text. Plötzlich riss er die Augen auf. Verflucht! Ihn durchfuhr ein Schauer. Und auf einmal fielen alle Puzzleteile an ihren Platz. Bellinger wusste, wer hinter den Morden steckte.

Mit rasendem Puls rief er Wilson an. Niemand meldete sich. Er versuchte es übers Festnetz. Doch auch da ging Wilson nicht dran.

*

»Zum Rapport!«, rief Rixen mit seiner Bassbaritonstimme im Sonderautopsiesaal. Ausnahmsweise trug er weder grüne Gesichtsmaske noch Schutzbrille, Haube, Kittel und Gummistiefel, das Standardoutfit der Mitarbeiter des Instituts, sondern seine private schwarze Trauerkleidung. »Alle antreten!«

Es roch nach Desinfektionsmitteln, die polierten Edelstahlplatten der Obduktionstische glänzten im grellen Kunstlicht. Ein morbider Touch lag in der Luft.

Mit unergründlichen Mienen stellten sich Tan Dung, Leon, Ralf und Marcus an diesem Samstagmorgen um 06:15 Uhr in einer Reihe auf.

»Zuerst vielen Dank«, eröffnete Rixen, »dass ihr an eurem freien Tag ins Institut gekommen seid. Ich habe diese … diese Sondersitzung aus einem ganz bestimmten, einem traurigen Anlass einberufen. Ich habe schreckliche Neuigkeiten: Unser Hausmeister und euer spiritueller Lehrer Hugo Lambert, wird von der Polizei verdächtigt, vier Morde verübt zu haben und …«

Tan Dung erhob die Hand und trat einen Schritt vor. »Chef, Herr Lambert ist unschuldig. Er wurde reingelegt. Nicht er steckt hinter den Morden. Die Kripo irrt sich.«

Es dauerte mehrere Sekunden, bevor Rixen antwortete: »Tja … Auch ich konnte es nicht fassen. Doch die Beweiskette – die unter seiner Bettmatratze versteckten Trophäen – gegen ihn ist erdrückend.«

»Nein, nein, Chef«, betonte Leon kategorisch. »Er ist definitiv nicht der Täter. Den Schmuck der Opfer muss ihm der wahre Mörder untergejubelt haben. Leider befinden sich keine Überwachungskameras im Untergeschoss, die es aufzeichnen würden.«

Rixen wirkte verblüfft. »Wie kommt ihr drauf, Jungs?«

»Wir haben Beweise für Lamberts Unschuld«, verkündeten Marcus und Ralf unisono mit seltsamen Gesichtsausdrücken.

Rixen atmete schwer. Er konnte seine Aufregung kaum verbergen. »Beweise? … Seid ihr ganz sicher?«

»Ja«, entgegnete Leon knapp.

»Jetzt bin ich aber perplex.« Rixen geriet ins Stocken. »Habt ihr auch Zeugen?«

»Hm … Nein, die haben wir nicht«, sagte Ralf etwas verunsichert.

»Na ja, wie auch immer«, fuhr Rixen fort, »die aktuelle Lage ist jedenfalls die: Lambert löste sich wie in Luft auf, die Fahndung läuft.«

»Diesen Aufwand kann sich die Polizei sparen«, kommentierte Tan Dung. »Er befindet sich irgendwo am Ufer des Mains und rezitiert heilige Texte. Das macht er immer bei Vollmond, und letzte Nacht war Vollmond. Da wir samstags keinen Unterricht haben, kommt er heute vermutlich erst im Lauf des Vormittags zurück.«

Rixen wirkte konfus, sagte aber nichts.

Tan Dung trat einen weiteren Schritt vor und fragte mit einem geheimnisvollen Ausdruck in den Augen: »Chef, hätten Sie etwas dagegen, wenn wir kurz das Institut verlassen würden? Wir sind mit einem Azubi von der Friedhofspflege verabredet und möchten gemeinsam etwas überprüfen.«

»Na ja … Also … Wenn es wichtig ist, dann habe ich natürlich nichts dagegen.« In Rixens Stimme schwang ein Hauch von Gereiztheit.

»Chef, dürfen wir uns den alten Leichentransporter ausleihen, den Sie manchmal auch privat benutzen?«, fragte Marcus unverblümt. »Mit öffentlichen Verkehrsmitteln würde es zu lange dauern, bis wir im Nordend ankommen.«

»Jaja, meinetwegen«, presste Rixen heraus. »Ich warte in meinem Büro auf euch.«

Die Azubis salutierten spielerisch zum Abschied.

Knapp 60 Minuten später waren sie wieder zurück im Institut.

Sie betraten nacheinander das Büro im Untergeschoss.

Rixen blickte ihnen vom Schreibtisch entgegen.

Tan Dung bedachte ihn mit einem unergründlichen Lächeln und kam gleich zur Sache. »Hören Sie sich bitte die Tonaufnahme an, Chef. Frisch vom Friedhof.« Er überreichte Rixen einen kleinen Audiorekorder. »Es ist alles digitalisiert und gut verständlich.«

Rixen erbleichte.

Die Azubis verließen Rixens Büro und warteten draußen vor der Tür im Flur.

Sie schwiegen, ihre Mienen blieben wie versteinert.

Die Zeit verging.

Endlich trat Rixen in den Flur hinaus und wandte sich an die Jungs. »Hm, ich bin beeindruckt … Die Sache hat leider einen Haken. Soweit mir bekannt ist, sind Sprachabhörgeräte und Audiowanzen ohne ein vorheriges Genehmigungsschreiben des zuständigen Richters als Beweismaterial vor Gericht nicht zugelassen. Da bräuchte man schon Augenzeugen.«

Spannungsgeladene Minuten folgten.

»Dann sollen wir uns eben etwas einfallen lassen, das vor Gericht als unwiderlegbar gilt, Chef«, sagte Tan Dung, hob den Kopf und sah Rixen herausfordernd an.

Rixen erwiderte seinen Blick und strich sich über den unbehaarten Schädel. »Lasst uns also gemeinsam nachdenken, Jungs!«, verkündete er mit einem Haifischgrinsen.

*

Das Ultramarinblau des Himmels über dem Hauptfriedhof im Frankfurter Nordend wich dem Anthrazitgrau der Regenwolken. Der Wind blies laut und bedrohlich, die Blätter der uralten Stieleichen, Linden und Ulmen rauschten. Ein Sommergewitter kündigte sich an, die Friedhofsbesucher eilten zurück nach Hause. Es war kurz nach 9 Uhr.

Nur ein Mann, der im Schatten der überdachten Säulenvorhalle einer Familiengruft auf der Bank saß, schien vor diesem plötzlichen Wetterwechsel unbeeinflusst zu bleiben. Mit einem Exemplar von Schopenhauers *»Die Welt als Wille und Vorstellung«* auf dem Schoß, wirkte er wie erstarrt. Seine tränennassen und rotgeränderten Augen fixierten die in Marmor eingravierten Buchstaben.

Immer und immer wieder las er den Namen der Verstorbenen: Caroline Wilhelmine Heinzmann, geb. Medon.

»Ich kenne die Wahrheit, Bernd«, rief Rixen, der wie aus dem Nichts vor der mit Efeu bewachsenen Friedhofsmauer aufgetaucht war. »Das Spiel ist aus. Zeit für den letzten Akt: die Beichte.«

Es dauerte einen Augenblick, bis Heinzmann reagierte. Er wandte sich Rixen zu: »Was für ein Spiel? Ich bin bloß ein Witwer, der den Tod seiner Frau nicht überwunden hat.«

»Du bist verwitwet und du leidest – soweit stimmt die Geschichte. Doch du bist ein Witwer, der vier weitere Männer auf sadistische Art ebenfalls zu Witwern gemacht hat … Ein Witwer sollte noch folgen, um deinen imaginären Geheimbund der leidenden Witwer zu komplettieren, doch Wilson hat Bianca, dein potenziell fünftes Opfer, in Brasilien vor dir versteckt.«

Heinzmann knirschte mit den Zähnen. »Du hast eine blühende Fantasie, Rixen!«

»Dein Plan war gut, er wäre beinahe aufgegangen.« Rixen ließ sich nicht verunsichern und setzte fort: »Du bist der anonymer Anrufer. Die Kripo sollte Lambert, wenigstens bis zum Prozess, für den Täter halten. Nach Lamberts Inhaftierung würde nämlich der ahnungslose Wilson seine Bianca sofort zurückholen. Dann könntest du ungeniert zum fünften Mal zuschlagen.«

Heinzmann schwieg und bedachte Rixen mit einem herablassenden Lächeln.

»Warum hasst du denn mich so abgrundtief? … Ich dachte immer, wir sind Freunde … Was habe ich dir angetan?«

Eine spannungsgeladene Pause entstand.

Schließlich gab Heinzmann zur Antwort: »Oh, du warst so … so maßlos selbstgefällig, selbstsicher, selbstzufrieden und so unverschämt glücklich.«

»Also hast du beschlossen, mich unglücklich zu machen – todunglücklich, wie du es selbst bist – indem du mir genommen hast, was mir lieb und teuer war – meine Hannelore.«

Heinzmann verzog den Mund zu einem abfälligen Lächeln.

»Wie war es mit Litzinger, Wertheim und Bellinger? War es wieder die Mischung aus Lebensfreude und Liebesglück, die sie ausstrahlten, die du um dich herum nicht ertragen konntest? Hast du deswegen ihr Leben in Leiden umgewandelt, wie es deine Botschaft impliziert?«

Heinzmann stellte weiterhin sein herablassendes Lächeln zur Schau und blieb stumm.

Rixen sah ihm in die Augen. »Deine Zwiegespräche haben wir aufgenommen. Es ist alles korrekt dokumentiert und digitalisiert. Meine Jungs verstehen was von moderner Technik. Sie haben ...« Rixen wurde von einem Naturschauspiel unterbrochen. Er blickte sich um. Blitze zuckten durch die tief hängenden dunklen Wolken und tauchten die Gräber für Sekundenbruchteile in blendende Helligkeit. Einen Wimpernschlag später ließ ein gewaltiges Donnerkrachen die alten Bäume erzittern. Im historischen Abschnitt des Hauptfriedhofs wurde es unheimlich wie in einem Gruselfilm.

Heinzmann schien den morbiden Charme zu genießen. Plötzlich fragte er: »Fakten?«

»Ich habe dein Zwiegespräch gehört, aufgezeichnet am Freitag, dem 18. Juli, zwischen 20:47 und 20:55 Uhr. Anfangs hatte ich Schwierigkeiten, deine Stimme darin zu erkennen, weil sie so fremd, so künstlich verzerrt klang. Ich bin kein Psychiater, aber ich kann mir vorstellen, dass du seit Carolines Tod an einer dissoziativen Identitätsstörung mit Einbildung von zwei Persönlichkeiten leidest.« Mit diesen Worten schaltete Rixen den kleinen Audiorekorder in seiner Hand ein:

»Wo ist die fünfte von ihnen?«

»Wenn ich das bloß wüsste ...«

»Sie ging uns durch die Lappen!«

»Hast du auch genau ihre Wohnung in Niedernhausen beobachtet?«

»Ja klar. Dort ist sie seit Anfang der Woche nicht mehr aufgetaucht.«

»Was ist mit ihren Freundinnen?«

»Ich habe alles überprüft. Sie erscheint auch nicht mehr im Theater zu den Proben.«

»Na toll! Wo hat er sie versteckt? Meinst du, er ließ sie zurück nach Brasilien fliegen?«

»Ich fürchte, ja.«

»Der schwarze Hurensohn hat uns alles vermasselt. Sonst wäre alles perfekt gelaufen … Dafür wird er büßen!«

»Oh ja, ja, er wird büßen.«

»Es ist noch nicht vorbei.«

»Ganz richtig, ganz richtig.«

»Schon bald holt er seine schwarze Hure aus Brasilien zurück. Er liebt sie, sie macht ihn glücklich, er braucht ihre Nähe. Und genau das wird ihm zum Verhängnis.«

»So ist es, so ist es. Da sie ihm viel bedeutet, kann man ihm so richtig wehtun. Dafür werden wir sorgen – ganz gewiss … Noch ist der letzte Vorhang in diesem Spiel nicht gefallen.«
Rixen schaltete den Audiorekorder aus.

Heinzmanns Blicke wurden plötzlich scharf wie Dolche.

Rixen hielt dem Druck stand. Er setzte fort: »In deiner Wahrnehmungsstörung siehst du durch vier Augen, du hörst mit vier Ohren, sprichst mit doppelter Zunge und fühlst mit zwei Herzen. Du denkst mit zwei Gehirnen und bewegst dich auf vier Beinen … Weißt du, was du bist?«

Ein irrer Glanz trat in Heinzmanns Augen, und er warf Rixen einen vernichtenden Blick zu. »Klappe, Rixen!«

»Ein Monster bist du. Ein Monster!«

»Hör auf damit, Rixen!«

»Zwei Abhörwanzen, die hier gerade unser Gespräch aufnehmen, liegen in der Blumenerde versteckt. Schau dir die Blumentöpfe an, wenn du es mir nicht glaubst!«

Nach einer kurzen Pause schien sich Heinzmann wieder unter Kontrolle zu haben und reckte das Kinn vor. »Du bluffst, Rixen.«

Rixen schüttelte den Kopf.

Heinzmann holte tief Luft und senkte den Blick. Mit glühenden Augen fixierte er Schopenhauers Werk auf dem Schoß – sein heiliges Buch und die Inspirationsquelle zugleich.

Mit einer behutsamen, beinahe zärtlichen Handbewegung legte er das Exemplar beiseite und erhob sich von der Bank. Seine Gesichtszüge entgleisten. Wortlos beugte er sich vor und steckte seinen Zeigefinger zuerst in den einen, dann in den anderen Blumentopf.

Aus der Erde förderte er zwei Audiowanzen ans Licht. Er betrachtete sie eine Weile wie Kuriositäten, dann warf er sie auf den Boden, um sie mit dem Fuß zu zertreten. Einen Atemzug später setzte er sich wieder hin und fragte: »Rixen, war es deine Idee, die Wanzen in Blumentöpfen zu verstecken?«

»Nein. Tan Dung steht hinter der Sache. Er ist das auch, der beschlossen hat, meinen guten Ruf wiederherzustellen und die Identität Hannelores Mörders zu lüften. Zuerst ließ er mithilfe der Azubis alle Witwer, dich einschließlich, beschatten. Dann haben die Jungs aus sicherem Abstand Videos gedreht. Auf einer der Aufnahmen fiel Tan Dung letzten Donnerstagabend auf, wie du wild gestikulierend am Grab deiner Frau laute Selbstgespräche wie Schopenhauer führst. So kam Tan Dung am Freitag auf die glorreiche Idee, deine Gespräche aufzuzeichnen, und beauftragte damit einen weiteren Jungen, der hier als Friedhofspfleger ausgebildet wird.«

Es blitzte, dann krachte ein Donnerschlag.

Auf einmal konnte Rixen Heinzmanns Anblick nicht ertragen. Mit einem Ekelgefühl drehte er den Kopf weg. Vor seinen Augen, nur wenige Schritte entfernt, peitschte der Wind gegen eine schwarze Steinplatte, die von Hecken eingerahmt war – Schopenhauers Ehrengrabstätte.

Nun wurde es still, totenstill.

Rixen wandte sich Heinzmann wieder zu. »Ich warte immer noch auf die Beichte – in deinem Metier nennt man so etwas Geständnis.«

Heinzmann schwieg. Ein irres Lächeln verzerrte sein Gesicht.

Ein weiterer Blitz zuckte über dem Friedhof. Sekunden später ertönte ein Donner und ließ die Friedhofserde erbeben. Ein stürmischer Wind riss Zweige und Blätter von den Bäumen.

»Du hast meine Frau auf dem Gewissen und die Frauen meiner Freunde.« Rixens gewaltiger Oberkörper richtete sich auf, er ballte die Hände zu Fäusten, seine Kiefermuskeln spannten sich an. »Und mich hast du vor aller Welt zum Tatverdächtigen gemacht!«

»Ha! Auch wenn wir tatsächlich Hannelore umgebracht haben«, trug Heinzmann mit einem hochnäsigen, breitspurigen Grinsen vor, »willst du etwa Selbstjustiz einführen?«

In Rixens Augen loderte unbändiger Zorn, die Adern an seinem Hals traten hervor. Er fühlte sich von Heinzmanns Gegenwart nur noch angewidert. »Die Beichte!«

Heinzmanns Gesicht lief purpurrot an. »So redest du nicht mit uns! Auch wenn wir neben deiner Hannelore noch Fatima, Anastasia und Laura getötet haben, sind deine Tonaufnahmen vom Freitagabend wertlos. Wir haben die Namen der Opfer nie laut ausgesprochen.«

Rixen blickte in die Augen seines einstigen Freundes und sah darin Hochmut, Missgunst und Wahn aufblitzen. »Bernd, Bernd, wie konntest du bloß so werden …«

»Halt den Mund!«

Rixen erblasste.

Heinzmann zog eine arrogante, hässliche Grimasse und bedachte Rixen mit einem verächtlichen Blick. Er stemmte sich von der Bank hoch, seine Stimme klang plötzlich verändert: »Du hast vergessen, Rixen, wer hier am längeren Hebel sitzt. Wir vertreten das Recht, du bist ein verurteilter Betrüger. Ha!« Er brach in höhnisches Gelächter aus. »Du bist nicht in der Position, mit uns zu verhandeln. Denk darüber nach!« Im gleichen Moment griff er in die Tasche seines

Regenmantels und holte mit einer einzigen Bewegung eine alte Luger hervor.

»Du willst mich töten, Bernd?«

»Wir wollen dich töten! Schopenhauers Geist möchte unser Zeuge sein.«

Heinzmann machte einen Schritt auf Rixen zu.

Dem Schuss folgte eine gespenstische Stille.

Jetzt lag Heinzmann mit einer Kugel in der rechten Schulter zwischen den umgeworfenen Blumentöpfen. Im Dämmerzustand tastete er nach der verletzten Stelle. Blut sickerte durch seine Finger.

Bellinger, die Dienstpistole in der Hand, trat aus dem Schatten eines benachbarten Mausoleums hervor.

Rixen sah ihn entgeistert an. »Oliver! Dich habe ich hier aber wirklich nicht erwartet ...«

»Das Gleiche könnte auch ich von dir sagen.«

»Wie bist du auf den Gedanken gekommen, zum Hauptfriedhof zu fahren?«

»Na ja ... Ein Artikel über Schopenhauer hat mich auf die richtige Spur gebracht. Einzelheiten erzähle ich dir, wenn wir hier fertig sind.«

Rixen nickte, immer noch vollkommen verblüfft.

»Jedenfalls«, fuhr Bellinger fort, »als ich auf der Suche nach Heinzmann hier im Gewann A 24 vor etwa 10 Minuten angekommen bin, hörte ich deine Stimme. Du hast Heinzmann gerade gefragt, warum er dich denn so sehr hassen würde. Also versteckte ich mich hinter dem erstbesten Mausoleum. Den Rest der Geschichte kennst du ja.«

Rixen nickte erneut. Er knöpfte seine Regenjacke auf, dann zog er eine kugelsichere Weste aus, die seit Jahren im Keller des Instituts aus unerfindlichen Gründen aufbewahrt wurde.

Aus den Schatten der Mausoleen mit den Namen bekannter Frankfurter Persönlichkeiten traten jetzt die Azubis, Rixens persönliche Eskorte, wie eine Geisterparade hervor. Tan Dung hatte die ganze Szene mit einer Kamera gefilmt. Leon hielt eine Pistole mit Platzpatronen in der Hand, um seinen Chef notfalls zu beschützen, die er allerdings erst gar nicht zu benutzen brauchte, da ihm der Polizist überraschenderweise zuvorgekommen war. Marcus und Ralf hatten die Fluchtwege gesichert, damit ihnen Heinzmann nicht entkommt.

Nun fiel Bellinger aus allen Wolken.

Rixen stellte sich mit ausgebreiteten Armen vor seine Schützlinge, holte tief Luft, straffte seinen muskelbepackten Oberkörper und richtete den Blick auf Bellinger. »Du hast soeben Heinzmanns Geständnis gehört. Ich wette, dass seine Schusswaffe derjenigen entspricht, mit der Anastasia erschossen wurde. Hast du nun alles zusammen, was für eine bombensichere Verurteilung nötig ist?«

»Ja, ich glaube schon.«

»Dann denke ich, dass man meine Jungs aus der Sache hier raushalten kann. Oder?«

Bellinger überlegte kurz, dann entgegnete er grinsend: »Ähm … Ich habe genug überzeugendes Material fürs Protokoll.«

»Danke, Oliver«, sagte Rixen mit einem Seufzer der Erleichterung. »Danke, vor allem im Namen meiner jungen Freunde.«

»Nichts zu danken, Rixen. Deine Jungs sollen lieber gleich verschwinden. Ich muss den Notarzt und Weigand verständigen.«

In dem Moment öffnete der Himmel seine Schleusen, und riesige Regentropfen trommelten auf die Grabsteine des Frankfurter Hauptfriedhofs mit voller Wucht.

32. KAPITEL

Am Samstagabend – eine Woche nach Heinzmanns Festnahme – setzte sich Bellinger mit tränenverschleierten geröteten Augen an den Pokertisch in der Nische des »Blue Note Jazz Clubs«. Die Vorhänge ließ er offen. Einen Augenblick lang konzentrierte er sich ausschließlich auf die Musik. Er erschauderte, als ihm bewusst wurde, wie sehr die Melancholie in der Stimme der Bluessängerin und die herzzerreißenden Klänge mit seiner eigenen Geistesverfassung korrespondierten. Unwillkürlich hielt er den Atem an. Tja, du gehst in den Club, um zu feiern, wenn du Anlass dazu hast, erinnerte seine innere Stimme, und du gehst in den Club, um zu trauern – so wie jetzt.

Beinahe mechanisch winkte er die Bedienung heran, bestellte ein Gingerale und fixierte die Bühne. Alles andere: Das Plaudern der Gäste, das Klirren der Gläser, die Blicke der Frauen, nahm er nicht wahr. Irgendwann war der erste Teil der Aufführung zu Ende.

Seine Gedanken verweilten bei Laura. Sie tat ihm gut, ohne sie hätte seine Sexsucht ihn endgültig zerstört. Mit Laura hatte sein Dasein wieder einen Sinn bekommen. In sie hatte er sich verliebt. Bis Heinzmann auftauchte und mit seiner Schopenhauer-Obsession alles auf einen Schlag zerstörte. Verflucht!

Nun trafen Rixen, Stern und Wilson beinahe gleichzeitig ein, ließen sich in ihre Sessel fallen und rissen Bellinger aus seiner dunklen Gedankenwelt. Auch für sie war der Club mit einem Tempel vergleichbar, wo Gleichgesinnte ihre erfreulichen wie auch leidvollen Augenblicke des Lebens miteinander teilten.

»Es gibt also doch noch Zeichen und Wunder!«, eröffnete

Rixen die Männerrunde. Wie Bellinger trug er schwarze Kleidung und war unrasiert. »Der Fall ist aufgeklärt.«

Noch bevor einer von ihnen etwas dazu sagen konnte, huschte die Bedienung in die Nische. Rixen, Wilson und Stern bestellten ihre Getränke.

Darauf blieb es einige Minuten lang still.

Sobald die nichtalkoholischen Drinks serviert wurden, verkündete Rixen: »Auf Hannelore, Fatima, Anastasia und Laura!« Dann wanderte sein Blick zu Stern hinüber. »Und Sophie. Prost!«

»Prost!«, stimmten Bellinger, Wilson und Stern ein. »Auf die Auflösung der Mordserie!«

Nun stand Wilson von seinem Sessel auf und zog die Vorhänge zu. Seine linke Wange war nach der Durchschussverletzung operiert und mit einem dicken Verband versehen worden.

Jetzt wandte sich Rixen mit neugierigem Blick Bellinger zu: »Du hast mir immer noch nicht verraten, wie du es herausgefunden hast, dass Heinzmann der Mörder ist.«

Bellinger grinste. Diese Frage hatte er schon erwartet. »Es war der Butz, der mich auf den richtigen Gedanken gebracht hat.«

Rixen machte einen erstaunten Gesichtsausdruck. »Der Butz? ... Oliver, du sprichst in Rätseln!«

»Weißt du es nicht mehr? Butz ist der Name Heinzmanns Pudels.«

»Könntest du bitte meinem Gedächtnis ein bisschen auf die Sprünge helfen?«

Bellinger musste innerlich lachen. Er hob den Kopf und fing an zu erzählen: »Ich habe versucht, mir ein Bild von Schopenhauer in meiner Vorstellung zu malen und nach einer Übereinstimmung mit einer Person zu suchen, die ... hm ...«, Bellingers Blick blieb an Rixen haften, »in deiner näheren Umgebung zu finden war. So las ich im Internet einen Artikel über Schopenhauer als Person: wie er seinen Tagesablauf nach einem festen Muster gestaltete, wie er Flöte spielte, wie er mit seinem Pudel Butz Spaziergänge durch Frankfurt unternahm und Selbstgespräche führte. Und auf diese Beschreibung passte nur eine einzige Person: Heinzmann.« Bellinger hielt kurz inne, trank einen Schluck Gingerale und fuhr fort: »Als ich letzten Samstagmorgen – nach Ablauf meiner Krankmeldung war ich nun wieder offiziell diensttauglich – in die Holzhausenstraße gefahren bin, um Heinzmann zur Rede zu stellen, hatte ich aus reiner Gewohnheit meine Polizeipistole dabei. Noch von unterwegs rief ich Weigand an und informierte ihn über meinen Verdacht. Erst dann erfuhr ich, dass Jeff mit einer Schussverletzung im ›St. Josefs-Hospital‹ in Wiesbaden lag. Nun war ich allein auf mich gestellt.« Bellinger machte eine Kunstpause. »Heinzmann schien nicht zu Hause zu sein. Eine Nachbarin, die gerade in ihrem Garten Blumen goss, schlug vor, auf dem Hauptfriedhof, am Grab seiner Frau, nachzuschauen. So bin ich in die Eckenheimer Landstraße gefahren und habe – der Wegbeschreibung der Nachbarin folgend – den Eingang am Alten Portal genommen. Ich ging rein, bog nach links ab und schon befand ich mich im Gewann A. Ich lief weiter und schon nach kurzer Zeit hörte ich deine Stimme. Was dann geschah, ist bekannt.«

Sie gönnten sich einige ruhige Minuten.

»Zum Teufel!«, meldete sich irgendwann wieder Rixen zu Wort. »Fand in Heinzmanns Kopf eine Identifizierung mit Schopenhauer statt?«

»Ja, so etwas in der Art, glaube ich«, antwortete Bellinger. »Er hat Schopenhauer bewusst oder unbewusst kopiert, falsch interpretiert und seine Philosophie – verflucht noch mal! – missbraucht.«

Rixen bohrte nach: »Was war eigentlich Heinzmanns Absicht, was meinst du?«

»Oh!« Bellinger dachte nicht lange nach und blickte Rixen an. »Er sehnte sich nach einer Gesellschaft aus leidenden Männern – Männern, mit denen er sein Leid teilen konnte. Deswegen ist er in den Club, in seiner Einbildung die Geheimloge, mitgekommen. Er wollte unbedingt zu uns – dem Geheimbund – gehören. Wir alle, Litzinger und Wertheim mitgerechnet …«, Bellinger brach ab und blickte Wilson, den potenziell fünften Witwer, an, »sollten nacheinander seine Leidensbrüder werden.«

Rixen stöhnte auf, dann erkundigte er sich: »Ist Heinzmann nach seinem Sturz auf dem Friedhof aus dem Koma aufgewacht?«

Jetzt antwortete Wilson: »Nein, und das wird er aller Wahrscheinlichkeit nach nicht mehr. Die Schussverletzung, die ihm Oliver zugefügt hat, war nicht lebensbedrohlich. Doch der bösartige Tumor in seinem Gehirn ist nicht mehr operabel.«

»Wusste Heinzmann, dass er bald sterben würde?«, fragte Rixen und schaute in die Runde.

Sie schienen nachzudenken.

»Das werden wir vermutlich nie erfahren«, räumte schließlich Stern ein.

Sterns Erklärung blieb unkommentiert.

Wortlos schob Bellinger die Vorhänge auseinander.

Im selben Moment wurde das Licht im Publikumssaal ausgeschaltet und die Bühne beleuchtet. Eine afroamerikanische Bluessängerin trat vor. Ihre Stimme verzauberte Bellinger und brachte ihn kurz auf andere Gedanken. Vor seinem inneren Auge tauchte Lauras Grabstein auf. Und er las den Text, den er gestern in den Stein eingravieren ließ: »*Ich glaube, daß wenn der Tod unsere Augen schließt, wir in einem Lichte stehen, von dem unser Sonnenlicht nur der Schatten ist.* Arthur Schopenhauer.«

Wenige Augenblicke später blinzelte Bellinger die Tränen weg und war wieder in der Gegenwart angekommen.

Um Mitternacht fiel der letzte blaue Samtvorhang auf der Bühne des Clubs.

Nun holte Rixen tief Luft und hakte nach: »Was war der endgültige Auslöser für Heinzmanns Wahrnehmungsstörung mit Aktivierung von zwei verschiedenen Persönlichkeiten, was glaubst du, Oliver?«

»Deine Hochzeitsfeier am 13. Juni. Das ausgestrahlte Glücksgefühl und die Lebensfreude der fünf verliebten Paare: Hannelore und du, Fatima und Litzinger, Anastasia und Wertheim, Laura und ich, Bianca und Jeff.«

Rixen bedachte Bellinger mit einer gleichermaßen traurigen wie entsetzten Miene. »Was ergab die Durchsuchung Heinzmanns Hauses?«

»Oh, in seinem Aktenkoffer fand Rombach eine komplette steril verpackte Schutzkleidung, wie sie von Mitarbeitern der Rechtsmedizin getragen wird, die er vermutlich bei einem Besuch bei dir im Institut heimlich mitgehen ließ. Er muss seinen Opfern im Augenblick des Todes wie ein grüner Teufel vorgekommen sein ... In einer der Schubladen seines Schreibtisches entdeckte ich Postkarten und eine Tube Alleskleber. Eine Nylonschlinge und ein Messer als Tatwaffen konnten wir allerdings nicht sicherstellen, vermutlich liegen sie irgendwo in den Tiefen des Mains.«

Rixen schluckte und sagte nichts mehr.

Plötzlich ergriff Wilson das Wort: »Der Clou ist wohl der, dass während wir die ganze Zeit nach zwei Tätern gesucht haben, handelte es sich in Wahrheit um einen einzigen Täter mit seinen zwei eingebildeten Identitäten. So gesehen ist es nicht verwunderlich, dass wir ermittlungstechnisch immer wieder in einer Sackgasse gelandet sind.«

Schweigen breitete sich in der Nische aus.

Die Zeit verrann.

Irgendwann richtete Wilson seinen Blick auf Rixen und erkundigte sich: »Was machen deine alten Freunde Litzinger und Wertheim?«

Rixen erblasste. »Litzinger erlitt letzten Donnerstag einen schweren Herzinfarkt. Wertheim hat den Großteil seiner Geschäfte verkauft und sich an einem unbekannten Ort im Ausland abgesetzt … Das Geld allein ist noch keine Glücksgarantie. Und geliebte Menschen, wenn sie nicht da sind, lassen sich nicht so einfach durch andere ersetzen.«

»Wohl wahr«, seufzte Wilson. Dann merkte er an: »Du hast ja den Prozess gegen Constanze, die Tochter des Barons, letzte Woche gewonnen und bist nun selbst ein Mann geworden, der sich Prestigeobjekte, Machtinsignien und Statussymbole leisten kann.«

Rixen lehnte sich in seinem Sessel vor. Plötzlich strahlte er eine unglaubliche Wärme und Herzlichkeit aus, seine Augen leuchteten. »Diese versnobte Welt ist mir so was von egal! Ich habe gestern beim Notar Hannelores gesamte Erbschaft der Stiftung überschrieben. Das bin ich meiner Frau schuldig. Und meine Jungs brauchen mich.«

»Auf dich, Rixen!«, riefen Bellinger, Wilson und Stern einstimmig und prosteten ihm zu.

Stille Augenblicke folgten, dann begann die Herrengesellschaft in ihrer Loge sich allmählich aufzulösen.

*

Draußen erwartete sie eine wunderschöne Sommernacht. Die Lichter der Mainmetropole funkelten um die Wette, der kobaltblaue Porzellanhimmel im Hintergrund war von Sternen übersät. Eine Stilmischung aus restaurierten historischen Bauten und futuristisch anmutenden Hochhäusern prägte das Bild.

Sie verabschiedeten sich am Ausgang des Clubs voneinander.

Nachdem Wilson und Stern sich auf den Weg zum Parkhaus gemacht hatten, wandte sich Rixen an Bellinger: »Wo steht dein Wagen?«

»Ich bin zu Fuß hier.«

»Dann komm mit, ich fahre dich nach Hause. Wir müssen aber ein paar Minuten laufen.«

»Danke. Die frische Luft tut mir gut.«

Sie gingen los. Beide schwiegen.

Während sie den Roßmarkt überquerten, musste Bellinger unwillkürlich an den Sonderling Schopenhauer denken. In seiner Fantasie stellte er sich vor, wie der Philosoph mit seinem Löwenhaupt, im Frack, mit dem Spazierstock zu seiner linken und dem Pudel zu seiner rechten Seite hier einst den Englischen Hof ansteuerte, wo er seine Mahlzeiten einzunehmen pflegte. Wie grotesk es doch war, gestand Bellinger sich ein, nie wäre er von selbst auf die Idee gekommen, sich mit Schopenhauer und seiner Frankfurter Zeit zu beschäftigen, wenn er diese Mordserie nicht hätte aufklären sollen.

Nach wenigen Schritten stoppte Rixen und riss Bellinger aus seinen Gedanken: »Oliver, ich möchte mich bei dir von Herzen bedanken.«

Bellinger blieb abrupt stehen. »Wofür denn? Dass ich das Versprechen, das ich dir am Anfang dieser Geschichte gegeben hatte – den wahren Mörder Hannelores zu finden –, gehalten habe?«

Rixen sah Bellinger für einen langen Moment in die Augen. »Das meine ich nicht. Ich danke dir für dein bedienungsloses Vertrauen und deine Loyalität. Du warst, neben meinen Jungs, der Einzige, der seit Hannelores Ermordung keinen Zweifel an meiner Unschuld gehegt hat.«

Ihre Blicke trafen sich.

Bellinger war gerührt. »Apropos Jungs – wie geht es ihnen?«

»Oh! Bestens. Ich trainiere sie wieder im Ring, Lambert kümmert sich um ihr geistiges Gleichgewicht … Ich werde es dir nie vergessen, dass du sie aus der Angelegenheit herausgeholt und niemandem ein Wort über ihre … ihre parallele Mordermittlung gesagt hast.«

Die Andeutung eines Schmunzelns spielte um Bellingers Mundwinkel. »Nun haben wir zwei wieder ein schmutziges Geheimnis, das uns für immer verbindet.«

Rixen nickte, entgegnete aber nichts. Die schwarzen Brillanten in seinen Ohrläppchen funkelten im Mondlicht.

Im Gleichschritt, obwohl sie nicht unterschiedlicher sein konnten, marschierten sie weiter in Richtung der Katharinenkirche.

Nach wenigen Minuten erreichten sie Rixens Porsche.

Rixen gab Gas, Bellinger blickte aus dem Fenster, und sie fuhren der Zukunft entgegen.

DANKSAGUNG

Bedanken möchte ich mich bei:

Joachim Klaus Willi – meinem Mann, Kiara Laetitia – meiner Tochter, Isabella Graf – meiner Schwester, meinen besten Freundinnen Claudia Müller-Proskar und Margarete Dabrowski, sowie meinen lieben Freunden Richard Bachmann und Dietmar Seehuber, die mich während der gesamten Entstehungsphase zu diesem Roman mit ihrem unerschütterlichen Optimismus unterstützt und motiviert haben, Kai Schäfer, der mein Manuskript aufmerksam und kritisch gelesen hat, sowie Claudia Senghaas, der Cheflektorin und Programmleiterin des Gmeiner-Verlags für die herzliche Aufnahme und großartige Betreuung.

JØRN PRECHT
Das Geheimnis
des Dr. Alzheimer

978-3-8392-2150-1 (Paperback)
978-3-8392-5541-4 (pdf)
978-3-8392-5540-7 (epub)

GEISTIGER VERFALL Frankfurt am Main, 1901: Der verarmte Krankenpfleger Karl Walz träumt davon, Arzt zu werden und die geheimnisvolle neue Krankheit zu enträtseln, die das Gedächtnis seiner erst 50-jährigen Ziehmutter mehr und mehr zerstört. Er erhält die Chance, als Assistent des Psychiaters und Gerichtsgutachters Dr. Alois Alzheimer zu arbeiten, doch der verschwiegene Lehrmeister wird ihm dabei immer unheimlicher. Was hat der geheimnisvolle Hirnforscher zu verbergen? Ein Wettlauf gegen die Zeit beginnt …

HARALD SCHNEIDER
NAFD

978-3-8392-2155-6 (Paperback)
978-3-8392-5549-0 (pdf)
978-3-8392-5548-3 (epub)

DEMOKRATIE AUF ABWEGEN Deutschland, kurz nach der Bundestagswahl 2017. Immer wieder brennen auf Autobahnen Lkws einer großen Speyerer Spedition aus, teilweise sind Todesopfer zu beklagen. Nachdem der Privatjet des Speditionsinhabers Herold Blauermann beschossen wurde, ist dieser gezwungen zu reagieren. Denn Blauermann ist oberste Führungspersönlichkeit der neuen Partei NAFD, die überraschend die Bundestagswahl gewonnen hat. Was niemand weiß: Blauermann herrscht im Verborgenen über die Partei wie ein Oligarch. Sein Fernziel, die Demokratie in Deutschland abzuschaffen, wird durch einen Unbekannten torpediert, der ihm keine Ruhe lässt …

HELGE WEICHMANN
Schandglocke

978-3-8392-2162-4 (Paperback)
978-3-8392-5563-6 (pdf)
978-3-8392-5562-9 (epub)

GEFÄHRLICHES PUZZLE Ein Geburtstagsbesuch entwickelt sich für die Historikerin Ernestine Nachtigall zu einer mittleren Katastrophe: Ihr ehemaliger Professor, an Demenz erkrankt, schreit wirre Halbsätze und kritzelt ein Symbol auf ihren Arm. Kurz darauf ist er tot, eingesponnen von Seilen und erhängt an einer Kirchenmauer. Tinne und der Lokalreporter Elvis machen sich auf Spurensuche, und plötzlich sind sie mittendrin in einem Puzzle, das zu Napoleons Zeiten seinen Anfang nahm. Doch dann zieht sich die Schlinge zu. Denn das Rätsel, das sie zu lösen versuchen, ist heute noch so tödlich wie vor 200 Jahren.

GMEINER SPANNUNG

WWW.GMEINER-VERLAG.DE
Wir machen's spannend

Das Neueste aus der Gmeiner-Bibliothek

Unser Lesermagazin

Bestellen Sie das kostenlose Krimi-Journal in Ihrer Buchhandlung oder unter www.gmeiner-verlag.de

Informieren Sie sich …

www … auf unserer Homepage: www.gmeiner-verlag.de

@ … über unseren Newsletter: Melden Sie sich für unseren Newsletter an unter www.gmeiner-verlag.de/newsletter

f … werden Sie Fan auf Facebook: www.facebook.com/gmeiner.verlag

Mitmachen und gewinnen!

Schicken Sie uns Ihre Meinung zu unseren Büchern per Mail an gewinnspiel@gmeiner-verlag.de und nehmen Sie automatisch an unserem Jahresgewinnspiel mit »mörderisch guten« Preisen teil!